D1731703

WOLFGANG OPPLER

TRAXL

UND DER TOTE
LEBEMANN

VOLK VERLAG MÜNCHEN

Für Heike

Die Deutsche Bibliothek verzeichnet diese Publikation in der
Deutschen Nationalbibliografie; detaillierte bibliografische Daten
sind im Internet über https://portal.dnb.de/ abrufbar.

© 2024 Volk Verlag, München
Neumarkter Straße 23; 81673 München
Tel. 089 / 420 79 69 80; Fax: 089 / 420 79 69 86

Umschlag: Volk Agentur, München
Druck: CPI books GmbH, Leck

ISBN 978-3-86222-490-6

www.volkverlag.de

Im Wald, da sind die Räuber

Da trotteten wir hintereinander her durch das nächtliche Münchner Schlachthofviertel.

Vorneweg der Fadenscheinige. Schlurfte mit müden Schritten das Trottoir entlang wie ein Neunzigjähriger, dem sie den Rollator geklaut hatten. Dabei war er bestimmt nicht viel älter als ich, Mitte vierzig. Wenn überhaupt.

Dreißig Meter dahinter der Grobe. Mit den geschmeidigen Schritten einer Raubkatze. Geballte, mühsam im Zaum gehaltene Kraft. Bewegte sich im Schatten der Hausmauern. Dem merkte man an, dass er so was nicht zum ersten Mal machte.

Wieder dreißig Meter dahinter ich selber. Eine Frau beim Abendspaziergang. Blieb bei jedem Geschäft für einen Moment stehen und musterte die Auslage – auch wenn es sich nur um einen Zeitungskiosk oder eine Metzgerei handelte. Denn recht viel mehr Shopping-Optionen hatte die Gegend nicht im Angebot.

Unwillkürlich wandte ich den Kopf, ob dreißig Meter hinter mir noch einer käme.

Niemand.

War besser so.

Es ging die Zenettistraße entlang, rechts in die Thalkirchner. Ich kannte das Viertel. Hier machten die Häuser nicht nur nachts einen schläfrigen Eindruck, trotz aller werktäglichen Hektik und Betriebsamkeit. Von den Wänden bröckelte der Putz. Auf vielen der im Halteverbot abgestellten Autos blühte der Rost. Fast kam es mir vor, als trieben die verirrten Seelen mancher der Tiere, die man hier in über hundert Jahren abgeschlachtet hatte, zwischen den Häuserschluchten ihr Unwesen.

Plötzlich änderte der Grobe die Richtung. Lief quer über die Fahrbahn. Verschwand in einer Seitenstraße. Hatte der mich entdeckt? Oder war ihm das Geschlurfe des Fadenscheinigen zu blöd geworden? Verdenken konnte ich es ihm nicht.

Die Entscheidung, welcher der beiden Gestalten ich folgen wollte, kostete mich keine Sekunde. Der Grobe war hinter dem anderen hergetappt. Also war der Vordere der Interessantere von beiden. An dem blieb ich dran.

Jetzt bog er in die Reifenstuelstraße. Schleppte sich noch ein paar Meter weiter. Machte vor einer Kneipe halt. *Emil's Pilsparadies.* Er wirkte unschlüssig. Zündete sich eine Zigarette an. Machte zwei tiefe Züge. Warf das Staberl in hohem Bogen in den Rinnstein. Dann gab er sich einen Ruck, schob die Tür auf und betrat das Lokal.

Ich ließ ihm ein paar Minuten Vorsprung, bevor ich folgte.

Es gab sie noch, diese Etablissements, deren einziger Zweck darin bestand, ungestört möglichst viel Alkohol in möglichst kurzer Zeit zu inhalieren. Schummrige Beleuchtung. Drei Tische mit Resopalplatten. An einem davon hielten sich zwei Weißhaarige in abgewetzten Arbeitskitteln an ihren Biergläsern fest. An der Wand Spielautomaten, davor drei picklige Jugendliche, die sie fütterten. Auf der anderen Seite des Raums der Schanktresen. Aus zwei schnarrenden Boxen an der Decke dudelte Stimmungsmusik der schmerzhaften Sorte. Gerade arbeitete sich Heino an seiner blau, blau, blauen Alpenblume ab.

Der Fadenscheinige saß auf einem Hocker am hinteren Ende der Bar und hatte den Kopf in die Hände gestützt. Der mausgraue Anzug war viel zu weit für seine hagere Figur. Das fahle Gesicht schlampig rasiert. Schüttere Haare hingen bis in den Kragen.

Ich trat näher an ihn heran. Vor ihm stand ein doppelter Cognac. Unberührt. Dafür zierten seinen Bierdeckel bereits stolze vier Striche. Alle Achtung! Das nenn ich Sturztrunk.

Jetzt griff er nach dem Schwenker, kippte den braunen Inhalt in einem Zug in seinen Rachen und machte dem Wirt ein

Zeichen. Der hatte die Flasche erst gar nicht aus der Hand gegeben, streckte seinen tätowierten Unterarm vor, schenkte nach und machte den fünften Strich.

Ich setzte mich auf den Stuhl neben dem Rekordschlucker und bestellte ein Weißbier. Kommentarlos zapfte der Tätowierte ein Pils und stellte es mir hin. Dann halt kein Weißbier. Der Fadenscheinige musterte mich argwöhnisch, rutschte mit seinem Hocker zehn Zentimeter weg. Mehr schaffte er nicht, weil dann kam die Wand. Ich prostete ihm zu und nahm einen Schluck.

„Da hat aber einer Durst." Ich wies auf seinen Deckel. „Gibt's was zu feiern?"

„Geht keinen was an!" Er leerte sein Glas, verzog das Gesicht zu einer Grimasse, machte sein Zeichen für den Wirt.

„Auch recht." Ich trank erneut.

Um die Dinge in Schwung zu bringen, wagte ich einen Schuss ins Blaue. „Wir beiden Hübschen kennen uns doch."

„Davon wüsste ich was." Das sollte vermutlich souverän klingen, doch die Schweißtropfen auf seiner Stirn gaben Anlass zum Zweifel.

Da konnte ich schon mal gemein sein. „Denk nur ordentlich nach. *Cosima-Residenz.* Da hast du dich nicht mit Ruhm bekleckert."

Trotz der funzeligen Beleuchtung entging mir nicht, dass sein Gesicht den Farbton von frischem Büffelmozzarella annahm. Treffer!

Er wandte den Kopf zur Wand. Als ob ich ihn da nicht mehr sehen könnte. Griff nach seinem sechsten Schnaps. Die Hand zitterte. „Scher dich zum Teufel!", keuchte er.

„Will ich gerne machen. Wenn du mir vorher sagst, wer dich geschmiert hat."

„Geht dich nichts an!"

„Oho! Geht mich wohl was an. Rainer Weissmoor. Na, klingelt's? Mein Auftraggeber", log ich. „Du weißt genau, dass da noch eine Rechnung offen ist."

„Lassen Sie den Mann in Ruhe." Eine Stimme, die einem die Nackenhaare aufstellte. Nicht laut, aber eindringlich.

Ich drehte den Kopf zur Seite. Da stand der Grobe und funkelte mich unter buschigen Augenbrauen heraus grimmig an. Quadratischer Schädel. Breite Stirn, breite Nase, breites Kinn.

Ich hob die Hände, Handflächen nach außen. „Alles gut. Kleiner Plausch beim Feierabendbierchen."

„Der Mann will aber nicht plauschen." Er packte mich am Oberarm, wollte mich vom Hocker ziehen. Mit einer geschickten Drehung machte ich mich frei. Er verengte seine Augen zu schmalen Schlitzen. „Los, machen Sie keinen Ärger. Kommen Sie mit."

„Sagt wer?" Jetzt war ich doch neugierig.

Als Antwort griff er in die Innentasche seines Trenchcoats und zog eine Ausweiskarte hervor. *Landeskriminalamt* konnte ich entziffern, daneben ein Stempel und ein Foto von ihm. *Werner Schmied, Oberkommissar.* „Los jetzt! Ich hab nicht die ganze Nacht Zeit."

„Los wohin?"

„Das erfahren Sie früh genug." Er griff wieder nach meinem Arm, diesmal fester. Ich gab nach, ließ mich vom Barhocker ziehen und weiter zum Ausgang. Bevor sich die Tür hinter mir schloss, rief ich dem Wirt noch zu: „Geht aufs Haus!" Wieso sollte ich für etwas zahlen, was ich gar nicht bestellt hatte.

Vor dem Lokal ließ der Grobe mich los. Stellte sich so, dass er mir den Fluchtweg abschnitt. Die Beine schulterbreit, die Hände halbhoch an den Hüften, jederzeit zum Zugriff bereit. Sagte ich doch, ein Profi.

Der Kamerad war einen halben Kopf größer als ich und doppelt so breit. Dennoch traute ich mir zu, mit ihm fertig zu werden, wenn es sein musste. Im Moment musste es aber nicht. Ich war vielmehr gespannt, was er vorhatte.

„Ausweis!", bellte er mich an. Das klang ein bisschen so, wie sich der kleine Maxl die finstere Staatsgewalt vorstellt.

„Tut mir leid. Hab meine Handtasche vergessen." Wenn der mir einen gefälschten Ausweis vor die Nase hielt, konnte er nicht erwarten, von mir einen echten zu sehen. Mit dem Daumen wies ich auf die Kneipe hinter mir. „Das ist ein erwachsener Mensch da drin am Tresen. Der braucht kein Kindermädchen."

„Maul halten!" Charmant.

„Zigarette?" Das sollte eine Art Friedensangebot sein.

Er schüttelte den Kopf. War auch besser so, ich hätte eh keine gehabt.

Er musterte mich von oben bis unten. „Sie arbeiten also für den Weissmoor? In welcher Funktion?"

„Rechtsberaterin", log ich.

„Ab sofort nicht mehr!"

„Das entscheiden bestimmt nicht *Sie*."

„Und ob wir das entscheiden." Er wies mit dem Kopf die Straße entlang. Langsam, fast lautlos kam ein Streifenwagen angerollt. Zwei Uniformierte stiegen aus, legten zwei Finger an die Mütze. Ein jüngerer Großer und ein älterer Untersetzter. Die Dienstwaffen der beiden waren echt, die Uniformen ganz sicher nicht vom Kostümverleih. Was lief denn hier ab?

„Die Lady belästigt die Gäste in diesem Lokal", erklärte mein grober Kavalier. „Kann sich nicht ausweisen. Dazu Widerstand und Bedrohung."

Was für ein Quatsch. Eigentlich wäre jetzt ein vernünftiger Zeitpunkt gewesen, um reinen Tisch zu machen. Ich war aber zu neugierig, worauf diese Schmierenkomödie hinauslaufen würde. Also ließ ich mich folgsam auf den Rücksitz des Wagens verfrachten. Der Grobe blieb vor dem Lokal stehen, bis wir außer Sichtweite waren.

„Hören Sie", begann ich die Konversation mit meinen neuesten Bekannten. „Das ist ein Missverständnis. Ich habe nur mit meinem Sitznachbarn an der Bar geplaudert."

„Maul halten!", grunzte der Untersetzte hinter dem Steuer und verfiel wieder in eisiges Schweigen.

Um uns allen ein wenig Erheiterung zu gönnen, verlegte ich mich aufs Jammern. „Ich will sofort erfahren, was man mir vorwirft. Darauf habe ich ein Anrecht! Und ich will meinen Anwalt sprechen."

„Maul halten!" Das kam jetzt vom Beifahrer.

Die beiden schienen denselben Rhetorik-Kurs belegt zu haben wie der Grobe.

Die Fahrt ging über die Isar und dann nach Süden. Von der Geiselgasteigstraße bog der Untersetzte nach Osten ab, mitten hinein in den Perlacher Forst. Das konnte interessant werden. Wir fuhren ein paar Kilometer durch den stockfinsteren Wald. An der Kreuzung von zwei Geräumten, wie man hier die Forststraßen nennt, stoppte der Wagen und die Uniformierten stiegen aus. Der Jüngere zerrte mich vom Rücksitz ins Freie.

Ich wog meine Chancen ab. Der Ältere wirkte behäbig, gelangweilt. Der andere dagegen war flink und ehrgeizig. Ich musste sehen, dass ich in seiner Nähe blieb.

„Was soll das?", fragte ich aufgebracht und machte zwei Schritte im Halbkreis um den Jüngeren herum. „Wo bin ich hier, warum halten wir mitten im Wald?"

„Schlampe." Das Jungchen trat näher heran. „Mischst dich in Angelegenheiten, die dich nichts angehen."

„Bis du aus dem Wald herausfindest, kannst du über die Vorteile nachdenken, die es mit sich bringt, sich künftig nur noch um den eigenen Scheiß zu kümmern", brummte der Ältere. „Beim nächsten Mal kommst du nicht so glimpflich davon."

„Sie wollen mich hier aussetzen?" Ich tat schockiert und machte einen weiteren Schritt zur Seite.

„Waldluft am Abend ist gesund." Der Jüngere schraubte sich ein Grinsen ins Gesicht. „Ist heut unser großzügiger Tag."

Jetzt hatte ich ihn genau zwischen mir und seinem Kollegen. „Träum weiter!" Ein schneller Schritt zum Schwungholen auf ihn zu, eine linke Gerade in den Solarplexus. Er klappte nach vorn und bot mir die ideale Haltung für einen schulbuchmäßigen rechten Aufwärtshaken. Die blitzartig folgende Dreifachkombination hätte es vielleicht gar nicht mehr gebraucht. Wie ein Stück Holz kippte er um.

Bevor sein Kollege kapiert hatte, was los war, hatte ich meine Jacke auf und die Heckler & Koch aus dem Schulterhalfter gerissen. „Maul halten." Ich legte auf ihn an.

Der Untersetzte war so verdutzt, dass er keine Gegenwehr leistete. Ich band ihn mit seinen eigenen Handschellen an den ausgeknockten Kollegen, knöpfte ihnen die Handys, die Waffen und ihre Dienstausweise ab und erleichterte den Älteren zuletzt um den Wagenschlüssel. „Bis ihr aus dem Wald herausfindet, könnt ihr drüber nachdenken, wie ihr das Schlamassel in eurer Dienststelle erklärt."

Ich stieg in den Streifenwagen, wendete und ließ die Seitenscheibe herunter. „Lasst euch nicht von fremden Räubern ansprechen. Manche meinen es gar nicht gut."

Zufrieden pfeifend fuhr ich den Weg zurück, den wir gekommen waren. Wenn ich Glück hatte, erwischte ich den Fadenscheinigen, bevor er sein armseliges bisschen Hirn weggesoffen hatte. Ich parkte mein auffälliges Vehikel um die Ecke und eilte zu *Emil's Pilsparadies*. Von dem Cognacliebhaber war nichts zu sehen.

Ich schob dem Wirt einen Zehner über den Tisch. „Für mein Weißbier vorhin."

Er steckte den Schein ungerührt in seine Lederbörse, ohne sich die Mühe zu machen, nach Wechselgeld zu suchen.

„Mein Freund ist am Klo?", fragte ich mit Blick auf den verwaisten Barhocker direkt an der Wand.

Er zeigte mit einer ausholenden Geste hinter die Bar. „Steht hier irgendwo Auskunftsbüro?"

„Als Wirt solltest du schon schaun, dass sich deine Gäste wohlfühlen. Dazu gehören auch kleine Auskünfte, die dir nicht weh tun und mir das Leben angenehmer machen."

„Mach einfach die Tür von außen zu. Dann machst du mir das Leben angenehmer."

Einer der beiden Weißhaarigen am Tisch nebendran erbarmte sich: „Wenn du den Krautkrämer meinst, der hat seinen Kanal gestrichen voll gehabt und ist heim."

Na also. Geht doch.

Ich gab *Krautkrämer, München* in die Suchmaschine meines Smartphones ein und hatte einen überraschend flotten Treffer ganz in der Nähe. Harald Krautkrämer, Dreimühlenstraße 31 im Rückgebäude. Das war gerade mal fünfzig Meter entfernt. Hmm, es war viertel nach elf. Hoffentlich gelang es mir, die Schnapsdrossel wieder wach zu klingeln.

Das Tor zum Innenhof des Altbaus war nicht verschlossen. Dafür hatte die Lampe im Durchgang einen Defekt. Im Dunkeln tastete ich mich Schritt für Schritt vorwärts. Fast wäre ich gestolpert, als mein Fuß an einem Hindernis hängen blieb. Mit einem leisen Fluch zückte ich mein Handy und schaltete die Taschenlampe ein.

Auf den Anblick, der sich mir bot, hätte ich an diesem Abend verzichten können. Da lag die Schnapsdrossel zusammengesunken an der Wand. Aber mit Wachklingeln würde es nichts mehr werden. Irgendjemand hatte dem Mann die Gurgel von einem Ohr zum anderen aufgeschnitten.

Wenz ohne vier

Da sag ich immer: Das Glück ist eine Matz! Seit geschlagenen drei Stunden ein Blatt beschissener als das andere. Der Münzenstapel neben meinem Weißbierglas dramatisch zusammengeschmolzen. Hätte Heini nicht zweimal ein Solo versemmelt, hätte ich schon längst den Notgroschen anbrechen müssen.

Es war der monatliche Schafkopfabend im *Gläsernen Eck*. Ignaz bestellte gerade den obligatorischen Nachtisch. Mit vier Gabeln. Bevor wir mit dem ersten Spielchen begannen, aß jeder immer à la carte. Zu vorgerückter Stunde kam dann der Kaiserschmarrn. Da hatten sie hier den Dreh raus, die zwanzig Minuten Wartezeit lohnten sich.

Mit Mischen war ich an der Reihe. Liesl hob ab. Zügig verteilte ich an jeden Mitspieler die ersten vier Karten. Ignaz warf einen Blick auf sein Blatt, grinste breit und schob eine Münze in Richtung Tischmitte. Gedoppelt. Das verhieß nichts Gutes!

Ich gab die restlichen Karten. Nahm meine ersten vier auf. Zehner Eichel, Ass, König und Zehner in Gras. Wieder kein einziger Trumpf. Dann die zweiten vier. Eichel Sieben, dazu die Rote, die Alte und die Pumpel.

Ein Blick zu Ignaz. Begeisterung sah anders aus. Ein Solo hatte der schon mal nicht.

„Weiter", sagte er.

„Weiter", kam auch von Heini.

„Auch weiter", schloss Liesl sich an.

Sechs Augen blickten mich erwartungsvoll an. Ich griff zum Bierglas und nahm einen tiefen Zug. „Wenz!" Astreine Kamikaze-Aktion mit dem Mut der Verzweiflung.

Liesl sortierte ihr Blatt um.

Heini schob eine Münze über den Tisch. „Stoß!"

Zweimal gedoppelt. Ich wollte mir gar nicht ausrechnen, wie viel ich blechen musste, wenn das in die Hose ging.

Ignaz eröffnete mit dem Herz Ober. Ein Achter von Heini, von Liesl die Zehn. Mit der Herz Sau strich ich meine ersten 24 Punkte ein. Gerade wollte ich zur nächsten Sau greifen, da trat Elfi, die Wirtin, an unseren Tisch, legte mir einen Zettel hin und tadelte: „Anruf für dich, Pia. Hast wieder dein Handy nicht eingeschaltet. Da hat's einer mordswichtig."

Von der Störung genervt blickte ich auf das Stück Papier. „Verdammter Dreck!", entfuhr es mir, als ich die Mobilnummer von meinem Kollegen Frauenneuhartinger entzifferte. „Eine kleine Sekunde, Leute." Ich zückte mein Smartphone.

„Oha, die Frau Kriminalhauptkommissarin höchstpersönlich", tönte es durch die Leitung.

„Was gibt's?", brummte ich unwillig.

„Wenn du bitte die Liebenswürdigkeit hättest, deinen zarten Arsch in die Flotowstraße 15a zu schwingen. Laim, Parallelstraße zur Fürstenrieder. Es gibt zu tun."

„Schlimm?"

„Hier schwimmt einer in seinem Blut und tut keinen Muckser mehr."

„Bin unterwegs."

Heini schaute mich vorwurfsvoll an. „Den Wenz machen wir jetzt schon noch fertig."

Grimmig spielte ich nacheinander meine restlichen drei Säue aus und hatte Glück, dass Heini, der die vier Unter und damit die einzigen Trümpfe in der Hand hielt, in keiner Farbe frei war. Die letzten vier Stiche konnte ich ihm getrost überlassen. Mit einem erbeuteten König und einem Ober hatte ich 64 Punkte im Trockenen.

Laut rechnete ich den Tarif. „Spiel 50, ohne Vier 90, zweimal gedoppelt, macht 3 Euro 60 pro Nase." Mit einem einzigen Spiel hatte ich die Verluste des ganzen Abends wettgemacht. Mit süßsauren Mienen schoben sie mir das Geld herüber.

„Das tut mir ehrlich wahnsinnig leid, Leute, dass ich jetzt abhauen muss, aber ihr habt es ja gehört. Dienst ist Dienst." In einem Zug leerte ich mein Glas, stand auf, zog meine Lederjacke von der Stuhllehne. Um was es mir tatsächlich leidtat, das war der Kaiserschmarrn.

An der Theke drückte ich Elfi die Zeche und ein großzügiges Trinkgeld in die Hand.

„Hab dir schon ein Taxi gerufen", sagte die Gute.

Wir feiern durch bis morgen früh

Es war ein Mehrparteienhaus in einer ruhigen Wohngegend. Dem Uniformierten am Hauseingang zeigte ich meine Marke. Das Treppenhaus roch nach kaltem Rauch. Vor jeder der zwei Erdgeschoßwohnungen hatte sich ein Streifenbeamter aufgebaut. Der eine dirigierte mich in den ersten Stock. Am Treppenabsatz standen leere Wein- und Bierflaschen, überquellende Aschenbecher, Pappteller mit angetrockneten Essensresten.

Bartholomäus Frauenneuhartinger, Kriminalhauptkommissar, 1,93 groß, Typ Modellathlet, erwartete mich an der linken Wohnungstür. *Achreuther/Koeberg* las ich auf dem Klingelschild. Er half mir beim Anlegen der Plastiküberzieher für die Schuhe und führte mich durch den Flur in eine geräumige Küche.

Der Tote lag in einer Blutlache direkt vor dem Kühlschrank. Die Beine angewinkelt, der linke Arm unter dem Körper, die rechte Hand zur Seite gespreizt. Die Kollegen vom Erkennungsdienst in ihren weißen Overalls wuselten um den Kadaver herum und waren fleißig wie die Bienchen.

Um nicht im Weg zu stehen, verzogen wir uns zurück in den Flur. „War die Gerichtsmedizin schon da?", fragte ich.

„Ist verständigt." Er blickte auf seine Armbanduhr. „Dass einer noch länger braucht als du, ist ungewöhnlich."

„Was wissen wir?"

„Der Tote heißt Joachim Achreuther, vierzig Jahre alt. Steuerberater. Hier im Haus gab es heute ein Fest, er war der Gastgeber. Das Haus mit sämtlichen Wohnungen gehörte ihm. Gefunden haben ihn ein paar der Festbesucher. Das war um fünf vor halb zehn. Kurz vorher soll er noch quicklebendig durchs Haus gesprungen sein."

„Pollmoos und Pierstling?"

„Befragen die Gäste in den Erdgeschoßwohnungen."

„Der Dichau?"

„Knöpft sich die Leute in der Wohnung nebenan vor."

Ich warf nochmals einen Blick in die Küche. Der Tisch und die Arbeitsflächen waren mit Schüsseln und Platten vollgestellt. In die dargebotenen Köstlichkeiten waren beachtliche Schneisen geschlagen. „Haben sämtliche Parteien im Haus gemeinsam gefeiert?"

Der Kollege grinste. „Ich glaub, das ganze Haus besteht aus einer einzigen großen Wohngemeinschaft. Im zweiten Stock sind noch zwei Wohnungen. Da können wir uns austoben."

Anders als die frisch renovierten Räume des Ermordeten wirkte der gesamte zweite Stock reichlich abgewohnt. Während Frauenneuhartinger in der rechten Wohnung verschwand, nahm ich mir die linke vor. Der am Eingang postierte Streifenbeamte half mir, alle Personen, die sich noch hier aufhielten, im Wohnzimmer zu versammeln. Ich zählte 21 Partygäste in diversen Zuständen der Ausnüchterung. Manche standen in Grüppchen beisammen, andere lümmelten auf dem Sofa oder gegen die Schrankwand gelehnt auf dem Fußboden.

Ich stellte mich neben die Tür und ließ mein durchdringendes Organ erschallen. „Herrschaften, mein Name ist Traxl, Kripo München. Vermutlich haben Sie mitbekommen, dass ein Bewohner dieses Hauses heute Abend Opfer eines Gewaltverbrechens wurde, Joachim Achreuther. Ich bitte jeden von Ihnen, mir Name, Anschrift und Telefonnummer zu nennen. Dazu wüsste ich gerne, wann Sie Herrn Achreuther zuletzt gesehen haben, ob Ihnen etwas Besonderes aufgefallen ist. Natürlich werden Ihre Beobachtungen vertraulich behandelt. Wir alle haben ein Interesse daran, hier möglichst schnell fertig zu werden. Jeder, der befragt wurde, kann danach gehen."

„Hä, wieso gehen?", rief einer vom Sofa aufgebracht. „Wir haben hier noch ein Fest zu feiern!"

Fröhlichkeit kam auf in der Bude. Es war nicht zu fassen. Neben mir hörte ich sogar den Streifenmann unterdrückt glucksen. Wenn ich nicht aufpasste, entglitt mir die Veranstaltung, bevor sie losgegangen war.

Mit freundlichem Lächeln wandte ich mich an den vorlauten Zwischenrufer. „Fangen wir doch gleich mit Ihnen an. Darf ich um Name und Adresse bitten?"

„George Clooney. Rodeo Drive 100, Hollywood, USA." Wieder Gelächter im Raum. Die beiden Gestalten links und rechts vom Spaßvogel klopften sich wiehernd auf die Schenkel.

„Gut, Herr Clooney. Gerade von Ihnen hätte ich bessere Manieren erwartet. Wollen Sie nicht näherkommen?"

„Geht klar, *Ma'am*", versprach er. „George Clooney weiß, was sich gehört." Umständlich richtete er sich auf, kam gefährlich schwankend drei Schritte auf mich zu und machte einen krummen Diener. Seine beiden Kumpane folgten ihm auf den Fuß. Auch sie hatten offensichtlich mächtig getankt.

„Und wer sind Sie?", fragte ich die beiden.

„Uli Hoeneß", gab der Zweite Auskunft, „wohnhaft München, Allianz Arena."

„Und ... und ... und ich", prustete der Dritte, „ich bin der Pumuckl und wohn in der Werkstatt vom Meister Eder."

Ein paar Leute applaudierten. Meine drei Helden drehten sich unbeholfen um, streckten mir ihre Hinterteile entgegen und verbeugten sich vor ihrem Publikum. Mit raschen Griffen schnappte ich die Portemonnaies aus ihren Gesäßtaschen, angelte mir ihre Personalausweise und verstaute sie in meiner Lederjacke. „Bitte, meine Herren." Ich hielt ihnen die Brieftaschen hin. „Die Ausweise können Sie morgen im Polizeipräsidium in der Ettstraße abholen, zweiter Stock, Raum 245. Bringen Sie ein bisschen Zeit mit, wir wollen Ihre Befragung doch gewissenhaft durchführen."

Der Größte der drei grabschte nach meiner Jacke. „Gib her, du Matz!"

Mit einer blitzartigen Bewegung ergriff ich seine Hand, drehte ihm den Arm auf den Rücken und gab Druck, bis er wimmernd in die Knie ging. Ein Blick in die Mienen der übrigen Anwesenden zeigte, dass sonst keiner Lust auf eine Sonderschicht im Präsidium verspürte.

Nach diesem Vorspiel ging die Befragung flott über die Bühne. Die meisten der Anwesenden hatten keine persönliche Bindung zu Achreuther, sie kannten ihn als Vermieter, weil sie kürzer oder länger in seinem Haus gewohnt hatten. Nur einer gab an, dass der Ermordete als Steuerberater für seine Transport-Firma tätig gewesen war.

„Dann sind sie von dem Todesfall besonders betroffen?", fragte ich.

Er winkte ab. „Ich hätt mich ohnehin nach einem anderen Steuerberater umgesehen."

Hellhörig geworden steckte ich seine Firmenvisitenkarte zu den erbeuteten Ausweisen in meine Jacke.

Ein Pärchen meldete sich als aktuelle Mieter der Wohnung, in der wir uns befanden. Zwei andere, Brüder wie es schien, wohnten in einer der Erdgeschoßwohnungen. Die vier hob ich mir für den Schluss auf. Aber als ich mit meiner Befragung fast durch war, standen immer noch alle Festgäste wartend im Raum.

Kopfschüttelnd wandte ich mich an die Gruppe: „Wer nicht hier im Haus wohnt, sollte jetzt besser gehen. Ergebnisse unserer Untersuchung wird es heute bestimmt nicht mehr geben. Und vom Weiterfeiern rate ich dringend ab. Außerdem wird die Wohnung im ersten Stock mitsamt den Speisen und Getränken versiegelt."

Leise murrend trollten sie sich ins Treppenhaus. Der uniformierte Kollege geleitete sie hinunter. Mit den letzten vier Zeugen machte ich es mir am Wohnzimmertisch bequem.

Jetzt erfuhr ich, was es mit der Wohngemeinschaft genau auf sich hatte. Der Vater von Joachim Achreuther war als Bauunternehmer in Cham in der Oberpfalz zu beträchtlichem Wohlstand gekommen. Als sein Sohn 2003 zum Studieren nach München gegangen war, hatte Papa Achreuther dieses Sechsfamilienhaus gekauft und seinem Sohn eine Wohnung eingerichtet. Da genug Platz war, nahm Joachim zwei Freunde von zuhause mit und gründete die erste Wohngemeinschaft. Jahre vergingen und die Mieter der restlichen fünf Wohnungen verließen das Haus nach und nach in Richtung Pflegeheim oder Friedhof. Jedes Mal, wenn eine Wohnung frei wurde, zogen Oberpfälzer Studenten nach. Längst gab es Wartelisten, auf die sich die Anwärter teils Jahre vor ihrem Abitur eintragen ließen. Wer sein Studium abgeschlossen hatte, machte Platz für jüngere. Die einzigen Dauerbewohner waren Joachim Achreuther und seine Lebensgefährtin Hildegard Koeberg. Mit dem Tod des Vaters vor drei Jahren war Joachim Eigentümer des Hauses geworden.

Der Auszug der letzten Altmieter war von den damaligen Studenten mit einem gewaltigen Fest gefeiert worden. Offenbar eine legendäre Angelegenheit. Denn seitdem wurde dieses Fest jedes Jahr wiederholt, immer am ersten Montag im Dezember. Da kamen alle ehemaligen und gegenwärtigen Bewohner zusammen, brachten Freunde und Bekannte mit und ließen im ganzen Haus die Sau raus.

„Aber in der Wohnung des Hausbesitzers wurde nicht gefeiert?", fragte ich.

Einer der Brüder aus dem Erdgeschoß schüttelte den Kopf. „Da hat der Joachim nur das Büfett aufgebaut. Und die Getränke bereitgestellt. Da ließ der sich nicht lumpen. Aber wehe, man hat was zu dreckig gemacht …"

„Und alle Wohnungstüren standen während der Feier offen?"

„Eigentlich nicht. Wir lassen immer den Schlüssel von außen im Schloss stecken, damit man überall rein kann."

Sein Bruder fiel ihm ins Wort. „Aber bei Achims Wohnung war der Schlüssel auf einmal weg. Horsti, ein Kumpel von uns, wollte was trinken. Die Tür war zu. Wir haben geläutet, geklopft – nichts. Dann haben wir uns auf die Suche nach dem Achim gemacht, aber der war auch nirgends zu finden. Die Hildegard Koeberg hat uns irgendwann mit ihrem Schlüssel aufgesperrt. Der Horsti wollte rasch sein Bier. Ist in die Küche gestürmt. Da hat er einen Schrei getan. Wir sind hinterher und haben die Bescherung gesehen."

„Stand die Küchentür offen?"

„Nein, ich glaub nicht."

„Angelehnt? Ganz zu?"

Er zuckte mit den Schultern. „Da müssen Sie den Horsti fragen."

„Na gut. Und dann?"

„Vom Achim seinem Festnetz hab ich die 110 gewählt. Ein paar Gäste sind abgehaut. Aber die meisten waren neugierig, wie es weitergeht."

Ich dankte und fragte, ob ich vor dem Versiegeln der Achreuther-Wohnung noch ein paar Flaschen Bier für sie rausschmuggeln sollte. Sie sagten, sie machten sich lieber einen Beruhigungstee.

Die Sache ist gelaufen

In der Tatwohnung traf ich auf den Gerichtsmediziner. Professor Aepfelkam war einer von der angenehmen Sorte. Machte keine Umstände, war schnell und sachlich. Er packte gerade seine Gerätschaften in einen Aktenkoffer. „Mit den üblichen Vorbehalten: ein einzelner Stich ins Herz mit einem langen

Gegenstand, vermutlich Messer. Der Mann war auf der Stelle tot. Keine weiteren Verletzungen erkennbar. Näheres nach der Obduktion, voraussichtlich morgen im Lauf des Tages."

„Danke Professor!" Da war er schon im Davonrauschen.

Ein Blick auf die Uhr, kurz vor eins. Der Erkennungsdienst hatte längst seine Zelte abgebrochen, ich war mit dem Toten allein. Langsam umrundete ich den leblosen Körper. Sie hatten ihn auf den Rücken gedreht. Leger gekleidet, Jeans, kariertes Hemd, Weste. Die Haare kurzgeschnitten, das ovale Gesicht braungebrannt. Er wirkte friedlich, fast gelassen, als sei der Tod eingetreten, bevor das Opfer überhaupt kapierte, was geschah.

Je länger ich Achreuther betrachtete, desto mehr gewann ich den Eindruck, dass ich dem Menschen schon einmal begegnet war. Aber wann und wo? Keine Ahnung. Irgendwo in der Tiefe meines Unterbewusstseins gab es da eine Assoziation, eine ganz und gar ungute Verknüpfung, die ich nicht zu fassen bekam.

So geht es mir oft bei Spielfilmen. Wenn ein Darsteller auftritt, und ich weiß genau, den kenn ich aus einer völlig anderen Rolle. Aber welcher?

Bei den Schauspielern war es einfach. Da guckte ich in Wikipedia nach, wo der sonst noch mitgewirkt hatte. Diese Möglichkeit war mir hier versagt. Zwei Männer mit einem Blechsarg erschienen, um den Toten mitzunehmen. Bevor sich der Deckel schloss, winkte ich ihm einen letzten Gruß zu.

Der Raum neben der Küche war zweifellos das Zimmer der Lebensgefährtin. Die Wände tapeziert mit fein gerahmten Postern aufgetakelter Laufsteg-Schönheiten. Kein Bett. Das stand bestimmt im gemeinsamen Schlafzimmer. Dafür ein großer Schreibtisch, auf dem es drunter und drüber ging, in der Regalwand Vasen, Schalen, Nippes, ein Großteil des Firlefanzes war allerdings quer im Raum verstreut. Ein weiteres Regal mit Modezeitschriften, auch hier die Hälfte von den Brettern geschoben und einfach liegen gelassen. Ein Schaukelstuhl. Ein großzügig ausgestatteter Schminktisch – wenn's Freude macht. Ich dachte an meine eigene kümmerliche Schminkausstattung. Die passte locker in ein altes Schlampermäppchen von meinem Sohn. Und selbst da lag sie das ganze Jahr unberührt rum.

Nebenan in der Küche rührte sich etwas. Vermutlich hatten meine Kollegen das Büfett entdeckt. Ich schlenderte hinüber.

Am Kühlschrank lehnte Kriminalhauptkommissar Gernot Pollmoos. Dienstältester in unserer Truppe. Mittelgroß, mittelbreit, Halbglatze, Kugelkopf und Kugelbauch. Kam auf den ersten Blick behäbig, gemütlich, schwerfällig rüber, doch der Schein trog gewaltig. Er war ein kluger Kopf. Und ein knallharter Hund, dem nach 25 Jahren im aktiven Polizeidienst nichts Menschliches fremd war.

Pollmoos hatte sich eine Schüssel mit Kartoffelsalat geschnappt und futterte direkt mit dem Salatbesteck. Seinem genießerischen Grunzen nach zu schließen, musste der Salat ausgesprochen delikat sein, denn mit durchschnittlicher Qualität gab sich der Kollege niemals zufrieden. Pollmoos verstand sich als gepflegte Erscheinung mit gezupften Augenbrauen, manikürten Fingernägel, millimetergenau getrimmtem Schnurrbärtchen. Gerüchten zufolge ging für seine Maßanzüge, die Seidenkrawatten und handgefertigten Lederschuhe ein beträchtlicher Teil seiner Bezüge drauf.

An Pollmoos' Seite klebte Dennis Pierstling, Kriminaloberkommissar. Ein zu kurz geratener Rothaariger mit Bürstenschnitt und ausrasiertem Stiernacken. Im Moment arbeitete er an einer Schüssel mit Tiramisu und tat sein Bestes, kein noch so kleines Löffelchen der Speise zu verschwenden. Seine wässrigen Augen starrten argwöhnisch in die Welt. Seine linke, gerade gut gefüllte Backe zierte ein Schmiss. Er trug einen verknitterten hellblauen Anzug und eine fliederfarbene Krawatte, die etliche Zentimeter über seiner Gürtelschnalle endete. Wer ihn nicht kannte, hätte ihn für einen Reisenden in Trikotage und Kurzwaren halten können. Pierstling selbst sah sich gern als Wadlbeißer.

Als Mann für die harte Tour. Jeder andere von uns durfte auch mal den Guten Cop geben, für ihn war immer die Rolle des Gnadenlosen reserviert. Wie prächtig er sich mit seinem Partner Pollmoos verstand, war für mich immer wieder verblüffend. Ausgerechnet der schicke Pollmoos, der auf andere Menschen, nicht zuletzt auf Kollegen, gern mit einiger Geringschätzigkeit herabsah und sehr giftig werden konnte, wenn ihm einer blöd kam.

„Auch schon da?", schmatzte der Kurze, als er mich sah. „Ist recht bequem, erst aufzukreuzen, wenn die Arbeit getan ist."

„Sei froh", japste Pollmoos und hätte sich fast verschluckt. „So pfuscht sie uns nicht dazwischen, wenn wir unseren Job machen."

„Wir sollten sie immer erst informieren, wenn wir den Fall gelöst haben", pflichtete ihm sein Partner bei.

Während der letzten Worte war Frauenneuhartinger eingetreten. Wie üblich stellte er sich an meine Seite. „Ihr habt den Fall gelöst?"

„So gut wie", warf sich Pollmoos in die Brust. „Zwei bildhübsche Verdächtige mit Motiv und Gelegenheit. Ich denke, die Sache ist gelaufen. Wenn ihr brav seid, lassen wir euch morgen am Ergebnis unserer genialen Folgerungen teilhaben."

„Da fragt man sich, was mit der Münchner Polizei los ist", fing jetzt wieder Pierstling zu labern an. „Werfen das Gehalt für die Kollegen Traxl und Frauenneuhartinger aus dem Fenster, obwohl es keinem auffallen würde, wenn man die beiden einfach wegließe."

Weil mein tiefenentspannter Partner sich gerade zwei garnierte halbe Eier auf einmal in den Mund geschoben hatte, übernahm ich die Antwort: „Reg dich nicht auf, Kleiner. FNH und ich werden gar nicht von der Polizei bezahlt. Wir kriegen unser Geld von den städtischen Kindergärten, weil wir aufpassen, dass ihr zwei Hosenbiesler keinen Schaden anrichtet."

„Schluss mit der Debatte!", tönte es vom Gang her. „Hört dieser Quatsch denn niemals auf!"

Erster Kriminalhauptkommissar und Kommissariatsleiter Valentin Dichau war ein drahtiges Gestell mit einem schmalen Gesicht, aus dem ein beträchtlicher Zinken hervorstach. Er pflegte seine Rolle als intellektueller Feingeist, der gelassen über den Dingen stand, mit Nickelbrille und schulterlangen grauen Haaren. Doch aus Erfahrung wusste ich, wenn es hart auf hart kam, zeigte er Nerven wie andere auch.

„Das ist kein Quatsch, Chef", beteuerte Pollmoos, als Dichau durch die Tür kam. Er trug sein unvermeidliches rostfarbenes Tweedsakko, dazu ein Flanellhemd und eine senffarbene Cordhose. „Jedes Wort wahr und belegbar."

Dichau zeigte auf die Salatschüssel in Pollmoos' Händen. „Muss das sein? Himmelherrgott, hier lag grad noch eine blutige Leiche, und ihr schlagt euch den Bauch voll. Sind wir wenigstens für heute fertig?"

Vierfaches Nicken.

„Dann sperr ich ab. Pollmoos, du bringst das Siegel an? Besprechung in großer Runde morgen um acht. Gute Nacht."

Frauenneuhartinger stoppte seinen über vierzig Jahre alten BMW 320 in Untersendling vor der Ausfahrt neben meiner Haustür. Auf dem Weg waren mir immer wieder die Augen zugefallen. Kein Wunder. Es war zwei Uhr vorbei und ich seit sechs in der Früh auf den Beinen. Laut und deutlich hörte ich mein Bett nach mir rufen.

Ich hatte die Beifahrertür schon geöffnet und den rechten Fuß aufs Straßenpflaster gesetzt, da legte mir der Kollege eine Hand auf den Arm. „Hast du vielleicht noch ein Bier im Kühlschrank? Ich hab was Dringendes mit dir zu besprechen."

„Tut mir leid, ich schlaf schon im Stehen. Bier gibt's ein anderes Mal", gähnte ich, stieg vollends aus und haute die Autotür mit lautem Knall ins Schloss.

Dienstag, 5. Dezember

Das Leben ist kein Ponyhof

Der Wind heulte unbarmherzig vor meinem Fenster. Ich zog mir das Kissen über den Kopf. Lächerlich. An Weiterschlafen war nicht zu denken.

Missmutig tappte ich durch den Flur in die Küche, schaltete die Kaffeemaschine ein und warf einen Blick in den Kühlschrank. Typisch. Ich hatte die Wahl zwischen Joghurt, einem Stück Appenzeller und einem angebrochenen Gurkenglas. Der Joghurt war erst zehn Tage über dem aufgedruckten Datum, das mochte gehen.

Während ich darauf wartete, dass der Kaffee in die Tasse lief, pfriemelte ich den Aludeckel vom Plastikbecher. Maracuja-Cranberry. Den musste ich in einem Moment geistiger Umnachtung gekauft haben. Mit meinem letzten sauberen Suppenlöffel schaufelte ich mir die Pampe in den Mund. Nach der zweiten Tasse Kaffee sah die Welt schon etwas freundlicher aus. Zähneputzen, danach Sit-ups, Liegestütze, Klimmzüge, zehn Minuten Faszientraining. Eine eiskalte Dusche schloss das übliche Morgenprogramm ab. Beim Trockenrubbeln wagte ich einen kritischen Blick in den Spiegel. Die Kurzhaarfrisur müsste mal wieder in Form gebracht werden. Aus zehn grauen Haaren waren seit der letzten Untersuchung mindestens dreißig geworden. Höchste Zeit, mit dem Zählen aufzuhören.

Auf dem Weg zur U-Bahn blätterte ich am Kiosk eine Boulevardzeitung durch. Über den Mord in Laim war noch nichts zu finden, so flott waren die Münchner Schreiberlinge nicht. Aber ich war mir sicher, dass sich das in den nächsten Tagen gehörig ändern würde.

Es war kurz vor acht, als ich in dem Büro, das ich mit Fraueneuhartinger teilte, Platz für den neuen Fall schaffte. Den

Stapel mit Altfällen, der meinen Schreibtisch verstopfte, packte ich oben auf einen Aktenschrank. Die drei Ausweise, die ich gestern einkassiert hatte, trug ich noch in der Jackentasche herum. Ich durfte nicht vergessen, sie im Vorzimmer zu deponieren, damit sie ihren Besitzern zurückgegeben werden konnten.

Fünf Minuten später saßen wir zu neunt im Besprechungszimmer. Den Platz an der Stirnseite des Tisches hatte Dichau eingenommen, wie immer. Ihm zur Rechten folgten Pollmoos und Pierstling, gegenüber Frauenneuhartinger und ich. Die Anwesenheit von Jost Katzenreuth vom Erkennungsdienst und von den beiden Streifenbeamten vom Revier, die am Vorabend als erste am Tatort eingetroffen waren, konnte ich nachvollziehen. Aber was hatte die seltsame Gestalt hier zu suchen, die zusammen mit Dichau hereingekommen war? Ich schätzte die Frau auf Anfang dreißig. Kupferfarbene Haare im Pixieschnitt. Das kreisrunde Gesicht wimmelte von Sommersprossen. Die pummelige Figur mochte keine 1,60 messen. Eigenwillige Garderobe mit knallroten Stiefeletten, weißer Hose, Ringelpullover in Blau und Weiß und zweireihiger Seemannsjacke. Das Schlimmste war die Brille. Die schien ein gutes Stück zu groß für das Gesicht, in dem sie saß, hatte einen dicken Rahmen, ebenfalls in Knallrot, und gab der Person das Aussehen einer beschwipsten Ameise.

Ich beschloss, das Wundern auf einen passenderen Zeitpunkt zu verschieben und konzentrierte mich auf das Wichtigste – die Kaffeekanne, die Theresia Englmeng, die gute Seele aus unserem Kommissariatsvorzimmer, in Umlauf gegeben hatte. Wie es aussah, konnten alle eine Portion extrastarken Kaffee dringend brauchen. Ungeduldig eröffnete Dichau die Sitzung und erteilte zuerst den Streifenbeamten das Wort. Keine Besonderheiten an dieser Front, sie waren auf den Notruf hin losgefahren, hatten dank der Party ein heilloses Durcheinander vorgefunden und über Funk nach Verstärkung, der Spurensicherung, dem zuständigen Kommissariat gerufen.

Der Spurensicherer stöhnte, bevor er seine Ausführungen zum Besten gab. In der Wohnung des Toten habe es von Fingerabdrücken nur so gewimmelt. Bestimmt hatten sich auf dem Fest über hundert Menschen vergnügt. Und zweifellos war jeder einzelne von diesen mehrmals zum Essenfassen oder wegen Getränkenachschubs in der Küche gewesen. Die Spuren am Opfer gaben wenig her. Keine Haut- oder Gewebereste unter den Fingernägeln, dafür allerlei Haare, Fusseln, Flusen an seiner Kleidung. Selbst wenn sich diese bestimmten Festbesuchern zuordnen ließen, bewies das bestenfalls, dass Achreuther irgendwann im Lauf des Abends mit diesen Kontakt gehabt hatte. Es gab keine Hinweise darauf, dass sich das Opfer gegen seine Ermordung zur Wehr gesetzt hatte.

„Die Untersuchung des sichergestellten Messerblocks läuft. Die Kriminaltechnik müsste noch diesen Vormittag damit durch sein", meinte Katzenreuth und schloss mit einem zweiten großen Seufzer. Auffällig sei die Unordnung in der Wohnung des Toten, als hätte jemand jedes Zimmer durchsucht. Die Nachforschungen im Haus würden heute fortgesetzt.

Nach kurzem Dank an Katzenreuth fügten wir reihum zusammen, was wir bei den Vernehmungen der Personen in den fünf Wohnungen in Erfahrung gebracht hatten. Insgesamt hatten wir die Personalien von 95 Anwesenden, Bewohner und Gäste, festgehalten. Und kein einziger wollte etwas im unmittelbaren Zusammenhang mit dem Mord beobachtet haben. Die letzten, die Joachim Achreuther lebend gesehen hatten, waren zwei Mieter der Wohnung im ersten Stock rechts. Nach deren Aussage hatte er gegen 21 Uhr seine eigene Wohnung betreten.

Eine ganze Reihe von Zeugen hatte berichtet, dass es zu einer Verstimmung zwischen Achreuther und seiner Lebensgefährtin Koeberg gekommen war. Offenbar hatte sie ihn mit den Fingern unter der Bluse einer anderen Frau ertappt. Frauenneuhartinger wusste einen Namen dazu, Sandra Mühlbauer aus Furth im Wald, 19 Jahre alt. Sie hatte im Mai ihr Abi gemacht, im November ihr Studium in München begonnen und kämpfte mit allen Mitteln um einen Platz im Moosbüffelheim.

„Moosbüffelheim?", fragte Katzenreuth irritiert. Pollmoos belehrte ihn, dass das der in der ganzen Oberpfalz gebräuchliche Name der Wohngemeinschaft in der Flotowstraße sei.

„Der Achreuther soll der jungen Frau eine Zusage für ein Zimmer gemacht haben", ergänzte Frauenneuhartinger.

„Der *Joachim* Achreuther hat diese Zusage gemacht!", betonte Pierstling eifrig. „Da war noch ein zweiter Achreuther auf dem Fest. Benedikt, der jüngere Bruder. Leitet eine Werbeagentur. Der belegt für mich auf der Verdächtigenliste die Pole-Position. Den hat der Tod des Bruders nicht besonders geschmerzt. Wenn der Tote kein Testament gemacht hat, ist er Alleinerbe. Und praktisch jeder, den wir gefragt haben, meinte, das Verhältnis der beiden Achreuthers wär nicht gerade von inniger Bruderliebe geprägt gewesen."

Pollmoos hatte eine Ergänzung: „Etliche Zeugen wollen gesehen haben, dass sich die Koeberg in den Armen des kleinen Bruders getröstet hat. Womöglich haben die beiden sich zusammengetan. Bei ihr war es Eifersucht und verletzte Eitelkeit, beim Benedikt Neid und Profitgier. Das sind alles mächtige Motive."

Frauenneuhartinger nickte. „Nicht nur das. Zwei Frauen haben diesen Bruder um zehn nach neun aus der Wohnung des Hausbesitzers kommen gesehen. Sie sind dann mit ihm zusammen in den zweiten Stock, wo er sich wieder zur Koeberg gesellt hat. Wurde zwischen diesem Zeitpunkt und dem Auffinden der Leiche noch jemand gesehen, der in die Wohnung rein oder raus ist?"

Die ganze Runde schüttelte den Kopf.

„So hab ich's gern", grinste Pollmoos selbstgefällig. „Ruckizucki Fall gelöst. Fragt sich nur noch, ob die Koeberg mitgemacht hat oder nicht. Für den Benedikt Achreuther können wir schon mal einen Haftbefehl beantragen."

Dichau runzelte die Stirn. „Klingt nicht schlecht. Bewiesen ist aber gar nichts und es gibt auch andere mit Motiv. Ich hatte das Vergnügen mit einem Typen, Viktor Kotschke, sehr schwer bezecht." Er verdrehte die Augen. „Dem hat Joachim Achreuther direkt am Abend der Feier sein Zimmer gekündigt. Das geht dann wohl an das Mädel aus Furth im Wald. Der Gekündigte hatte Schaum vorm Mund. Dann ein anderer – wartet kurz, wo hab ich ihn gleich …" Dichau ging ein paar Notizen durch, vergeblich. „Macht nix, den find ich schon wieder. Auf jeden Fall hat er wüst über den Joachim hergezogen. Der Herr Hauseigentümer soll hinter jedem Weiberrock her gewesen sein. Soll sich sogar regelmäßig an den Partnerinnen seiner Mieter vergriffen haben. Wenn das stimmt, weitet sich der Kreis der Verdächtigen schnell aus."

Frauenneuhartinger hatte auch etwas beizusteuern. „Den Kompagnon des Ermordeten nicht zu vergessen. Klaus-Dieter Tischlinger, Partner in der Steuerkanzlei, ist damals zeitgleich mit dem Joachim in das Haus eingezogen. Am besten wird die ganze Kanzlei durchleuchtet. Zum Beispiel, ob der Firmenanteil des Toten auf den Partner übergeht."

„Paul Kaps", warf ich ein. „Ein früherer Bewohner. Leitet ein kleines Unternehmen, irgendwas mit Transport. Der Achreuther war sein Steuerberater. Da soll es zu Unstimmigkeiten gekommen sein."

Dichau blickte in die Runde. „Ist das im Augenblick alles?"

Als keiner widersprach, fuhr er fort: „Das sind fürs Erste sechs Personen mit mehr oder weniger tauglichen Motiven. Pollmoos und Pierstling, ihr übernehmt den Bruder und die Freundin. Und ihr kümmert euch um angebliche Übergriffe auf die Partnerinnen der Mieter. Den Rest übernimmt das zweite Team." Er sah an Frauenneuhartinger vorbei zu mir. Ich nickte.

„Haben wir eine Vorstellung, was das für einer war, dieser Joachim Achreuther?", fragte ich. „Also abgesehen von seiner Fixierung aufs weibliche Geschlecht?"

Pollmoos grinste. „Das konnte der sich im wahrsten Sinne des Wortes leisten. Achreuther war reich, aber er ließ es wohl nicht raushängen. Trotzdem nicht jedermanns dicker Kumpel."

„Hatte scheint's eine soziale Ader", schlug Frauenneuhartinger vor. „Mit all diesen Studenten, alle aus seiner Heimat. Und mit diesem gesponserten Fest. Aber sein berufliches Treiben?"

„Wenn wir uns die Steuerfirma und das Beziehungsgeflecht in dieser Hausgemeinschaft näher angeschaut haben, sind wir ein Stück weiter", schloss Dichau das Thema ab, dankte den Kollegen von der Spurensicherung und von der Streife. Die drei verließen den Raum.

Ich wollte auch aufstehen, aber der Chef bedeutete mir, zu bleiben. Wenn ich richtig rechnete, war Valentin Dichau seit sieben Jahren mein Vorgesetzter. Nur Frauenneuhartinger kannte ich noch länger, mit FNH arbeitete ich schon seit acht Jahren zusammen. Die perfekte Beziehung – als Kollegen und Freunde. Mit Dichau war es nicht ganz so unkompliziert. Er war einer, der von seinen Mitarbeitern viel verlangte, aber auch bereit war, sich selbst die Finger schmutzig zu machen. Ein hemdsärmeliger, zupackender Chef, der den Erfolg seines Teams über die Befindlichkeiten der einzelnen Teammitglieder stellte. Der nicht gerade dafür verschrien war, seine Mitarbeiter durch Empathie zu verweichlichen. Ehrgeizig, verbissen, manchmal stur bis zur Selbstgerechtigkeit.

Daher wunderte es mich, dass er jetzt herumdruckste, mir unsichere Blicke zuwarf, sich mehrmals räusperte. „Leute, ich hab für unser Kommissariat eine gute und eine schlechte Nachricht. Ich will es kurz machen. Frauenneuhartinger verlässt uns. Er übernimmt in Ansbach eine Stelle als Kommissariatsleiter."

Pollmoos und Pierstling gratulierten. Ich starrte meinen Partner mit offenem Mund an.

„Und was ist die schlechte Nachricht", grinste Pierstling.

Dichau verdrehte die Augen, dann quälte er sich ein nachsichtiges Lächeln ins Gesicht. „Die *gute* Nachricht ist, dass wir bereits passenden Ersatz gefunden haben." Er wies auf die Frau in Seemannsjacke, die während der gesamten Besprechung kein Wort gesagt hatte. Ich hatte fast schon vergessen, dass sie hinten mit am Tisch saß. „Ich begrüße sehr herzlich Kriminal-kommissarin Bentje Schammach in unserem Kommissariat. Frau Schammach kommt aus Tönning, das liegt in Schleswig-Holstein. Sie bildet ab sofort mit Pia Traxl ein Team."

Die Worte drangen wie durch einen dicken Nebel zu mir.

Das durfte nicht wahr sein. Zwei Katastrophen an einem einzigen Tag. FNH schmiss hin. Und ich sollte mich zukünftig mit der Kasperltrulla abmühen. Kein Wunder, dass Pollmoos und Pierstling feixten. Was die Kollegen aus den anderen De-zernaten sagen würden, wollte ich mir gar nicht ausmalen. Wir würden zum Gespött des Präsidiums werden, zur Lachnummer des Jahres. Dick und Doof in Pumps.

Ohne den Chef oder meinen Partner eines Wortes zu wür-digen, sprang ich auf und ließ die Tür hinter mir knallen. In unserem Büro schnappte ich mir die Lederjacke von der Stuhl-lehne. Ich musste dringend an die frische Luft.

Erst am vorderen Treppenabsatz holte Frauenneuhartinger mich ein. Er fasste mich am Arm. „Es tut mir leid, wirklich", sagte er eindringlich. „Bitte glaub mir. Es ist erst gestern fix ge-worden. Ich wollte es dir sagen, aber da warst du zu müde, um mich anzuhören."

Ich riss mich los und hastete die Treppe hinunter, durch die Pforte, über den Hof, hinaus auf die Straße.

Frisches Klopapier

Grimmig stapfte ich durch die vertrauten Straßen der Innen-stadt. Aber ich hatte weder einen Blick für die Geschäfte noch für die Passanten. Ich war einfach nur sauer. Sauer auf Frauen-neuhartinger, der mir vertrauter war als Bruder oder Schwester, wenn ich denn welche gehabt hätte. Und der mich einfach sitzen ließ, ohne rechtzeitig einen Ton zu sagen. Sauer auf den Chef, weil er seinen besten Mann, meinen Partner, einfach widerspruchslos ziehen ließ. Sauer auf Pollmoos und Pierstling, die ab sofort noch mehr Häme über unser Team auskippen würden. Und ich war sauer auf die Matrosentante, die sich einbildete, sie könne einfach daherkommen und die Stelle meines Partners übernehmen. Einfach ging schon mal gar nicht. Aus Tönning hatte Dichau gesagt. Etwa von der Wasserschutzpolizei, oder was? Sprachen die da oben schon deutsch oder noch dänisch? Und dann gleich zur *Vorsätzlichen Tötung.* Jede Wette, dass die sich bei der ersten Leiche ihre schöne weiße Hose vollkotzte. Ich hätte selber kotzen können vor Wut.

Als ich am Hauptbahnhof vorbeikam, überlegte ich kurz, ob ich meinen Jahrhundertfrust mit Alkohol niederkämpfen sollte, entschied aber, noch ein Weilchen zu leiden. Die Bayerstraße preschte ich entlang, dann die Landsberger.

Unzählige Begebenheiten schossen mir durch den Kopf, die ich mit FNH gemeinsam erlebt und erlitten hatte. Mehr als einmal hatte er bei einem Einsatz seinen Sturschädel für mich hingehalten. War immer für mich da gewesen, wenn ich eine Schulter zum Ausheulen brauchte. Oder wenn ich die Sau rauslassen wollte. Oder wenn ich einen Hass auf die ganze Welt schob. Hatte mir bei meiner schmerzhaften Scheidung das Taschentuch gereicht. Hatte mir immer wieder den Glauben zurückgegeben, dass nicht alle Männer ausgemachte Arschlöcher sind.

Und jetzt war er auf einmal selber eines. Es war zum Heulen.

Längst war ich von der nach Westen führenden Landsberger abgebogen, marschierte kreuz und quer durch Straßen, von denen ich im Leben noch nichts gehört hatte. Orientierung verloren? Pffft. Irgendwie würde ich schon zurückfinden.

Obwohl, diese Straße kannte ich. Hier war ich erst kürzlich gewesen. Genau gesagt in der letzten Nacht. Da vorne war das

Haus, das diese seltsame Wohngemeinschaft beherbergte. Ich hielt darauf zu und wunderte mich. Von der Spurensicherung keine Spur. Entweder waren die mit ihrem Gang durchs Viertel schon fertig oder sie hatten noch gar nicht angefangen.

Zu gern hätte ich mir den Tatort noch einmal bei Tageslicht angeguckt, aber Dichau hatte abgeschlossen. Mit dem Schlüssel der Koeberg. Er hatte sie wohl überredet, bei einer Freundin zu übernachten.

Nach dem Schlüssel des Toten hatten wir letzte Nacht vergeblich gesucht. Hatte den der Mörder mitgenommen? Ich hätte es an seiner Stelle so gemacht. Tatort abschließen, Schlüssel mitgehen lassen – so verschaffte man sich wertvolle Zeit, bis der Mord entdeckt würde. Aber wohin dann mit dem Schlüssel, dem vielleicht einzigen Beweisstück, das den Täter mit der Tat in Verbindung brachte? Weg damit, so schnell wie möglich. Durch das Gitter in den nächsten Gully.

Während ich noch stand und das Haus betrachtete, parkte ein verrosteter Toyota direkt neben mir ein. Eine junge, kräftig gebaute Frau stieg aus, legte einen Kittel an und holte einen Eimer voller Putzmittel und eine große Packung Klopapier aus dem Kofferraum. Damit stiefelte sie auf die Hausnummer 15a zu. An der Haustür fing ich sie ab und zückte meinen Dienstausweis.

Sie hieß Anna Seibold und war Reinigungskraft. Einmal pro Woche putzte sie alle Wohnungen des Moosbüffelheims. Das Aufräumen nach der jährlichen Feier wurde extra bezahlt. Ja, doch, natürlich hatte sie einen Generalschlüssel für alle Wohnungen. Jetzt musste sie sich sputen, weil der Herr Achreuther sehr ungehalten werden konnte, wenn sie nicht pünktlich loslegte.

„Waren Sie gestern auch auf dem Fest?", wollte ich wissen.

„Nur dienstlich. Bevor es losging, hab ich alle Wohnungen gesaugt und mich später um den Getränkenachschub gekümmert. Und immer mal eine Ladung Geschirr durch die Maschine gejagt." Sie schaute ungeduldig auf die Uhr.

„Sie haben keine Eile", beruhigte ich sie. „Herr Achreuther wird Sie nicht tadeln. Er ist nämlich letzte Nacht gestorben."

„Was?" Sie blickte mich entsetzt an. „Wieso so schnell? Es hat ihm doch gar nichts gefehlt."

„Es war ein gewaltsamer Tod. Deshalb ermitteln wir. Und ich hätte noch ein paar Fragen, zum Beispiel wie lange Sie gestern hier waren?"

Sie stellte Putzeimer und Klopapier ab und starrte ein paar Sekunden zu Boden. „Tot, der Achreuther … Gestern hat er mir noch versichert, dass mein Dienst nur bis halb neun gehen sollte, dann wäre auf jeden Fall Schluss. Aber wie immer kam alles Mögliche dazwischen. Scherben zusammenkehren, Müll wegbringen. Zuletzt beschwerte sich einer, dass in irgendeiner Wohnung das Klopapier ausgegangen war. Hab ich noch schnell nachgefüllt."

„Wo wird das Klopapier aufbewahrt?"

„Ich hab gestern aus dem Bad von Herrn Achreuther ein Paket geholt und bin damit durch alle Wohnungen."

„Wann war das?"

„Zwanzig nach neun war ich fertig. Ich hatte meinem Mann gesagt, ich wär um halb zehn daheim. Drum hab ich auf die Zeit geschaut."

„Ist Ihnen in der Wohnung von Herrn Achreuther etwas aufgefallen?"

„Nur eine Kleinigkeit, aber ja, da war was. Wie ich das Klopapier geholt hab, steckte der Wohnungsschlüssel von außen. Wie immer bei den Festen. Wie ich fünf Minuten später die übrig gebliebenen Klorollen zurückgebracht hab, war der Schlüssel weg. Also hab ich mit meinem eigenen Schlüssel aufgesperrt."

„War zu der Zeit jemand in der Wohnung?"

„Keine Ahnung. Gehört hab ich nichts."

Ich spähte die Flotowstraße entlang, keine Spurensicherung mit Hausschlüssel in Sicht. „In Ordnung, vielen Dank. Wären

Sie noch so nett, mir die Wohnung des Verstorbenen aufzusperren?"

Gemeinsam gingen wir in den ersten Stock. Das Siegel an der Wohnungstür war unbeschädigt. Ich riss es weg, sie sperrte auf.

„Vielen Dank, Frau Seibold. Sollte Ihnen noch etwas einfallen, hier ist meine Karte. Leider können Sie diese Wohnung heute nicht betreten, die Untersuchung ist noch nicht abgeschlossen."

„Bevor ich nicht weiß, wer mich künftig bezahlt, tu ich eh keinen Handgriff mehr." Sprachs und ging.

Bei Tageslicht wirkte die Wohnung auf mich nüchterner, geradezu sachlich. Achreuther und seine Lebensgefährtin schienen keine großen Romantiker gewesen zu sein. Neben der Küche und dem Zimmer der Koeberg, die ich letzte Nacht schon in Augenschein genommen hatte, gab es ein Bad, ein Schlafzimmer mit Doppelbett, das Wohnzimmer und einen Raum, der wohl allein von Achreuther genutzt worden war. Seltsam berührte mich, dass es in der gesamten Wohnung keine Bücher gab. Im Wohnzimmer unter dem Breitbildfernseher nur ein Schwung DVDs und CDs, aber abgesehen von den Modezeitschriften der Koeberg nichts zum Lesen. Auf einen Blick war zu erkennen, dass in jedem Zimmer Schränke, Regale und Schubfächer durchsucht worden waren.

Gerade wie ich meine Taschen nach einem Paar Einweghandschuhe absuchte, wurde die Wohnungstür aufgeschlossen. Jost Katzenreuth war es mit seinen Kollegen von der Spurensicherung. „Tu mir den Gefallen und trampel nicht überall rum", war seine übliche Begrüßung. „Mit der Küche waren wir gestern schon durch. Auch im Arbeitszimmer vom Toten kannst du von mir aus wühlen, wenn du alles andere erst mal uns überlässt."

Also guckte ich mir den persönlichen Raum des Verblichenen genauer an. Vor dem Fenster ein Schreibtisch mit Stuhl. Hochwertig aussehender PC, Bildschirm, Drucker. Eine Kommode, beladen mit allerlei Kleidungsstücken. Ein Regal mit Akten. Ich zog mir ein paar beliebige heraus, der übliche Kleinkram, Versicherung, Krankenkasse, Telefon, Strom, Heizung. Nichts Berufliches, das hatte er wohl in der Kanzlei aufbewahrt. Acht Ordner enthielten die Mietverträge sämtlicher früherer wie aktueller Hausbewohner, chronologisch gesammelt seit 2003. Die würde ich genauer durchsehen. Der Rechner und das Handy, mit Ladekabel noch an der Steckdose, müssten von den IT-Leuten überprüft werden.

Drei Schubladen am Schreibtisch, alle standen offen. In der obersten ein Verhau von Schreibutensilien, Süßigkeiten, Zigarettenschachteln. In der zweiten Druckerpapier, Versandtaschen, Bedienungsanleitungen. In der untersten noch mehr Papier, diverse ausgedruckte E-Mails. Obenauf ein Brief vom Bruder, handschriftlich, das fiel aus dem Rahmen. Es ging um den Verkauf der väterlichen Baufirma. Benedikt, der jüngere, wollte partout verkaufen, der ältere sperrte sich dagegen. Die Beschimpfungen, mit denen Benedikt seinen Bruder bedachte, waren nicht von schlechten Eltern, am Ende des Schreibens gar eine handfeste Drohung. Ich machte mit dem Smartphone ein Foto des Briefs, erbat mir von einem der Kollegen der Spurensicherung eine Plastikfolie und steckte das Schreiben hinein, um es später Pollmoos zu geben.

Zurück im Arbeitszimmer nahm ich die gerahmten Fotografien an den Wänden unter die Lupe. Achreuther hatte locker mehrere Dutzend davon im Raum verteilt. Alle zeigten sie Personengruppen, kleinere wie größere, und auf allen war der Verstorbene zu sehen. An seinem Aussehen konnte man das Alter der Aufnahmen abschätzen. Fotos vom Skifahren, vom Urlaub am Strand, vom Grillen hinter dem Haus. Viele Bilder waren in Kneipen aufgenommen worden.

Gerade die frühen Ablichtungen des Toten brachten mich ins Grübeln. Dieses Grinsen, selbstbewusst, geradezu überheblich. Das hatte ich schon einmal gesehen. Ganz sicher. Aber

wieder konnte ich nicht greifen, an was mich sein Anblick erinnerte.

Noch einmal zückte ich das Handy und machte eine Auf-
nahme von jedem einzelnen Bild. Bei einem Foto fehlte ein
Stück. Da waren ein paar Zentimeter und damit ein, nein zwei
Köpfe entfernt. Interessant.

Zum Abschluss trat ich an die Tür und ließ das Zimmer ein
letztes Mal auf mich wirken. Der Verstorbene hatte bescheiden
gelebt. Einfache Kleidung, einfache Möbel. Keine Wertgegen-
stände, keine Kunst, kein Schmuck. Konnte etwas gestohlen
worden sein? Es sah nicht so aus, als ob hier etwas zu holen gewesen wäre. Obwohl der Kerl steinreich gewesen war. War er
steinreich gewesen?

Guter Freund, ich frage dich

Um die Ecke stieß ich auf das Gasthaus *Gotthardgarten*. Zwei
Frauen tranken Kaffee, eine Gruppe Jugendlicher glotzte in ihre
Smartphones. Ich setzte mich auf eine Bank an der Wand und
bestellte Leberknödelsuppe und Weißbier.

Zwei Uhr durch. Eigentlich müsste ich mich längst wieder
im Büro sehen lassen. Eigentlich hatte ich so was von keinen
Bock da drauf. Wenn mir diese Vollpfosten den Boden unter
den Haxen wegzogen, durften sie sich nicht wundern, wenn
ich ein bisserl brauchte, um wieder auf die Füße zu kommen.

Meine Wut war noch nicht verraucht, doch im Moment
richtete sie sich gegen mich selbst. Wie oft hatte ich mir vor-
genommen, mich nicht mehr von einem anderen Menschen
abhängig zu machen. Frauenneuhartinger als Kommissariatsleiter in Ansbach. Er würde bestimmt ein guter Chef werden.
FNH wusste, dass Mitarbeiter nicht dazu da waren, ihrem
Chef zu dienen, sondern umgekehrt. Aufgabe eines Chefs war
es, für seine Mitarbeiter ein Umfeld zu schaffen, in dem sie das

Beste aus sich herausholen, ihre Kräfte und Fähigkeiten bestmöglich einsetzen konnten. Aber würde FNH auf Dauer damit glücklich werden? Selbst wenn er es, wie unser Dichau, schaffen sollte, erstaunlich viel Zeit auf der Straße zu verbringen, würde dieser Teil der Arbeit unweigerlich weniger werden und das würde meinem Kollegen, meinem Partner, meinem Freund fehlen.

Wie hätte ich mich verhalten, wenn mir so ein Posten angeboten worden wäre? Höhere Besoldungsgruppe. Ein Stück auf der Karriereleiter nach oben … Ich knallte mein Weißbierglas auf den Tisch. Nie im Leben! Ich wäre um nichts in der Welt von München weggegangen. Hier kannte ich jedes Zamperl beim Vornamen. Hier liebte ich den Grant der Einheimischen, die Gschnappigkeit der Kellnerinnen, sogar den Fön von den Bergen. Hier und nur hier war ich der Mensch, als der ich mich wohlfühlte. Solange ich mir meine Miete leisten konnte, brachten mich keine zehn Pferde aus dieser Stadt weg.

Wo hatte der tote Achreuther nochmal seine Wurzeln gehabt? In der Oberpfalz? Aber er hatte die Hälfte seines Lebens in München verbracht. Hatte hier Quartier bereitgehalten für seine Leutchen von daheim. Wohltäter oder Miethai? Es hätte bestimmt keinen solchen Ansturm auf sein Moosbüffelheim gegeben, wenn er die ortsüblichen Wuchermieten kassiert hätte. Ich konnte diesen Typen schwer greifen. Gesellig und reisefreudig war er gewesen, das bewies seine Fotogalerie. Immer in einer großen Gruppe von Freunden unterwegs.

Die Suppe war vertilgt, das zweite Bier musste warten. Ich merkte, meine Stimmung kam auf keinen grünen Zweig.

Auf dem Weg zur U-Bahn am Laimer Platz wählte ich die Nummer vom Gsprait.

„Ist es arg?", waren seine ersten Worte. Das übliche heisere Gekrächze. Offensichtlich war er von den Oscuros, seinen kohlrabenschwarzen Lieblingszigarren aus Nicaragua, immer noch nicht losgekommen.

„Ich bräuchte mal für fünfzehn Minuten ein freundliches Gesicht um mich herum. Weil ich mein eigenes im Moment nicht ertragen kann."

„Um vier im Hofgarten?"

Ich nickte. Und weil der Gsprait das am Telefon nicht sehen konnte, sagte ich: „Perfekt!"

Schon von Weitem sah ich die lange, dürre Gestalt neben dem Diana-Tempel in der Mitte der Hofgartenanlage stehen. Trotz seines Alters von fast achtzig stand er kerzengerade. Und trotz des eisigen Winds trug er nur eine dünne Weste über dem Jeanshemd. Die nackten Füße steckten in Ledersandalen. Seine schlohweißen Haare ragten wirr nach allen Seiten von seinem kantigen Schädel weg. Sein zerfurchtes Gesicht erinnerte an den Donaudurchbruch beim Kloster Weltenburg. Seine schwarzen Augen glänzten wie polierte Kohlen. Natürlich würde keine alte Sau Kohlen polieren. Aber wenn doch, dann würden sie aussehen wie diese Augen.

Diesen Menschen hatte ich in meiner Anfangszeit bei der Kripo kennengelernt. Meine allererste Verhaftung. Vierzehn Jahre war das mittlerweile her.

Mehr als skurril war der Fall damals gewesen. Ich war zu der Zeit im Einbruchs-Dezernat, das war noch während meines Praktikums im Rahmen des Hochschulstudiums. In Harlaching war einer eingestiegen, das Anwesen gerammelt voll mit Elektronik, Bargeld, Schmuck, sogar leidlich wertvolle Bilder an den Wänden. Von alledem hatte der Einbrecher aber nichts angerührt. Das war das Gegenteil von einem Profi gewesen. Mitgenommen hatte er zwei Fotoalben und einen Stoffelefanten und dafür einen Zigarrenstumpen am Tatort zurückgelassen, Fußspuren und jede Menge Fingerabdrücke. Sogar sein Blut hatte er reichlich verspritzt, nachdem er sich an der eingeschlagenen Scheibe der Terrassentür geschnitten hatte. Woher der Bestohlene den Namen des Täters kannte, haben wir nie erfahren.

Aber als wir noch in der gleichen Nacht den damals 65-jährigen Anton Gsprait in Trudering aus dem Bett klingelten, gab er den Wohnungseinbruch samt Diebstahl unumwunden zu. Obwohl er bis dahin unbescholten war und obwohl er gestanden hatte, steckte ihn das Gericht für ein ganzes Jahr hinter Gitter. Zum einen, weil er sich standhaft weigerte, den Verbleib der gestohlenen Gegenstände zu verraten. Zum anderen, weil er mehrfach bekannte, mit seiner Tat sehr zufrieden zu sein und für Reue keinen Anlass zu sehen. Was sich ebenfalls wenig vorteilhaft auf die Bemessung des Strafmaßes auswirkte, war der Umstand, dass er bei der Gerichtsverhandlung das anwesende Einbruchsopfer als *notorisch debile Furzsemmel* bezeichnet hatte. Zweimal hatte ich ihn während seiner Haftzeit besucht, aber über seine Motive schwieg er eisern.

Vier Jahre später war ich im Dezernat für Raub und Erpressungsdelikte gelandet und hatte die Geschichte längst vergessen. Da passte mich Anton Gsprait eines Abends beim Verlassen des Präsidiums ab. Bei einer Maß Bier im *Parkcafé*-Biergarten erfuhr ich endlich, was es mit dem seltsamen Einbruch auf sich hatte. Da war die Tochter seiner Nachbarin. Hatte jahrelang mit dem Einbruchsopfer zusammengelebt. Aus der Beziehung stammte ein Bub, der mit sieben Jahren an Leukämie erkrankt und schließlich gestorben war. Der Erzeuger fing eine Liebschaft mit der Tochter seines Chefs an, zog zu ihr und nahm aus dem gemeinsamen Besitz mit, was er für richtig hielt, so auch die Alben mit den Kinderfotos des Buben. Und das Lieblingsstofftier. Die Mutter bettelte, ihr Nachbar Gsprait drohte, der Kindsvater lachte sie aus. Da griff Gsprait zur Selbsthilfe. Und ging lieber für ein Jahr ins Gefängnis, als zu verraten, wo die zurückeroberten Erinnerungsstücke versteckt waren.

Seit dieser Beichte im Biergarten war der alte Mann eine Institution für mich. Einer, der mir zeigte, dass man für die wirklich wichtigen Dinge im Leben keine Kompromisse eingehen durfte.

Jetzt stand er vor mir und drückte mich für wunderbare zehn Sekunden. Dann musterte er mich und sagte frech: „*Das* Gesicht würde ich auch nicht ertragen. Immer noch derselbe krumme Zinken mittendrin. Sollen wir uns setzen?" Er zeigte auf eine der Steinbänke im Diana-Tempel.

Ich schüttelte den Kopf. Also hakte er sich unter und schlenderte mit mir den Kiesweg entlang. „Spuck's aus. Mit wem hast du Streit? Dein Ex ist es nicht, auch nicht dein Sohn. Das bekämst du auf die Reihe. Dein Chef? Oder diese unsäglichen P&P-Kameraden?"

Als ich nichts sagte, ergriff er meine Hand. „Also der Frauenneuhartinger."

„Sieht so aus."

„Bist du noch zu retten? Du hast dich in deinen Partner verknallt?" Der Gsprait war aufgebracht. Aus der Brusttasche zauberte er eine seiner gefürchteten Zigarren hervor.

„Quatschiger Quatsch! Doch nicht verknallt. Nicht in den FNH."

„Was dann?" Er hielt ein Streichholz an seine Oscuro und paffte dicke Wolken.

Jetzt sprudelte mein ganzer Zorn aus mir heraus. „Der Arsch geht einfach weg. Für immer! Wird irgendwo Chef. Und hat mir nichts davon gesagt. Und statt ihm setzen sie mir so eine Trulla hin, die aussieht, als könnte sie nicht bis drei zählen. Und der Pollmoos und der Pierstling sind natürlich obenauf. Und der Dichau tut so, als sei das die normalste Sache der Welt! Und am meisten stinkt mir, dass ich mich nicht im Griff hatte. Einfach abgehaut. Alles stehen und liegen gelassen. Mitten in der ersten heißen Phase einer Mordermittlung. Total unprofessionell!"

Dann musste ich Luft holen, das nutzte er aus. Erneut drückte er mich und strich mir über den Rücken. „Ganz ruhig, Mädel. Alles wird gut. Jetzt schnaufst du erst einmal tief durch."

Artig folgte ich seiner Anweisung.

„Na also. Jetzt zur Sache. Du sagst, alle sind doof, am meisten du selber. Folgendes: Der Chef und diese P&P-Typen können dir erst einmal am Arsch vorbei gehen. Du musst mit deinem Partner reden. Vielleicht gibt es einen Grund, warum er nichts gesagt hat. Vielleicht kannst du ihm verzeihen. Vielleicht gönnst du ihm seine Veränderung, seine Beförderung, seinen Aufstieg."

Ich nickte und drehte mich zur Seite. Der Gsprait musste ja nicht sehen, dass mir eine fette Träne über die Backe rollte.

Er fuhr fort. „Dann musst du mit deiner neuen Partnerin reden. Gib ihr eine Chance. Bilde dir ein Urteil, ob sie wirklich so dämlich ist wie du meinst. Dann kannst du immer noch Stunk machen. Und dann berechtigt. Aber wenn du dich in ihr täuschst ... Das wär eine Riesensache! Stell dir vor, zwei Frauen als Team. Die Typen werden euch unterschätzen und ihr blaues Wunder erleben. Kriegst du das hin?"

Wieder nickte ich.

„Wenn du mit den beiden im Reinen bist, dann bist du es auch mit dir selber."

Dankbar lächelte ich ihn an. „Darf ich dich noch auf ein Bier einladen?"

„Das solltest du jetzt lieber mit dem Frauenneuhartinger trinken. Schreib mir meine Halbe gut. Für den Sommer. Mit Zinsen ist es bis dahin eine Maß."

Ade zur guten Nacht

Theresia Englmeng, unsere Sekretärin, hob nach dem ersten Klingeln ab. Natürlich konnte sie mir die Adresse der Neuen geben. Neuhausen, Safferlingstraße. Danke. Bitte.

Aber die Safferlingstraße hatte noch etwas Zeit. Erst musste ich in die Sedanstraße in Haidhausen. *Bartholomäus F.* stand am Klingelschild. Keiner zuhause. Ob der mit den Kollegen irgendwo seinen Ausstand feierte? Ohne mich hätte er keinen Spaß dabei – bildete ich mir ein. Eher gab er sich allein die Kante. Aber wo? In fußläufiger Entfernung rings um seine Wohnung gab es mehr als ein Dutzend hervorragende Kneipen, die wir allesamt schon das ein oder andere Mal mit einem ausgiebigen Besuch beehrt hatten.

Es war kurz vor sechs. Da startete ich am besten im *Kloster*. Fehlanzeige. Dann in den *Preysinggarten*. Auch nicht. Ins *Lollo Rosso*. Ins *Molly Malone's*. In den *Roten Knopf*. *Negroni Bar*. *Café im Hinterhof*.

Letzter Versuch: *Haidhauser Augustiner*. Na bitte. Allein an einem Tisch im hinteren Teil des Lokals. Schon aus zehn Metern Entfernung sah ich ihm an, dass er einen gehörigen Blues schob. Ohne ein Wort zu sagen, setzte ich mich neben ihn. Auf seinem Bierfilzl zählte ich drei Striche, hätte schlimmer sein können. Der Ober brachte auf meinen Wink zwei Weißbier.

Da saßen wir dann und tranken schweigend.

Das war auch so eine Sache. Das Schweigen mit dem Frauenneuhartinger. Quatschen kann man mit jedem. Aber Schweigen! Nicht einfach nur dasitzen und still sein. Nein, gemeinsam den Gedanken nachhängen und ohne auch nur ein Wort wissen, dass der andere genau das Gleiche denkt.

Dann bestellte er zwei Halbe. Wir stießen an, nahmen jeder einen tiefen Zug. Plötzlich grinste er, ballte die Rechte zur Faust und hieb mir in den Oberarm.

„Tut mir leid", grunzte ich und haute grinsend zurück. „Hab mich wie ein Riesenrindviech benommen."

„Mir tut es leid. Ich hätte früher was sagen sollen. Aber ich hatte es dem Dichau in die Hand versprochen, dass ich die Klappe halt."

Wir schwiegen und tranken.

„Vielleicht hab ich dir auch deshalb nix gesagt, weil ich wollte, dass bis zum letzten Tag alles so bleibt, wie es immer war."

Ich nickte. „Wann fängst du dort an?"

„Nächsten Montag. In zwölf Stunden kommt der Umzugswagen."

„Kein Ausstand?"

„Wofür hältst du mich? Ich bin noch ein paar Mal da die nächsten Wochen. Allein wegen der Wohnung, da muss ich noch einen Nachmieter suchen. Wir finden schon einen Termin für ein gepflegtes Abschiedsbesäufnis."

Erneut stießen wir an und tranken. Die nächste Runde ging auf mich.

Irgendwann ein Blick auf die Uhr. Halb neun. Wenn ich die beschwipste Ameise noch erwischen wollte, war es höchste Eisenbahn. Mit einer festen Umarmung verabschiedete ich mich von meinem Partner. „Wir sehen uns!"

„So was von!"

Mit der S-Bahn vom Rosenheimer Platz zur Donnersberger Brücke. Fünf Minuten später stand ich vor ihrem Haus. *Schammach*. Ein Post-it-Zettel mit einem Pfeil war am Klingelbrett neben einen zweiten Namen geklebt. Auch hier machte keiner auf. Schon wieder die Kneipen abklappern? Heut blieb mir nichts erspart. Hatte es einmal hingehauen, konnte es auch ein zweites Mal klappen.

Bingo. *Sappralot* hieß der Schuppen. Sah ziemlich gemütlich aus. Meine künftige Partnerin saß an einem Zweiertisch und kämpfte sich durch einen Berg Schinkennudeln. Neben dem Teller stand ein leeres Pilsglas.

Bei der Kellnerin orderte ich ein Weißbier und ein Pils. Dann setzte ich mich, selbstverständlich ohne zu fragen, meiner neuen Kollegin gegenüber. Die ließ die Gabel sinken. Eine Weile schauten wir uns wortlos an. In ihrem Blick meinte ich Unsicherheit zu erkennen, Trotz und Zweifel, aber auch Neugier. Und weit hinten einen gehörigen Schalk.

Das Bier kam. Ich hob mein Glas mit der Linken. „Pia."

Die Rechte reichte ich über den Tisch.

„Bentje." Ihr Händedruck war überraschend fest.

Wir stießen an.

„Erzähl mir von Tönning", bat ich.

„Tönning? Tönning ist toll! Kleine Hafenstadt in Nordfriesland, in der Nähe fließt die Eider in die Nordsee. Das war früher mal ne ganz große Nummer, das Städtchen, mit Schloss und Festung und allen Schikanen. Wirkt heut ein wenig verschlafen, ist aber ziemlich aufgeweckt." Sie grinste mich an. „Früher hat Tönning Geld durch das Verschiffen von holländischem Käse gemacht. Heute haben sie den Käse durch Touristen ersetzt. Merkt man kaum einen Unterschied."

„Und warum bist du weg?"

„Komplizierte Geschichte. Nichts für den ersten Abend."

„Ein Mann?" Ich blieb hartnäckig.

Nicken.

„Schlimm?"

„Sehr! Ein Kollege vom Kommissariat. Ich Dösbaddel hab gemeint, das wär was mit Zukunft, dabei hat der mich nach Strich und Faden betrogen und ausgenutzt. Und hat sich als Krönung eine Stelle geschnappt, die mir versprochen war."

„Oha. Aber warum gleich nach München?"

„Weil das am weitesten weg ist von dem Arsch. In Garmisch war leider nichts frei." Sie schob sich den letzten Bissen Schinkennudeln in den Mund und den Teller an den Tischrand. Dann nahm sie einen tiefen Zug vom Bier. „Und du?", fragte sie.

„Ursprünglich aus Ebersberg. Das ist der übernächste Landkreis im Osten. Seit ewigen Zeiten in München. Bisher hab ich es immer geschafft, dass die Kerle das Weite gesucht haben und ich konnte bleiben."

Eine Stunde und ein Bier später trennten wir uns vor der Tür des Lokals.

Wenn wir auch nicht gemeinsam geschwiegen hatten, das gemeinsame Quatschen war schon einmal gar nicht so schlecht.

Kein einziges Wort über das Präsidium oder unseren Fall. Aber sehr viele Worte über das, was uns ausmachte. Bentje liebte das Meer, das flache Land, die grenzenlose Weite, die Freiheit bis zum Horizont. Ich liebte die Berge, die meiner Welt Konturen verpassten, die mir Geborgenheit gaben. Sie hatte von der norddeutschen Küche geschwärmt, mit Scholle, Labskaus, Grünkohl, Franzbrötchen. Ich ließ für Obadzdn, Wurstsalat, Schweinsbraten und Kaiserschmarrn alles andere stehen. Beide hatten wir ein Faible für Fußball. Zum Glück die eine nicht für den unsäglichen Rekordmeister, die andere nicht für den HSV – die Löwen und St. Pauli, das passte zusammen.

Zuletzt hatte sie mir ihre peinlichste Leidenschaft gestanden. Sie sammelte Gummienten. Ihre alte Bude in Tönning wurde noch von über 250 der quietschbunten Kunststofffiguren bevölkert. Na, viel Spaß, wenn die vollends nach München nachkamen.

Eine Dreiviertelstunde später lag ich in meinem Bett. Der letzte Gedanke vor dem Einschlafen war, dass sich die Totmacher und Abmurkser der Stadt künftig sehr warm würden anziehen müssen.

Wo liegt der Hund begraben?

Nach der zweiten kurzen Nacht in Folge dehnte ich die kalte Dusche länger als üblich aus. Mein Sportprogramm brachte ich mit Anstand hinter mich. Zwei Tassen Kaffee als Frühstück. Unterwegs nahm ich beim Bäcker eine Käsesemmel mit.

Im Büro gab es dezente Veränderungen. Frauenneuhartinger hatte sein Graffel gestern ausgeräumt und Platz gemacht für die neue Kollegin. Dass die von der Nordsee stammte, konnte man unschwer den Accessoires entnehmen, die ihren Schreibtisch zierten. Leuchtturm, Buddelschiff, Kaffeetasse mit St-Pauli-Totenkopf. Und natürlich eine Gummiente, verkleidet als Seebär im Ölzeug mit Südwester.

Theresia Englmeng hatte mir die regionalen Tageszeitungen auf den Platz gelegt. Wenigstens hatte der Mord an unserem Steuerberater es nicht auf die Titelseiten geschafft. Trotzdem viel Gesülze über seinen Werdegang und seine Verdienste, dazu die üblichen hanebüchenen Spekulationen. Wenig konkretes Wissen. Wie auch?

Um acht bat Dichau zur obligatorischen Besprechung. Die erste ohne Frauenneuhartinger, dafür mit erschreckend wohlgelaunter Bentje. Der Chef blickte mir zehn Sekunden lang mit gefurchter Stirn ins Gesicht. „So einen Aussetzer wie gestern gibt es nicht noch einmal. Deine Gefühlsduselei kannst du dir nach Feierabend erlauben."

Pollmoos und Pierstling warfen mir verächtliche Blicke zu. *Überspanntes Frauenzimmer!*, konnte ich in ihren Mienen lesen. Jeder Versuch, mich zu verteidigen, wäre nach hinten losgegangen, also ließ ich es sein und nickte kleinlaut.

Die Berichte von Gerichtsmedizin und KTU lagen vor. Todesursache war ein einzelner treffsicherer Stich ins Herz mit einem Messer mit glatter Klinge, mindestens zwanzig Zentimeter lang. Der Stichkanal verlief waagerecht von vorn, ließ aber kaum Rückschlüsse auf die Körpergröße des Täters zu. Auch nicht darauf, ob er Links- oder Rechtshänder war. Der Tote hatte einen Blutalkoholgehalt von 1,3 Promille gehabt. Er war in altersgemäß guter Verfassung gewesen. Keine Spur einer tätlichen Auseinandersetzung vor der Stichverletzung.

Unter den sichergestellten Messern aus der Küche des Toten hatte sich eines befunden, an dem zweifelsfrei Spuren vom Blut des Ermordeten nachgewiesen werden konnten. „Kochmesser mit einer Klingenlänge von 23 Zentimetern, asiatischer Schliff, glatte Klinge, Damaststahl, Hammerschlagmuster", zitierte Dichau aus dem Laborbericht.

„Hat denn der Täter das Messer nicht gscheit abgewischt?", wollte ich wissen.

„Den Griff schon", erklärte Dichau. „So sind die Kollegen überhaupt draufgekommen. Das war das einzige Messer ohne Fingerabdrücke. Bei der Klinge war das Abwischen schwer. Hammerschlagmuster lässt sich per Hand nicht rückstandsfrei reinigen."

Bentje meldete sich erstmals zu Wort: „Als Waffe ein Gegenstand vom Tatort. Das heißt, die Tat kann spontan erfolgt sein."

„Ach woher. Das hat der Bruder genau so geplant", behauptete Pollmoos. „Hat gewartet, bis genug Leute mit tadellosen Motiven auf einem Haufen waren. Hat bewusst eine Waffe gewählt, auf die auch jeder andere Zugriff hatte. Raffiniert!"

Pierstling nickte. „Seh ich auch so. Und wenn es doch eine Spontantat war, dann durch die Koeberg. Die war sauer, weil ihr Kerl einer anderen schöne Augen gemacht hat."

Dichau hatte Zweifel. Es wies auf die Unterlagen vor sich. „Nach allem, was wir gehört haben, zeigte der Joachim Achreuther seit Jahren Interesse an anderen Frauen. Schwer vorstellbar, dass eine Anmache auf dem Fest für die Koeberg überraschend gekommen ist. Wie weit seid ihr mit euren Befragungen?"

Pollmoos berichtete, dass Benedikt Achreuther hartnäckig dabei blieb, die Wohnung seines Bruders um kurz nach neun verlassen und die Zeit bis zur Todesnachricht im zweiten Stock verbracht zu haben. Zusammen mit der Koeberg. Beides wurde von mehreren Zeugen bestätigt. Diese Zeugen konnten natürlich nicht bestätigen, dass der Joachim noch gelebt hatte, als der Bruder seine Wohnung verließ.

An dieser Stelle erwähnte ich meine Unterhaltung mit der Reinigungsdame. Deren Aussage legte nahe, dass der tödliche Stich zwischen 21.15 Uhr und 21.20 Uhr erfolgt war. Zumindest war in diesem engen Zeitfenster der Wohnungsschlüssel entfernt worden.

Pollmoos wölbte die Unterlippe vor. „Das heißt, wenn sich nicht ein anderer Grund für das Verschwinden des Schlüssels findet, hat der Täter ihn mitgenommen."

„Und der Benedikt wäre aus dem Schneider", stellte Dichau nüchtern fest. „Genau wie die Koeberg."

„Schaut so aus", bestätigte Pierstling wenig erfreut. „Wahrscheinlich hat die Reinigungsfrau selber Hand angelegt bei dem Achreuther?"

„Schwer vorzustellen", behauptete ich. „Die hat die Nachricht von seinem Tod sichtlich überrascht. Was hätte sie überhaupt für einen Vorteil davon, ihren Arbeitgeber abzumurksen?"

„Weil er ihr an die Wäsche wollte!", schlug Pierstling vor.

Ich schüttelte den Kopf. „So wie die gebaut ist, hätte sie den Joachim mit einer Ohrfeige in die nächste Ecke befördert."

Dichau schaltete sich ein: „Habt ihr von dem Benedikt etwas über die Vermögensverhältnisse der Brüder erfahren?"

Pollmoos blätterte in seinen Notizen. „Beim Tod des Vaters vor drei Jahren hat der Joachim dieses Moosbüffelheim geerbt, der Benedikt eine Villa bei Straubing. Dort hat er auch seinen Lebensmittelpunkt und betreibt eine Marketingagentur. Die

Baufirma des Vaters ging zu gleichen Teilen an die Brüder. Die Firma steht bombig da. Deshalb gab es zuletzt eine Reihe sehr lukrativer Kaufangebote. Der jüngere Bruder hätte die Firma gerne losgeschlagen, der ältere war strikt dagegen. Ich hab mich umgehört, dem Benedikt steht das Wasser bis zum Hals. Seine Agentur wirft nicht genug ab, um seinen aufwändigen Lebensstil zu finanzieren. Da wäre ihm so ein Verkaufserlös von etlichen Millionen gerade recht gekommen."

„Wir haben den Benedikt auf den Streit mit seinem Bruder angesprochen", fügte Pierstling hinzu. „Das verweist er in den Bereich der böswilligen Gerüchteküche. Behauptet, er und sein Bruder seien von jeher und bis zuletzt ein Herz und eine Seele gewesen."

„Da hätte ich was zum Thema", bemerkte ich und reichte den Drohbrief, den ich gestern in der Wohnung gefunden und eingetütet hatte, über den Tisch.

Pierstling wollte danach grapschen, aber Pollmoos war schneller. Mit gerunzelter Stirn überflog er die Zeilen. „Passt haargenau ins Bild. Das klingt schon anders als der Unfug, den der Benedikt uns glauben machen will." Er reichte das Schriftstück an seinen Partner weiter.

Dichau fasste zusammen: „Der Bruder hat ein astreines Motiv, aber auch ein Alibi. Weitere Ergebnisse?"

Bentje bejahte. „Ich habe mit Viktor Kotschke gesprochen. Dem die Wohnung gekündigt wurde. Er kann sich an den Abend der Feier nur bruchstückhaft erinnern, eigentlich gar nicht. Seine Mitbewohner haben bestätigt, dass er schon weit vor neun Uhr voll war wie eine Strandhaubitze. Für mich ist es schwer vorstellbar, dass der einen sauber gezielten Stich gegen den Achreuther hätte führen können. Außerdem braucht er das Zimmer gar nicht mehr wirklich. Der hat sein Studium gerade abgeschlossen und geht das nächste halbe Jahr nach Frankreich. Sein Gezetere war nur verletzte Eitelkeit, dass man ihn vor die Tür setzt, bevor er selber geht. Ich meine, den können wir streichen."

„Klingt schlüssig", bestätigte Dichau. „Sonst was?"

Nochmals meldete sich Bentje zu Wort: „Nach dem Kotschke hab ich die Steuerkanzlei unseres Toten besucht. Tischlinger, der Partner, war nicht da, aber eine Sekretärin und zwei angestellte Steuerberater. Der Tod von Achreuther ist eine Katastrophe für den Partner und für die Firma – behaupten die zumindest. Laut Gesellschaftsvertrag geht der Anteil des Toten an der Kanzlei auf die Erben über, nicht auf den überlebenden Gesellschafter. Wer immer den Achreuther beerbt, hat künftig in der Kanzlei das Sagen. Das dürfte vor allem dem Tischlinger nicht schmecken. Er und Achreuther haben sich seit mehr als zwanzig Jahren gekannt. Zunächst war Tischlinger nur Angestellter des Achreuther, Anfang 2008 wurde er Partner. In jeder Position hat er wohl immer mehr die fachliche, steuerrechtliche Seite der Arbeit abgedeckt. Der Tote war der Akquisiteur des Unternehmens, gut vernetzt über alle möglichen Kreise, Vereine, Organisationen, der hat die Kunden an Land gezogen. Jetzt machen sich natürlich alle unheimlich Sorgen, dass die Klienten ohne Achreuther abspringen. Dazu kommen die negativen Schlagzeilen durch die Ermordung."

„Zumindest ein Klient wollte trotz Achreuther weg von der Kanzlei", warf ich ein. „Paul Kaps."

„Was es mit diesem Paul Kaps und seiner Transportfirma auf sich hat, warum der unzufrieden war mit der Kanzlei, konnte mir keiner sagen." Bentje zuckte entschuldigend mit den Schultern.

Pollmoos stöhnte. „Wenn der Tischlinger kein Motiv hat, gehen uns bald die Verdächtigen aus. Aber irgendwo liegt der Hund begraben."

„Es fehlt noch eine Recherche über die Steuerkanzlei an sich", bemerkte Bentje. „Wie ist der Ruf der Firma in der Branche? Was betreuen die für Geschäfte? Was haben die außer dem Kaps für Kunden? Da mach ich mich als Nächstes drüber her."

„Danke, gute Arbeit so weit", lobte Dichau und blickte auf einen Zettel, der vor ihm lag. „Dann haben wir noch den Vorwurf, der Achreuther habe jede Frau im Haus angegraben und den Unwillen derer Partner erregt."

Pollmoos hob die Hand. „Die Beschuldigung stammt von einem gewissen Severin Draheim. Als wir ihn befragen wollten, haben wir nur seine Freundin angetroffen, und die sagt, der Draheim dreht schon durch, wenn ihr der Postbote oder der Pizzamann um mehr als zehn Schritte nahekommen. Angeblich hat keine einzige Betroffene es dem Achreuther krummgenommen, wenn er seine derben Sprüche abgelassen hat. Dafür waren die Mieten zu günstig in dem Haus."

Dichau machte sich eine Notiz. „Und die Lebensgefährtin, diese Koeberg?"

„Die knöpfen wir uns noch vor", erklärte Pollmoos. „Gleich nach der Sitzung."

Dichau schaute wieder auf seinen Zettel. „Die Steuerkanzlei prüft die Schammach weiter. Den Paul Kaps mit seiner schlecht beratenen Firma übernimmt die Traxl. Auch diese Abiturientin aus Furth im Wald. Die den Mordabend mit dem Opfer verbracht hat."

Pierstling kratzte sich mit dem Kugelschreiber am Hinterkopf. „Wenn uns die naheliegenden Verdächtigen nicht weiterbringen, wird es ungemütlich. Dann müssen wir jeden einzelnen Festbesucher unter die Lupe nehmen. Über hundert Leute!" Er stöhnte und hob theatralisch die Hände zur Decke. „Dann droht uns der ganze mistige Mist. Wer ist schon einmal auffällig geworden? Wer hatte ein Motiv? Wer könnte ohne Motiv im Interesse eines anderen tätig geworden sein? Wer hatte überhaupt die Gelegenheit? Da brauchen wir dringend Verstärkung aus anderen Dezernaten."

Die Miene unseres Chefs verfinsterte sich. „So weit sind wir noch lange nicht. Und kein Mensch hat gesagt, dass ihr es gemütlich haben sollt. Herrschaften, das war's für heute.

Wenn sich vorher nichts Dringendes ergibt, morgen um die gleiche Zeit."

Syndikat der Saubermänner

„Da würd ich sagen, in einer Sache hab ich mich verbessert", freute sich Bentje, als wir uns erstmals im gemeinsamen Büro gegenüber saßen. „Der Umgangston ist bei euch entschieden freundlicher als in Tönning. Da gab es immer ein Hauen und Stechen, keiner hat dem anderen die Butter aufs Brot gegönnt, jeder hat versucht, alle anderen an die Wand zu drücken. Das ist hier anders."

„Oh, es gibt hier auch mal ordentlich Stunk", dämpfte ich ihre Euphorie. „Und wenn das passiert, steht der Dichau dem total unbeholfen gegenüber. Dann bleibt nur, sich selbst zu helfen. Aber meist kommen wir miteinander aus. Liegt vermutlich daran, dass die Hierarchie klar festgelegt ist. Der Dichau hält viel auf Dienstalter und Erfahrung. In der aktuellen Rangordnung steht der Pollmoos ganz oben, dann kam bisher der FNH, dann ich, dann der Pierstling. Dahinter kommst künftig du."

Sie nickte.

„Jeder akzeptiert die Qualitäten der Kollegen. Bisher musste nie einer Angst haben, von einem anderen überholt zu werden. Aber es hatte auch keiner die Aussicht, mit linken Touren einen anderen hinter sich zu lassen. Wollen wir hoffen, dass das so bleibt."

„Klingt okay. Wie sieht der Plan für heute aus?"

„Wie vom Dichau angewiesen: Wenn du dich auf die Steuerkanzlei konzentrierst, kümmer ich mich um die Abiturientin und den Transport-Menschen. Am Nachmittag geh ich nochmal in die Tatwohnung. Die Ordner mit den Mietverträgen durchschauen. Kommst du mit?"

„Gern. Ich hab den Tatort noch gar nicht gesehen."

Wir griffen beide zum Telefon.

Paul Kaps war sofort selbst am Apparat. Der Abend des Fests? Nein, er sei er zu keinen weiteren Erkenntnissen gelangt. Er könne auch nicht sagen, ob sich Personen rumgetrieben hätten, die dort nichts zu suchen hatten. Seine Zeit im Moosbüffelheim liege lange zurück und über die Jahre habe es so viele Generationen von Mietern gegeben, dass jeder nur einen kleinen Teil wirklich kenne. Der einzige Mensch mit Gesamtüberblick war der Tote gewesen.

„Und der Grund, weshalb Sie mit der Kanzlei unzufrieden waren?"

Ach, das? Der Fehler bei der Beratung durch die Kanzlei Achreuther & Partner sei ausgestanden. Wirklich. Das sei im letzten Jahr gewesen. Der Achreuther hatte einen Berufsanfänger mit der Betreuung von Kaps' Firma betraut. Der junge Mann hatte prompt eine wichtige Frist versäumt, was zu einem erheblichen Schaden geführt hatte. Aber den Ausfall habe die Haftpflichtversicherung der Kanzlei in vollem Umfang ersetzt. Alles gut. Trotzdem kein Grund für eine Fortsetzung der Geschäftsbeziehung.

Auch Sandra Mühlbauer erreichte ich auf Anhieb in ihrem Elternhaus in Furth im Wald. Erst zickte sie recht wichtig herum. Ein Trauma habe sie. Jawohl! Schniefen. Zittrige Stimme. Ihr ganzes Leben sei aus der Bahn geraten. Sie könne nie wieder fröhlich sein. Hatte mit diesem Mann Zärtlichkeiten ausgetauscht. Und auf einmal war der tot. Sie sei erschüttert. Bis ins innerste Mark. Vielleicht wäre das die große Liebe ihres Lebens gewesen. Alles in ihr sei taub und leer. Bla-blabla-blabla.

Ich legte den Hörer zur Seite, holte mir einen Kaffee und ließ sie jammern. Dann nahm ich den Hörer wieder auf und fragte, von wem sie eigentlich den Tipp bekommen habe, dass man für ein Zimmer im Moosbüffelheim mit dem Joachim in die Kiste steigen müsse. Mit einem Mal war das Mädel ganz nüchtern. In der Oberpfalz pfiffen das die Spatzen von den

Dächern. Zwei Freundinnen hätten das im letzten Jahr genauso gemacht. Mit Erfolg.

Ob die Koeberg davon wisse?

Schwer vorzustellen, dass nicht. Aber jetzt sei die Sache ohnehin gelaufen. Der Benedikt würde ihr bestimmt kein Zimmer geben. Der würde am liebsten das ganze Moosbüffelheim auflösen und das Haus teuer vermieten oder verkaufen. Genauso, wie er auch die Baufirma verscherbeln wird. Das wisse doch jeder.

Eine letzte Frage stellte ich ihr. Sie hatte den größten Teil des Abends mit dem späteren Mordopfer verbracht. War ihr dabei etwas Ungewöhnliches aufgefallen? Eine Bedrohung, Verstimmung, Auseinandersetzung?

Vielleicht hätte ich das lieber bleiben lassen sollen. Sofort kam sie wieder ins Sülzen, erzählte von unheimlichen Männern mit Zahnlücken und zusammengewachsenen Augenbrauen, von bleichen Frauen mit Todesahnung im dumpfen Blick, blablabla-blabla.

In einem Punkt hatte die anstrengende Person durchaus recht. Es war anzunehmen, dass Joachims Tod das Ende des Moosbüffelheims bedeutete. Und dass das allen Bewohnern bewusst war. Die würden allesamt verlieren durch den Mord. Vielleicht sollten wir uns mehr im sonstigen sozialen Umfeld des Toten umtun.

Wie Bentje es gerade machte. Als hätte sie meine Überlegung mitbekommen, wandte sie sich in dem Moment an mich: „Hör dir das an: Da sucht einer im Internet nach Leuten, die durch die Kanzlei Achreuther & Partner geschädigt wurden. Es wimmelt im Netz von Foren, in denen sich Opfer austauschen, die von Abmahnbetrügern, Anlagegaunern oder Trickhandwerkern über den Tisch gezogen wurden. Die diskutieren über Sachverhalte und Beweismittel, über Chancen und Risiken, über Anwälte und Strategien. Und in einem dieser Foren geht's um unseren Toten."

„Gibt es zu dem Achreuther einen konkreten Sachverhalt?"

„Nicht wirklich. Ein *Foodywoody01* behauptet, er sei durch ein *Syndikat der Saubermänner* um seine Firma und sein privates Vermögen gebracht worden. Als Teile des Syndikats nennt er eine Anwaltskanzlei, offenbar ziemlich renommiert, eine Bank, das Insolvenzgericht und eben die Kanzlei Achreuther & Partner. Klingt reichlich nach Verschwörungstheorie."

„Gib mal als Suchbegriff sämtliche Genannten ein."

„Hab ich schon. Kein Ergebnis, kein Dreck am Stecken, keine Auffälligkeiten. Zumindest auf den ersten Blick. Es hat sich auch in dem Forum keiner gemeldet, der Foodywoody weiterhelfen konnte. Der Beitrag ist zwei Jahre alt. Das Pseudonym könnte ein Hinweis darauf sein, dass der Mensch ein Unternehmen in der Lebensmittelbranche geführt hat."

„Oder er war in der Holzverarbeitung. Und isst einfach gern."

Bentje grinste. „Vielleicht kann man über die Akten in der Steuerkanzlei einen Hinweis finden."

Da war ich skeptisch. „Die lassen uns ohne konkreten Tatverdacht in ihre Akten gar nicht reinschauen. Heiliges Steuergeheimnis! Kannst du nicht einfach auf die Anfrage von diesem Foodywoody antworten?"

„Das Forum ist nicht mehr aktiv", erklärte sie betrübt.

„Dann bleibt uns nichts übrig, als bei diesem Tischlinger einen Versuchsballon steigen zu lassen. Heute Nachmittag, würde ich sagen, bevor wir in die Tatwohnung fahren."

„Apropos fahren." Bentje schaute verlegen. „Wie ich gestern zu der Steuerkanzlei gegondelt bin, das war eine halbe Weltreise. S-Bahn und U-Bahn und Trambahn, die ewig nicht kam. Dann noch ein ordentliches Stück zu Fuß. Mag sein, dass ich nicht auf Anhieb die Idealverbindung gefunden hab, aber sehr viel schneller würde es mit der sicher auch nicht gehen. Haben wir eigentlich so was wie ein Dienstauto?"

„Heikles Thema. Ich weiß, es gibt welche. Aber da kommt man als Normalsterblicher nicht dran. Bisher haben wir immer das Privatauto vom Frauenneuhartinger genommen. So wie Pollmoos und Pierstling den privaten Audi vom Pollmoos verwenden. Keine Ahnung, wie das dann abgerechnet wird. Wenn ich allein unterwegs bin, nehm ich die Öffentlichen, ich sitz nicht gern am Steuer. Hast du ein Auto?"

„Leider nein. Mein letztes war ein gnadenloser Rosthaufen. Weil ich mir sicher war, in München find ich eh keinen Parkplatz, hab ich den Fiesta noch vor dem Umzug für hundert Euro verscherbelt. Meinst du, dass wir wirklich keine Aussicht auf einen Dienstwagen haben, bevor wir auf dem Posten vom Dichau sitzen? Oder was macht die Sache so schwierig?"

„Es heißt, die Dienstwagenvergabe scheitert schon daran, dass kein Mensch das Formularantragsprozedere durchsteht. Da brauchst du 37 Unterschriften vom Polizeipräsidenten bis zum Innenminister."

„Große Herausforderungen haben mich schon immer gereizt." Sie holte einen Taschenspiegel aus ihrer Schreibtischschublade, zog sich den Lippenstift nach und machte Anstalten, das Büro zu verlassen.

„Wo willst du hin?", fragte ich verdattert.

„Na, zu dieser Dienstwagenstelle. Wo finde ich die?"

„Das ist die Fahrbereitschaft. Die haben ihre Garagen und Werkstätten irgendwo in der Nähe vom mittleren Innenhof."

Schon war sie zur Tür hinaus.

Natürlich war mir klar, dass sie einen Schneidergang tun würde. Andererseits war es nicht verkehrt, wenn sie schlechte Erfahrungen selbst machte und sich nicht von mir pausenlos anhören musste, bei welchen Dingen schon ein Versuch zwecklos war.

Solang der Alte Peter

Mittagspause. Gerade schlüpfte ich in meine Lederjacke, da schneite die Kollegin wieder herein. Schön, wenn ein junger

Mensch auch nach einer Schlappe eine fröhliche Miene behält und seinen Frust nicht an den Mitmenschen auslässt.

„Hunger?", fragte ich.

„Wie ist hier die Kantine?"

„Keine Ahnung. Ich geh da nie hin."

„Na dann."

Artig tappte sie neben mir her, während ich sie auf dem Weg mit launigen Informationen über die wichtigsten Gemäuer der Altstadt versorgte. „Frauenkirche. Weil die kurze Bauzeit von zwanzig Jahren den Menschen im 15. Jahrhundert verdächtig vorkam, waren sie überzeugt, der Baumeister habe sich tatkräftige Unterstützung durch den Sparifankerl beschafft."

„Sparifankerl?"

„Satanas, Leibhaftiger, Beelzebub."

„Ach der!"

Mühsam zwängten wir uns durch das Getümmel des Christkindlmarkts am Marienplatz. An den Glühweinständen drängten sich die Kunden. Manch einer hatte schon zu dieser frühen Stunde Probleme, sein Gleichgewicht zu halten.

Ich wies auf das neugotische Gebäude an der Nordseite des Platzes. „Neues Rathaus. Die 42 Steinfiguren an der Fassade stellen nicht die Spielführer vom Rekordmeister dar, sondern die Herrscher Bayerns von der Gründung der Stadt bis zur Fertigstellung des Rathauses. Der Balkon rechts vom Turm hat eine erhöhte Brüstung, damit bei der Meisterfeier keine betrunkenen Fußballer runterfallen." Bentje war gebührend beeindruckt.

„Altes Rathaus direkt vor uns. Da hat der Göbbels 1938 die Reichsprogromnacht ausgerufen. – Alter Peter. Da drin wird die einzige Papstkrönung weltweit durchgeführt. Jedes Mal, wenn es in Rom einen neuen Papst gibt, setzen sie hier in einer feierlichen Zeremonie einer Statue des heiligen Petrus die Tiara auf. – Heiliggeistkirche. Da haben sie den Brezenreiter im Deckenfresko, der fast fünfhundert Jahre lang einmal im Jahr die Bedürftigen der Stadt mit frischen Brezen versorgt hat."

Ich hätte ihr noch stundenlang Geschichten erzählen können, die hatte ich allesamt als freche Rotzgöre von meiner Großmama gehört. Doch wir waren am Ziel angekommen, am Viktualienmarkt.

In der *Münchner Suppenküche* hatten sie zwei Plätze für uns. Ich nahm die Rinderbrühe mit Maultaschen, Bentje entschied sich für eine Gulaschsuppe. Egal, was man hier aussuchte, es schmeckte alles zum Reinsitzen gut. Mit Mühe konnten wir uns zurückhalten, die Schalen auszuschlecken. Nach der feinen Suppe schleppte ich Bentje zum *Café Frischhut*. Da gibt es anerkanntermaßen das beste Schmalzgebäck der Welt. Genial, wenn es einer hinkriegt, sich auf ein einziges Produkt zu beschränken und dieses zu einer unvorstellbaren Vollendung zu bringen. Ein winziger Bissen in eine Schmalznudel oder einen Stritzerl und man hört die Engel im Himmel jodeln. Keine Frage, auch unsere Neumünchnerin war begeistert.

Weil sie grad so gute Laune hatte, ließ ich eine Frage los, die mir schon länger auf den Nägeln brannte: „Wie groß bist du eigentlich?"

Sie grinste breit. „Wohl wegen der Mindestgröße für den Polizeidienst?"

„Ich dachte, die liegt bei 1,65."

„In Bayern vielleicht. In Schleswig-Holstein sind es 1,60."

„Und die hast du?"

Mein Zweifel war ihr nicht entgangen. Sie schmunzelte. „Nicht ganz. Aber wenn's sein muss, kann ich mich gut strecken."

Auf zu den Steuermenschen, irgendwo in Kleinhadern im Westen der Stadt. Bentje hatte recht. Das war wirklich nicht der nächste Weg. Ich bog vom Viktualienmarkt zurück auf den Marienplatz und wollte ins Untergeschoß zu den Schnellbahnen hinunter, aber Frau Schammach dachte gar nicht daran, mir zu folgen.

„Stimmt was nicht?"

„Wir könnten unseren neuen Dienstwagen ausprobieren."

Als sie mein verdutztes Gesicht sah, freute sie sich wie eine Sechsjährige, die ihre Lieblingsoma mit einem Strauß selbstgepflückter Gänseblümchen überrascht.

Auf dem Weg zurück zum Präsidium wollte ich wissen, wie sie dieses Kunststück fertiggebracht hatte. Sie winkte ab: „Kleinigkeit!"

„Ich kenn alte Haudegen, die da dran gescheitert sind. Beileibe keine Luschen, sondern solche, die sich die Nasenhaare mit der Gartenschere trimmen."

„Mag sein. Aber die waren halt nicht aus Tönning."

„Was hat das damit zu tun?"

„Der Obermufti von dieser tadellosen Fahrbereitschaft kommt aus St. Peter Ording. Für geografisch unzureichend beschlagene Süddeutsche: SPO liegt schlappe 22 Kilometer vom schönen Tönning entfernt. Ein fröhliches *Moin*, schon hatte mich der Gute in sein Herz geschlossen."

Ein anerkennendes Schulterklopfen verdient sich bei mir nicht so schnell einer. Aber in diesem Fall war es angemessen. Ein bisserl geriet meine Begeisterung ins Bröckeln, als ich das Fahrzeug im Betriebshof des Präsidiums leibhaftig vor mir stehen sah. Nicht falsch verstehen, gegen einen Polo war grundsätzlich nichts einzuwenden. Aber der da strotzte vor Dreck. Eigentlich hätte ich erwartet, dass sie einem den Dienstwagen vor der Übergabe mal kurz durch die Waschanlage jagen. Weil mich meine Kollegin gar so stolz anstrahlte, schluckte ich die hämische Bemerkung, die mir auf der Zunge lag, tapfer hinunter. Da kam sie von selbst auf das Thema: „Ich hab ihnen gesagt, sie sollen nur ja den Schmodder dranlassen. Gelackte Karren sind mir zuwider."

Dann war ja alles geklärt.

Alpenveilchenstraße. Gewissenhaft gab meine Kollegin die Adresse der Achreuther'schen Steuerkanzlei in das Navi ein. Dann fuhr sie los. Ebenfalls sehr gewissenhaft. Blieb die gesamte

Fahrt knapp unter der erlaubten Höchstgeschwindigkeit. Betätigte vor jedem Spurwechsel den Blinker. Verlangsamte vor Zebrastreifen. Bremste schon, wenn eine Ampel erst gelb zeigte. Ließ Fahrzeuge aus Seitenstraßen einscheren. Nahm Rücksicht auf Radfahrer und Fußgänger. Für eine wie mich, die sich über Jahre an die extrem sportliche Fahrweise eines Frauenneuhartinger gewöhnt hatte, war das ein ganz neues Fahrerlebnis. Ich verkniff mir jeden Kommentar, rechnete nur kurz durch, ob es mit U-Bahn, Tram und zu Fuß nicht doch schneller gegangen wäre. Knappes Unentschieden, würde ich schätzen.

Wenigstens erwies sich meine Sorge, wir müssten noch zehn Minuten durch das Viertel kreuzen, bis wir einen StVO-gemäßen Parkplatz gefunden hätten, als unbegründet. Direkt vor dem Eingang zur Steuerkanzlei war eine prächtige Parklücke frei.

Du glaubst wohl, du kannst mich verarschen

Die Dame am Empfangstresen saß in einer Wolke süßlichen Parfüms. Bentje begrüßte sie freundlich und stellte mich als Kollegin vor. Wir erfuhren, dass Herr Tischlinger im Moment außer Haus bei einem Mandanten sei, aber jeden Moment zurückerwartet werde. Wenn wir so lieb sein wollten, kurz Platz zu nehmen? Wir waren so lieb.

Die Einrichtung des Wartebereichs bestand aus Leder, Glas und Chrom. Alles modern, teuer, aber zu dick aufgetragen und wenig originell. In seinen privaten vier Wänden hatte der Achreuther die Einrichtung spartanisch gehalten, hier in der Kanzlei war er übers Ziel hinausgeschossen. Oder hatte er die Möblierung seinem Kompagnon überlassen? In drei Richtungen führten Gänge davon. Der Gebäudekomplex war deutlich größer, als es von außen den Anschein hatte. Eine Broschüre auf einem der Tischchen informierte über die Kanzlei. Neben den beiden

Chefs, von denen bekanntlich nur noch einer im aktiven Dienst stand, waren 14 Angestellte als Steuerberater oder Bürokräfte beschäftigt.

Ich hatte mich gerade in das Foto von Klaus-Dieter Tischlinger vertieft, da schneite das Original zur Tür herein. Aus den Akten wusste ich, dass der Mann 41 Jahre auf dem Buckel hatte. Mit seiner grobkörnigen Haut, den ausgeprägten Tränensäcken, dem schütteren Haar, dazu Doppelkinn und Hamsterbacken wirkte er deutlich älter. Wie man sich einen in die Jahre gekommenen Lebemann vorstellt. Da rissen auch die zweifarbigen Lederschuhe und die goldene Rolex nichts mehr heraus.

Ich erhob mich, zückte meinen Dienstausweis und stellte uns vor. Er nickte wortlos und bedeutete, ihm zu folgen. Vierzig Quadratmeter Büro, Holztäfelung, Perserteppiche und Eichenholzmöbel bestätigten den Eindruck der Protzerei um des Protzens willen. An den Wänden Regale mit Steuerkommentaren und gebundenen Fachzeitschriften. Mit knapper Geste bot er uns Platz an einem Besprechungstisch, setzte sich selbst aber distanzwahrend hinter seinen monströsen Schreibtisch.

„Herr Tischlinger, zum plötzlichen Tod Ihres Partners herzliches Beileid. Bestimmt teilen Sie unseren Wunsch nach zügiger Aufklärung dieses entsetzlichen Verbrechens." Mit einer Kunstpause bot ich ihm Gelegenheit, meine Annahme zu bestätigen.

Er ließ die Pause ungenutzt verstreichen. Zog nur leicht die Mundwinkel nach unten, was man ebenso als Zeichen stillen Danks wie des Unwillens über die ungebetene Störung lesen konnte.

„Herr Tischlinger", setzte ich wieder an, „mangels anderer Anhaltspunkte sind wir darauf angewiesen, das gesamte private und berufliche Umfeld des Verstorbenen unter die Lupe zu nehmen. Wir haben verstanden, dass der Tod des Herrn Achreuther für Ihre Kanzlei ausgesprochen ungelegen kommt."

Erneute Pause. Erneut keine Reaktion.

Also erst einmal die Routinefragen. „Ich wüsste gerne, ob

Herr Achreuther nach Ihrer Kenntnis jemanden gegen sich aufgebracht hat. Einen Kunden. Einen Mitbewerber. Einen Mitarbeiter?"

Pause. Nichts. Oder war das ein unterdrücktes Gähnen?

„Sie können gerne in Ruhe nachdenken, sofern Sie das noch nicht getan haben. Ist Herr Achreuther jemandem auf die Zehen gestiegen? Hat jemand durch seinen Tod einen besonderen Vorteil?"

Diesmal blickte ich ihm volle zwanzig Sekunden erwartungsfroh ins Gesicht. Und er schaute die gleichen zwanzig Sekunden vollkommen ungerührt zurück.

„Herr Tischlinger", versuchte es nun Bentje, „unseres Wissens nach waren Sie bei der unglückseligen Feier vor zwei Tagen ebenfalls anwesend. Ist Ihnen dabei etwas Ungewöhnliches aufgefallen?"

„Hatte Herr Achreuther mit jemandem Streit? Gab es Ärger, Aufruhr, Aggression?", ergänzte ich.

Pause. Schweigen.

Vielleicht ist der Mensch taubstumm, schoss es mir durch den Kopf. Das hätte uns aber doch jemand sagen können, die Parfümtante am Empfang zum Beispiel.

Es wurde Zeit, die Drehzahl zu erhöhen. „Herr Tischlinger, war die Firma Achreuther & Partner in unseriöse Transaktionen eingebunden? Ist das der Grund, warum Sie uns bei der Klärung des gewaltsamen Todes Ihres Partners nicht unterstützen wollen?"

Zwischen seinen Augenbrauen bildete sich eine unwillige Falte. Immerhin, taub war er schon mal nicht. Vielleicht konnte ich ihn von der Stummheit auch noch kurieren.

Ich zog meinen kleinen Schreibblock aus der Lederjacke, blätterte hin und her, tat, als würde ich ablesen. „Da gab es vor zwei Jahren einen Vorgang unter Einbindung der Süddeutschen Kredit- und Hypothekenbank und eines Anwalts der Firma Hatchinson, Dubb & Miller. Sie erinnern sich gewiss!"

Volltreffer. Er sagte zwar immer noch kein Wort, aber sein linkes Augenlid zuckte heftig.

„Herr Tischlinger, ich werde am besten Ihre freundliche Empfangsdame bitten, mir die Akten zu dem Vorgang auszuhändigen."

Jetzt kam Leben in den Kameraden. „Sie wissen genau, dass Sie dazu kein Recht haben. Das Steuergeheimnis zeigt zum Glück auch Ihresgleichen Schranken auf."

Das sollte vermutlich überlegen klingen, schallte aber nur aufgebracht und nervös über die gewaltige Platte seines Schreibtischs. So cool, wie er tat, war der Knabe ganz und gar nicht. Der sollte sich noch weiter aus der Reserve kitzeln lassen: „Und Sie wissen genau, dass das Steuergeheimnis seine Grenzen findet, wo Straftatbestände erfüllt sind."

„Ich habe keinen Schimmer, wovon Sie faseln. Ordner nehmen Sie keinen einzigen mit! Auch die Rechner sind Ihrem Zugriff entzogen."

„Das würde ich so nicht sagen." Breit grinste ich ihn an. „Da wären die Personalordner. Die unterliegen nicht dem Steuergeheimnis. Und wir versprechen uns von den dort enthaltenen Informationen wertvolle Aufschlüsse bei der Klärung des vorliegenden Kapitalverbrechens. Außerdem muss ich feststellen, dass Ihre mangelnde Bereitschaft zur Kooperation nahelegt, dass Gefahr in Verzug ist. Wenn Sie also bitte so freundlich wären."

Bentje schaute mich erschüttert an. Ich konnte es ihr nicht verdenken. Es war mir selber arg, wenn ich so geschwollen daherreden musste, aber diesem verstockten Zeitgenossen ließ sich nicht anders beikommen.

Ich nickte ihr zu zum Zeichen, dass Sie sich gern auch mit Fragen einklinken konnte, und sie kam sofort auf etwas Naheliegendes zu sprechen: „Bevor Sie Ihrer Vorzimmerdame Bescheid geben, Herr Tischlinger, noch schnell zurück zum Mordabend. Wir müssen klären, wo Sie sich zwischen neun und halb zehn Uhr abends aufgehalten haben. Reine Routine. Versteht sich."

„Keine Ahnung. Hab nicht auf die Uhr geschaut."

„Und wann haben Sie das Fest verlassen?"

„Keine Ahnung. Hab nicht auf die Uhr geschaut", wiederholte er in einem Tonfall, wie man ihn gegenüber Kindern oder geistig Minderbemittelten anschlägt.

Ich wollte gerade zu einer gepfefferten Entgegnung ausholen, da ertönten auf dem Flur laute Stimmen. Die Tür zu Tischlingers Büro wurde aufgerissen und eine junge Frau stürmte herein, dicht gefolgt von der Empfangsdame, die mit verzweifelter Miene am Arm der Frau zog. Mit einer unwilligen Bewegung machte sich die Störerin frei. Die Parfümierte wollte wieder zugreifen, doch ihr Chef gebot ihr Einhalt: „Danke, Frau Hesselfurth. Es ist gut." Die solcherart Ausgebremste rang um Fassung, warf jedermann im Zimmer einen empörten Blick zu und trollte sich schmollend.

Ich hatte die Gelegenheit genutzt, die junge Frau ausgiebig zu mustern. Die Backen glühten, die Augen blitzten. Hätte sie ihr Gesicht nicht vor Zorn verzerrt, wäre sie eine Schönheit gewesen. Große dunkle Augen, lange blonde Haare, korallenfarbenes Kostüm, hochhackige Pumps, kein Schmuck.

Ohne ein Wort der Begrüßung und ohne sich an unserer Anwesenheit zu stören, fiel sie über den Hausherrn her: „Du gemeiner Sack. Du mieses Dreckschwein. Du glaubst wohl, du kannst mich verarschen."

Mit ängstlichem Blick auf Bentje und mich hob Tischlinger beschwichtigend die Hände, wollte die Besucherin durch diese Geste am Reden hindern. Doch die war richtig in Fahrt. „Du weißt genau, dass der Achim mir sein Wort gegeben hat! Dass ich ihn beerbe! Hat euch das nicht gepasst, habt ihr ihn deshalb umgebracht?" Ihre Stimme überschlug sich.

Bentje und ich sahen uns an. Jetzt konnte es interessant werden.

„Das lässt sich alles aufklären!" Tischlinger sprang um seinen Schreibtisch, fasste sie um die Schulter, redete beruhigend auf sie ein. „Ich verstehe, dass du aufgebracht bist. Glaub mir, Hildegard, ich bin auf deiner Seite." Mit seiner freien Hand machte er Bentje und mir Zeichen, das Zimmer zu verlassen.

Schon in jungen Jahren hatte ich mir die Gabe erworben, unwillkommene Gesten zu übersehen. „Sie sind bestimmt Frau Koeberg?", wandte ich mich an die Blonde. „Traxl, Kripo München. Das ist meine Kollegin Schammach. Wir hätten einige Fragen an Sie."

Sie riss den Kopf herum und fauchte mich an wie eine Furie: „Was denn noch? Hat man vor euch nie seine Ruhe? Ich hab diesem Prollmoos längst alles gesagt. Wenn Sie neugierig sind, fragen Sie gefälligst den."

Tischlinger fasste mich am Arm und schob mich zur Tür. „Sie hören es. Die Dame ist nicht in der Verfassung, Ihre Belästigungen zu erdulden. Ich übrigens auch nicht."

Was blieb darauf zu erwidern? Noch einmal wechselte ich mit der Kollegin einen Blick, grußlos verließen wir das Büro.

Am Empfangstresen beugte ich mich verschwörerisch zu der Duftbombe vor. „Bewundernswert, wie Sie gerade Ihre Pflicht getan haben in dieser heiklen Situation. Auch wenn Ihr Chef es nicht honoriert, unseren Respekt haben Sie."

Sie schaute mich aus geröteten Augen dankbar an.

„Eins noch", ergänzte ich. „Herr Tischlinger lässt Sie bitten, uns die Personalordner der letzten drei Jahre mitzugeben. Wir bringen Sie in den nächsten Tagen wieder vorbei."

Zwei Minuten später trugen wir drei prall gefüllte Leitz-Ordner aus dem Haus.

Wir fahn, fahn, fahn auf der Autobahn

Während Bentje unsere Beute auf dem Rücksitz des Polos verstaute, fiel mein Blick auf einen kaffeebraunen Wagen auf der gegenüberliegenden Straßenseite. Verstohlen schaute ich zurück zur Kanzlei. Dort interessierte sich keine alte Sau für uns. Mit raschen Schritten war ich bei dem braunen Audi Q3, umrundete ihn und klopfte auf der Beifahrerseite an die Scheibe.

Pierstling ließ das Fenster herunter. Er wies auf das Haus gegenüber. „Ist das diese Steuerkanzlei?"

Ich nickte. „Was verschlägt euch hierher?"

Pollmoos wartete mit der Antwort, bis sich meine Partnerin zu uns gesellte. „Wir haben bei der Koeberg ein wenig auf den Busch geklopft und offensichtlich einen Nerv getroffen. Wir fahren ihr schon seit drei Stunden hinterher. Erst war sie bei einem Notar, dann bei einer Bank, dann bei einem Anwalt. Jetzt hier."

Bentje feixte „Hier wär sie grad um ein Haar dem Tischlinger an die Gurgel."

„Kein Wunder." Pierstling kicherte. „Wie's aussieht, wollte der Achreuther seine Freundin als Haupterbin einsetzen und ihr schon zu Lebzeiten einiges übertragen. Das hat jemand zu verhindern gewusst."

„Achtung!" Bentje hatte ihre Stimme gedämpft. „Sie kommen raus."

Wirklich waren der wortkarge Steuerberater und die junge Frau auf die Straße getreten. Ohne einen Blick in unsere Richtung zu verschwenden, steuerten sie auf einen dottergelben Porsche zu. Zuvorkommend hielt er ihr die Beifahrertür auf.

„Wir folgen ihnen", erklärte Pollmoos.

„Wir auch", sagte Bentje, nicht weniger bestimmt. Als sie unsere überraschten Blicke gewahrte, fügte sie hinzu: „Mit zwei Autos können wir die Beschattung unauffälliger durchführen."

Wiehernd zeigte Pierstling auf den Polo. „Mit dem Teil willst du eine Verfolgung angehen?"

„Sabbel nich, dat geit!"

„Mädchen, das ist ein Porsche. Der nimmt dir auf hundert Meter siebzig ab."

„Jungchen, das ist ein Polo. Dem nimmt kein Porsche was ab. Erst recht nicht ein windiger Audi."

Bei dem Gedanken an Bentjes Fahrstil kostete es mich Mühe, nicht laut loszuprusten. Die Kollegen sahen keinen Grund zur Zurückhaltung. Wir konnten ihr grölendes Lachen noch hören, als sie aus der Parklücke ausgeschert waren und die Verfolgung aufgenommen hatten.

Die beiden Fahrzeuge waren längst an der nächsten Kreuzung nach Westen abgebogen, als Bentje unseren Dienstwagen startete.

„Anschnallen und das Rauchen einstellen!"

Der Polo machte einen Satz nach vorne und schoss mit lautem Röhren die Straße entlang. Mit quietschenden Reifen ging es in die Krokusstraße. Zwei Kreuzungen weiter hatten wir den Audi eingeholt.

„Sach ich doch, dat geit."

Ich bemerkte, wie meine rechte Hand zum Haltegriff oben am Beifahrerfenster gewandert war. Unauffällig nahm ich sie herunter und konzentrierte mich auf den gelben Porsche. Pollmoos hielt hinreichenden Abstand, damit er seinem Vordermann nicht zu auffällig ins Auge stach.

In weitem Bogen ging es westlich über die A96 und A99 um München herum, schließlich auf die A92 Richtung Niederbayern und Oberpfalz. Der Verkehr war rege, aber nicht zu dicht.

Solange die Geschwindigkeit begrenzt war, hielt sich Tischlinger an die Vorgaben, vor allem in den Tunnels mit den bekannten Blitzanlagen fuhr er brav die vorgegebenen 80 Stundenkilometer. Aber kaum war die Beschränkung aufgehoben, drückte er aufs Gaspedal. Pollmoos hielt mit, Bentje ließ sich ein Stück zurückfallen. Ich nahm in meinem Unverstand an, dass sie das nicht freiwillig machte. Doch dann fiel mir auf, dass der Abstand zu den Vorausfahrenden konstant blieb. Ich reckte meinen Hals und erhaschte einen Blick auf den Tacho. 170, jetzt 180. Das hätte ich der Karre gar nicht zugetraut.

Alle drei Fahrzeuge wechselten auf die linke Spur. Zwischen dem Porsche ganz vorn und dem Audi fuhren zwei andere Wagen. Jetzt gaben sie die Fahrbahn frei.

Gerade als Pollmoos sich anschickte, den Abstand zu verringern, wurde er zu einer Vollbremsung gezwungen. Da war ein Neuer von rechts herüber geschert, einer von den Schnarchnasen, die den Tempomat bei 120 eingestellt haben und auch dann ums Verrecken nicht beschleunigen, wenn sie einen überholen, der 118 fährt. Bis der Knallkopf wieder weg war, konnte ich den gelben Wagen in der Ferne schon nicht mehr erkennen.

Pollmoos drehte ordentlich auf. Ich hoffte, dass es wenigstens ihm gelingen würde, Tischlinger einzuholen. Doch Wunder über Wunder. So sehr der Audi auch beschleunigte, Bentje ließ sich nicht abschütteln. Wieder linste ich auf die Geschwindigkeitsanzeige. 200, 210, 220 …

„Mehr kann der Audi nicht", kicherte meine Kollegin. „Jetzt wär es nett, wenn er mich vorbeilassen würde."

Mit einem Polo? Ich verstand die Welt nicht mehr.

Grelles Rot der Rücklichter vor uns. Ein Laster war ausgeschert, um ein Wohnwagengespann zu überholen. Der Q3 der Kollegen kam gefährlich ins Schlingern.

Bentje war dicht aufgefahren. Doch sie kam nicht eine Sekunde in Bedrängnis. Ohne das Tempo zu vermindern, glitt sie geschmeidig auf die rechte Spur, schoss an Pollmoos' Audi vorbei, überholte auch den Laster auf der falschen Seite und nutzte die schmale Lücke zwischen Brummi und Wohnwagen, um wieder auf die linke Spur zu gelangen. Das war Millimeterarbeit. Ich hatte alle Hände voll zu tun, um von Schnapp-atmung wieder auf normale Sauerstoffaufnahme zu schalten.

Vor uns war die Fahrbahn frei. Und das nutzte meine Chauffeuse, mit mehr als 230 Sachen raste sie dahin. Es dauerte nicht lange, bis wir den Dottergelben am Horizont entdeckten und beständig Boden gut machten.

Ich drehte mich um. Von den Kollegen war nichts mehr zu sehen.

„Was ist das für ein Auto?" Ich war baff.

„Ein Polo. Weißt du doch."

„So fährt kein Polo."

„Der hier schon. GTI. Der hat serienmäßig 200 PS. Dann haben die Jungs von der Fahrbereitschaft noch ein wenig dran gedreht. Sie sagen, von null auf hundert macht er's jetzt in unter fünf Sekunden."

Wir hatten uns dem Porsche bis auf hundert Meter genähert und konnten es gemütlicher angehen lassen. Wenn man 200 Stundenkilometer als gemütlich ansieht.

An Landshut waren wir vorbei, auch an Dingolfing. Bei Landau ging es von der Autobahn runter und weiter Richtung Straubing. Bentje ließ sich zurückfallen. „Jetzt wäre die Adresse von diesem Benedikt Achreuther nicht schlecht", bemerkte sie trocken. „Der wohnt doch in Straubing?"

Ein Anruf bei Theresia Englmeng, unserer patenten Vorzimmerfee, half. Routiniert gab Bentje die Adresse ins Navi ein.

Handfeste Argumente

Zwanzig Minuten später rollten wir den Bärenweg in der Nähe des Straubinger Tiergartens entlang. Noch bevor wir die passende Hausnummer fanden, entdeckten wir Tischlingers Porsche vor einem protzigen Anwesen. Soeben stiegen der Steuerberater und seine Begleiterin aus. Wir nahmen die erstbeste Parklücke, warteten, bis die beiden im Vorgarten der Villa verschwunden waren und eilten ihnen nach zum Gartentor.

Benedikt Achreuther stand auf einem goldfarbenen Klingelschild. Am Ende eines gekiesten Wegs erwartete ein strohblonder Mann die beiden Besucher in der Haustür. Er hatte einen türkisblauen Hausmantel um seine magere Gestalt geschlungen. Wir konnten nicht hören, was gesprochen wurde, aber das war im Moment auch gar nicht entscheidend. Tischlinger hatte sich nämlich ohne Vorwarnung auf den Hausherrn gestürzt und diesen mit einem Fausthieb zu Boden gestreckt. Sofort zerrte er ihn ins Haus. Koeberg folgte und machte die Tür hinter sich zu.

„Das nenn ich mal einen Überraschungsbesuch", kommentierte die Kollegin an meiner Seite. „Was jetzt?"

„Lauschangriff! Du rechts herum, ich links."

In der Hoffnung, dass die drei Personen im Haus momentan wenig Muße hatten, den Vorgarten zu bewundern, schlich ich mit raschen Schritten am seitlichen Buschwerk entlang. Bentje folgte meinem Beispiel auf der gegenüberliegenden Seite. Schon waren wir im Sichtschatten des Hauses und strebten weiter zur Rückseite.

Unterwegs spitzte ich an jedem Fenster die Ohren. Kein Laut drang nach außen.

An der hinteren Seite des Gebäudes gelangte ich an eine pompöse Terrasse mit Holzbohlen und Geländer. Sie mündete in eine breite Glasfront, dahinter lag vermutlich das Wohnzimmer. Die Terrassentür stand einen Spalt breit auf.

Drinnen tat sich etwas. Ein gewaltiger Gasgrill neben der Tür bot mir Deckung. Auf der anderen Seite der Terrasse erschien Bentje und fand Sichtschutz hinter einem Stapel von Gartenstühlen. Zwar war uns der Blick in den Raum verstellt, aber wir konnten deutlich hören, was gesprochen wurde. Und das war ausgesprochen unterhaltsam.

„Lass den Schmarrn!", gab Tischlinger gerade zum Besten. „Du weißt genau, dass ich mit dem Mord nichts zu tun hab.

Hildegard erst recht nicht. Es ist mir auch scheißegal, wer deinen Bruder auf dem Gewissen hat. Von dir will ich das Testament. Aber ein bisschen plötzlich!"

Wir hatten den Steuerberater als eher schweigsamen Zeitgenossen kennengelernt. Jetzt zeigte er sich von einer ganz anderen Seite.

„Da war kein Testament." Die Quängelstimme musste Benedikt Achreuther gehören.

„Ha! Meinst du, ich weiß nicht, dass du Achims Wohnung auf den Kopf gestellt hast auf der Suche nach dem Ding? Weil dir klar ist, dass der Achim nicht dich als Erben eingesetzt hat."

„Ehrlich! Das musst du mir glauben. Wer sagt überhaupt, dass Achim ein Testament gemacht hat?"

Eine Frauenstimme, die Koeberg, mischte sich ein: „Der Achim hat ausdrücklich gesagt, dass er eines gemacht hat. Erst vor ein paar Tagen. Er hat sich extra beim Notar beraten lassen."

„Das hast du geglaubt?", höhnte Benedikt. „Schön blöd. Der Achim wollte dich bei der Stange halten, das war alles. Trotz seiner ganzen Flietscherln warst du ihm sehr bequem."

Lautes Klatschen, dann Wimmern. Offensichtlich hatte ihm die Koeberg eine geschallert.

„Typisch", lamentierte Benedikt. „Wenn euch die Argumente ausgehen, schlagt ihr zu. Aber das hilft euch gar nichts! Was soll denn überhaupt drin stehen in eurem Testament?"

„Ich bekomm das Haus in München", japste die Koeberg, „und Klaus-Dieter Achims Anteile an der Kanzlei."

„Mit der Baufirma hatte dein Bruder auch Pläne", ließ sich Tischlinger vernehmen. „Es würde ihm in der Seele wehtun, wenn du das Erbe eures Vaters verschleuderst, bloß weil du zu blöd bist, mit Geld umzugehen."

„Das habt ihr euch fein ausgedacht", schimpfte Benedikt. „Aber daraus wird nichts. Weil es kein Testament gibt. Nie gegeben hat! Für jedes Haar, dass ihr mir heute gekrümmt habt, für jede Frechheit werdet ihr büßen. Da brauchst du gar nicht so blöd gucken, Hildegard. Ich werd das Haus in München abreißen. Moosbüffelheim. Lächerlich. Nichts als Parasiten und Schmarotzer. Dich eingeschlossen, nur dass du's weißt! Solche wie ihr sind schnell raus geklagt."

„Als Finanzfachmann kann ich davon nur abraten", kam jetzt Tischlingers Stimme in salbungsvollem Ton.

„Hast du gesagt *Finanzfachmann*?" Benedikt lachte hysterisch auf. „Eine Flasche bist du. Schon immer gewesen. Ich weiß genau, was der Achim von dir gehalten hat. Nichts! Gar nichts! Hat er mir oft genug gesagt. Aber jetzt weht ein anderer Wind bei Achreuther & Partner. Jetzt bin nämlich ich dieser Achreuther. Mir kannst du nicht auf der Nase herumtanzen wie meinem Bruder."

„Du machst dir gar keinen Begriff, was ich alles kann", drohte der Steuerberater. „Erst recht, wenn so ein Bettnässer wie du versucht, mir in die Suppe zu spucken. Ich sag's dir zum letzten Mal: Finger weg vom Haus, von der Kanzlei, von der Firma."

„Du hast mir gar nichts zu sagen. *Du* nicht!"

„Das glaub ich doch." Die Stimme Tischlingers klang heiser, bedrohlich.

„Huch, da krieg ich aber Angst", höhnte Benedikt. „Ich kann mit meinem Erbe tun, was mir gefällt. Wie willst du mich da dran hindern?"

„Das wirst du gleich sehen!"

Ein dumpfes Geräusch, ein lautes Knacken, gefolgt von einem bestialischen Schrei des Hausherrn.

Ich zog meine Knarre aus dem Halfter, machte mich bereit, die Wohnung zu stürmen. Bentje winkte ab. Jetzt hörte ich auch, dass sich Schritte entfernten. Schon war Bentje auf ihrer Seite ums Haus herum verschwunden. Irgendwo wurde eine Tür zugeschlagen, gleich darauf ertönte das Röhren des Porsches.

Mit der Pistole im Anschlag näherte ich mich vorsichtig der Terrassentür, bis ich den riesigen Raum dahinter überblicken konnte. Er war spärlich möbliert. Eine Sitzgruppe aus weißem

Leder, ein flacher Glastisch. Links ein mächtiger Flachbildschirm, rechts eine Regalwand voller Flaschen und Gläser. In der Mitte des Zimmers kniete eine Gestalt auf dem pfirsichfarbenen Flokati und versuchte mühsam, auf die Beine zu kommen. Ein Sturzbach von Blut floss dem Mann aus der Nase.

Ich schob die Tür weiter auf und schlüpfte in den Raum. „Keine Angst. Polizei", sagte ich in ruhigem Tonfall. „Ich bin hier, um Ihnen zu helfen. Soll ich einen Rettungswagen rufen?"

Überrascht schaute er mich an, fuhr sich mit der Hand ins Gesicht und schrie erneut vor Schmerzen auf.

„Brauchen Sie einen Arzt?", wiederholte ich meine Frage.

„Scheiße, nein!" Er wankte zur Seite. Schon dachte ich, er würde ohnmächtig werden. Doch dann klammerte er sich am Couchtisch fest und kam vollends auf die Beine. „Der Arsch hat mir die Nase eingeschlagen."

Das war nichts Neues, sein türkisfarbener Morgenmantel triefte von Blut. Mit zwei Schritten war ich bei ihm und stützte ihn, da er schon wieder Anstalten machte, umzukippen.

„Ganz ruhig", mahnte ich und führte ihn behutsam zu einem der Ledersessel. Er sank in das Sitzmöbel.

Ein Geräusch hinter meinem Rücken. Bentje war ebenfalls zur Terrassentür hereingetreten. „Meine Kollegin", stellte ich vor. „Kriminalkommissarin Schammach, Kripo München. Mein Name ist Traxl. Sie sind Herr Benedikt Achreuther?"

Er nickte, stöhnte und hatte schon wieder seine Finger an der Nase. Bentje zauderte nicht lange, zückte ihr Smartphone, gab Name und Adresse durch und forderte einen Rettungswagen an.

Sprechdurchfall nach Nasenknall

Eine halbe Stunde später war der Hausherr mit einem professionellen Kopfverband geschmückt. Den Vorschlag der Rettungskräfte, sie ins Krankenhaus zu begleiten, hatte er kategorisch abgelehnt. Immerhin hatten sie ihm vor ihrem Abgang eine Spritze gegen die Schmerzen verpasst.

Jetzt saß Benedikt Achreuther wieder in seinem Sessel und hatte den versauten Morgenmantel durch einen sauberen aus pinkfarbener Seide ersetzt. Krampfhaft hielt er sich an einem überdimensionalen Glas mit Gin Tonic fest. Meine Kollegin und ich hatten auf der Couch Platz genommen. Sein unsteter Blick wechselte zwischen Bentje und mir hin und her.

„Dieses Schwein", begann er mit dünner Stimme. „Der wollte mich umbringen. Sie sind meine Zeugen."

„Wenn Herr Tischlinger das wirklich gewollt hätte, hätte er es geschickter angestellt", belehrte ihn meine Kollegin.

„Der wollte mich umbringen!", wiederholte er trotzig. „Er war nur zu blöd dazu."

„Warum hätte er das tun sollen?", fragte ich.

„Warum?" Die bloße Frage machte ihn fassungslos. „Weil er ein böser Mensch ist. Durch und durch! Weil er kapiert hat, dass er sich verzockt hat."

Ich stellte mich blöd – was mir nie schwerfällt. „Aber Herr Achreuther, was bringt ihm das denn, wenn Sie tot sind?"

Er dachte einen Augenblick nach. „Lange Geschichte."

„Die Zeit nehmen wir uns."

„Na dann." Ein großer Schluck Gin Tonic. „Mein Vater hat in den Achtzigern eine Baufirma aufgebaut, äußerst solvent. Sein Ziel war immer, dass mein Bruder und ich diese Firma später übernehmen. Er hat uns passende Ausbildungen ermöglicht, Joachim die zum Steuerfachmann, für mich gab's das BWL-Studium. Um Erfahrungen zu sammeln, hat er uns dabei unterstützt, unsere eigenen kleinen Firmen aufzubauen, Steuerkanzlei und Werbeagentur. Das Wohnheim in München war ein wichtiger Baustein in Vaters Überlegungen. Es ging nie darum, als Wohltäter der Oberpfälzer Jugend zu wirken, sondern ein Netzwerk aufzubauen. All die Studenten aus Cham und Umgebung sollten, wenn sie nach ihrem Abschluss in diversen Firmen und Behörden arbeiteten, aufstiegen und irgendwann das Sagen hatten, der Familie Achreuther gewogen sein. Nein, verpflichtet! Ist auch alles plangemäß gelaufen. Bis vor drei Jahren. Bis zu Vaters Herzinfarkt. Solang der Alte da war, hat sich keiner hingetraut an das Achreuther-Imperium. Weil jeder gewusst hat, dass er sich eine blutige Nase holt.

Hähä, kleiner Scherz", grunzte er und fasste sich an sein lädiertes Riechorgan. „Vater war kaum unter der Erde, schon sind die Aasgeier angekrochen. Joachim war der Naive von uns beiden. An ihn haben sie sich rangewanzt. Der Klaus-Dieter Tischlinger war der erste. Aus reiner Gutmütigkeit hat ihn Joachim vor Jahren in seine Kanzlei aufgenommen. Und der hat ihn zum Dank die ganzen letzten Jahre bearbeitet. Hat ihm nicht nur in der Kanzlei dazwischen geschnabelt, sondern auch bei Achreuther-Bau."

„Haben Sie Ihren Bruder vor Tischlinger gewarnt?", schob Bentje ein.

„Zu der Zeit war ich länger unterwegs. Hab mir einen alten Traum erfüllt – Asien, Australien, Neuseeland. Zwölf Monate war ich raus, hab mich bewusst von allen Kommunikations-kanälen abgeschnitten. Befreiend, das kann ich Ihnen sagen! Aber wie ich zurückkam, hatten sich viele Dinge geändert. In der Baufirma hatte plötzlich eine neue Führungsriege das Sagen, alles Busenfreunde vom Tischlinger. Von der Kanzlei hatte er sich schon vor meiner Auszeit die Hälfte der Anteile unter den Nagel gerissen. Jede Wette, dass das auch nicht mit rechten Dingen zugegangen ist. Aber in der Zwischenzeit hatte er meinen Bruder bequatscht, dass der sein sauer verdientes Geld in allerlei dubiose Projekte steckte. Firmenbeteiligungen und Immobilien.

Dann kam die Nummer mit der Koeberg. Auf einmal hieß es, sie sei beim Joachim eingezogen. Dabei kannte ich die als das Betthäschen vom Tischlinger. Ich möchte wetten, die beiden haben immer noch was am Laufen. Die haben meinen Bruder einer regelrechten Gehirnwäsche unterzogen! Ich wollte ihn zur Vernunft bringen, aber das haben sie nicht zugelassen."

„Wie das?"

„Die haben mich da getroffen, wo es besonders schmerzhaft war. Erst hab ich mich gewundert, dass mir von einem Tag auf den anderen wichtige Geschäftskunden abspringen. Einer nach dem anderen, immer mehr. Es hat gedauert, bis ich kapiert hab, dass die beiden dahintersteckten. Dass der Tischlinger und die Koeberg hinter meinem Rücken Geschichten erzählt haben, Verleumdungen der übelsten Sorte."

„Zum Beispiel?"

Er winkte hektisch ab. „Da war natürlich nichts dran! Aber irgendwas bleibt hängen. Ich hatte also alle Hände voll zu tun, die Dinge geradezurücken und meine Agentur zu retten. Um den Joachim konnte ich mich kaum mehr kümmern. Dabei drängte die Zeit. Die Koeberg wollte ihn so schnell wie möglich vor den Traualtar schleifen. Aber Heiraten, das war nichts für den Joachim. Dazu liebte er seine Freiheit zu sehr.

Also haben sie und der Tischlinger meinem Bruder eingeredet, er muss ein Testament machen. Das Haus in der Flotowstraße für die Koeberg, die Kanzleianteile für den Tischlinger. Wegen Achreuther-Bau haben sie ihn auch bearbeitet. Ich glaub, da ist mein Bruder hellhörig geworden. Hat sie hingehalten, hat sich heimlich mit mir getroffen und hat mich in Ruhe angehört. Das war erst vor zwei Wochen. Es hat gar nicht so lang gedauert, dann war er überzeugt. Endlich! Endlich war er bereit, Achreuther-Bau gemeinsam mit mir zu veräußern.

Um unser Vorhaben zu verschleiern, hab ich ihm einen bitterbösen Brief geschickt." Er grinste unter seinem Verband. „Beschimpfungen, Drohungen, richtig fies. Das hat er den beiden brühwarm hingehalten und so getan, als wäre er durch mit mir. Dann ist er zum Schein auf die Forderungen seiner sauberen Freunde eingegangen. Hat ihnen weißgemacht, er hätte ein Testament in ihrem Sinne abgefasst. Was natürlich gar nicht stimmte. Und wie gedacht – *zack* – haben sie ihre Karten auf den Tisch gelegt. Die Koeberg verlangte vom Joachim, alle Mietverträge mit den *Hungerleidern*, wie sie es nannte, zu beenden und die Wohnungen zu ortsüblichen Mieten anzubieten. Der Tischlinger zog ein Maßnahmenpapier für die Kanzlei aus der Schublade. Da sollte kein Stein auf dem anderen bleiben. Sogar für die Achreuther-Bau hatte der ein fertiges Konzept mit sich als Vorsitzendem vom Aufsichtsrat. Mein Bruder war ein Mensch voller Langmut und Geduld. Aber das war sogar für ihn zu viel. Nach einem Streit hat er ihnen auf den Kopf zugesagt, dass er ihnen nicht über den Weg traut. Zwei Tage später war er tot. Und weil ich der Einzige bin, der sie durchschaut, wollen sie mich auch aus dem Weg räumen."

Benedikt hielt erschöpft inne. Er führte sein Glas an den Mund und leerte es in einem Zug. Normalerweise war ich bei Vernehmungen gewohnt, dass wir den Zeugen jedes Wort einzeln aus der Nase ziehen mussten. Aber diese seltsame Figur hatte gar nicht mehr aufgehört zu reden.

„Damit ich das richtig verstehe", sagte Bentje, „es gibt also kein Testament?"

„Ach woher. Mein Bruder war gerade mal vierzig Jahre alt und topfit. Wer hätte ahnen können, dass er mit dieser Notlüge sein eigenes Todesurteil unterschrieben hat?"

„Einige Zeugen haben ausgesagt, Sie am Abend des Festes mit der Koeberg gesehen zu haben, und zwar recht vertraut, um nicht zu sagen intim. Waren Sie nicht sogar zum Zeitpunkt des Mordes mit ihr zusammen?"

Wieder grinste er. „Sie hat mir schöngetan. Hat behauptet, sie wollte meinen Bruder eifersüchtig machen. Und ich war halt neugierig, was sie im Schilde führt."

„Und? Was war das?"

„Das ist doch offensichtlich! In die Falle wollten sie mich locken und zum Hauptverdächtigen abstempeln. Hätte auch fast geklappt. Nachdem sie stundenlang an mir hing wie eine Klette, hat sie mich in ihre und Joachims Wohnung geschickt, einen Weißwein sollte ich ihr holen. Unmittelbar danach hat der Tischlinger dort meinen Bruder umgebracht."

„Glaubst du die Geschichte?" Bentje sah mich stirnrunzelnd an.

Wir saßen in unserem Büro im Präsidium und hatten alle Hände voll zu tun, den Sprechdurchfall des Benedikt Achreuther zu Protokoll zu bringen.

„Vieles davon passt nicht zusammen, wirkt viel zu konstruiert. Wir bringen's morgen in der großen Runde an, bin neugierig, was die Kollegen von der Sache halten."

„Nehmen wir uns heute noch die Personalordner vor?"

Ein Blick auf die Uhr. Kurz nach sechs. Die Fahrt nach Straubing hatte viel Zeit gekostet, auf dem Rückweg hatten wir noch in der Wohnung des Toten seine Mietunterlagen eingesammelt.

„Das machen wir morgen mit frischem Schwung. Die Ordner laufen uns nicht weg. Ich muss noch einkaufen und daheim wartet meine überfällige Wäsche."

Auf dem Weg von der U-Bahn Implerstraße zu meiner Wohnung in der Alramstraße machte ich einen Abstecher in den Supermarkt und kaufte Äpfel, Brot, Butter, Eier, Käse. Das sollte mich bis zum Wochenende über Wasser halten.

Zuhause schloss ich die Tür des Kühlschranks und parkte mich auf dem Sofa. Nein, für einen ruhigen Abend war ich heute nicht gemacht. Also beschloss ich, noch eine Runde zu laufen.

Ich schmiss mich in Sweatshirt und meine geliebte Sepp-Herberger-Gedächtnis-Trainingshose. Mit dem Radl fuhr ich an die Isar, schloss ab und drehte meine übliche Zehnkilometerrunde. Die Luft war frisch, nicht zu kalt, genau das richtige Wetter, um sich ordentlich auszutoben. Der Mond leuchtete dazu, als wollte er mir persönlich den Weg weisen.

Als ich in meine Wohnung zurückkam, blinkte der Anrufbeantworter. Günter, mein Ex-Mann, wollte wissen, ob ich etwas von unserem gemeinsamen Sohn Korbinian gehört hätte. Korbi weilte seit September in Amerika, verbrachte ein Highschool-Jahr bei einer völlig durchgeknallten Gastfamilie in Alabama. Da der Knabe niemals freiwillig zum Telefon griff und dazu an chronischer Schreibfaulheit litt, hatte ich mir längst abgewöhnt, in Panik zu verfallen, wenn er sich mal zwei Wochen nicht gemeldet hatte.

Unwillig schmiss ich mein Notebook an und schrieb Korbi eine E-Mail, in der ich ihn bat, seinem Vater in einem Zweizeiler zu bestätigen, dass er sich weder mit dem Ku-Klux-Klan angelegt noch in seinem Tausend-Seelen-Kaff eine Straßengang gegründet hatte. Gerade als ich *Senden* gedrückt hatte, läutete meine Nachbarin Frau Alt, um zu fragen, ob ich tagsüber ein Paket für sie entgegengenommen hätte. Das neunzig Jahre alte Mädchen wartete händeringend auf einen Lockenstab. Die Gute war aber so schwerhörig, dass sie den Postboten nicht einmal dann registrierte, wenn er minutenlang Sturm klingelte. Der Vorteil war, dass sie auch nicht mitbekam, wenn ich einmal Laune hatte, meine Klezmer-Schallplatten in gehobener Lautstärke abzuspielen.

Zum Abendessen begnügte ich mich mit zwei Äpfeln. Zu mehr reichte meine Energie heute nicht mehr aus. Ich suchte eine Viertelstunde lang vergeblich nach der Nagelfeile, verschob Abwasch und Wäscheberg auf ein anderes Mal und schaute im Küchenschrank nach, ob noch ein Ripperl Schokolade aufzutreiben war. Fehlanzeige.

Also nur mit einem Schneider Weißbier vor den Fernseher. Dreimal zappte ich lustlos durch alle Kanäle und schlief bei einer dämlichen Kochsendung auf dem Sofa ein.

Übermorgen ist die Zeitung
von morgen die gestrige

Bei der morgendlichen Besprechungsrunde gaben sich die Kollegen Pollmoos und Pierstling sehr reserviert. Offensichtlich hatten sie die Schlappe, die ihnen unser Küken mit dem Super-Polo bereitet hatte, noch nicht verwunden. Bentje und ich erzählten mit knappen Worten, was in Straubing abgelaufen war und was Benedikt Achreuther zum Besten gegeben hatte.

„Klingt nach einer argen Räuberpistole", ließ Pollmoos verlauten. „Zweimal haben wir ihn schon befragt. Zweimal nix. Warum ist ihm das alles erst jetzt eingefallen? Asien, Australien, Neuseeland – da lach ich ja! Wisst ihr, was der in den zwölf Monaten seiner angeblichen Weltreise getan hat? In der JVA Kaisheim ist er eingesessen. Unterschlagung in mehreren Fällen. Den musste keiner bei seinen Kunden schlecht machen, das hat er schon ganz allein besorgt."

Pierstling hatte das Gesicht zu einer grimmigen Fratze verzerrt. „Das kommt davon, wenn man solche Kameraden mit Glacéhandschuhen anfasst. Dann lügen sie einem ins Gesicht, als ob man der letzte Volldepp wär. Von Anfang an mit gesunder Härte vorgehen, sag ich. Von Anfang an den Schneid abkaufen. Dann kommen die gar nicht erst auf blöde Ideen."

Das sah Pollmos anders: „Dann hätte er dir hartem Hund einfach was anderes erzählt, aber niemals die Wahrheit. Es gibt Menschen, bei denen liegt es in ihrer Natur, dass sie lügen, wenn sie den Mund aufmachen."

Ich bewunderte Bentjes Pokerface. Manchmal fiel es mir nicht leicht, den P&Ps zuzuhören, ohne dabei auszurasten.

„Stellt der Benedikt Achreuther Anzeige wegen Körperverletzung?", wollte Dichau von mir wissen.

„Für den war das versuchter Totschlag", raunzte ich. „Aber er hält für den Moment still und macht keinen Wirbel."

Bentje beschäftigte ein anderer Aspekt. „Nie im Leben hat der jüngere Achreuther mit der Koeberg gemeinsame Sache gemacht. So wie die sich angegiftet haben, bringen die niemanden gemeinsam um."

Pollmoos stimmte zu. „Das glaub ich mittlerweile auch. Aber der Vorwurf, die Koeberg habe den Benedikt kurz vor der Tat bewusst in die Tatwohnung geschickt, klingt spannend. Wissen wir, wo sich der Tischlinger zu der Zeit aufgehalten hat?"

Nein, das wusste keiner.

„Er selbst behauptet, er könne sich nicht erinnern", steuerte Bentje bei.

„Hat vielleicht der Frauenneuhartinger am Tatabend noch mit dem Tischlinger gesprochen?", schlug Pierstling vor.

Ich schüttelte den Kopf. „Ich hab seine Notizen überflogen. Ein Gespräch mit dem Tischlinger war nicht dabei."

Dichaus Handy klingelte. Er entschuldigte sich bei uns, ging ran und nannte seinen Namen. Lauschte eine Weile. Machte ein paar Notizen. „Verstanden. Wir sind unterwegs."

Er drückte das Gespräch weg und schaute in die Runde. „Schießerei in einem Fitnessstudio. Ein Toter, ein Schwerverletzter. Und da wollen die mir immer einreden, Sport sei gesund. Wie es aussieht, ist das Todesopfer irgend so ein B-Promi, bekannt aus Schlagerstadel und Dschungelcamp. Das heißt, bevor der erste Kollege vor Ort war, haben sich dort schon ein Dutzend Reporter und zwei Kamerateams getummelt."

Großes Stöhnen rund um den Besprechungstisch.

„Pollmoos und Pierstling, ihr übernehmt das. Ich fahr mit hin. Erkennungsdienst und Gerichtsmedizin sind unterwegs." Dichau kratzte sich am Hals. „Traxl, Schammach, das heißt, dass ihr beim Achreuther auf euch allein gestellt seid. Ich würd euch gerne sagen, dass Verstärkung im Anmarsch ist. Aber wie's aussieht brauchen wir jede verfügbare Kraft bei der neuen Sache."

Eine Minute später saß ich mit Bentje allein am Tisch.

So schnell kann es gehen. Gerade noch hatte der Mord an Joachim Achreuther die Schlagzeilen beherrscht und schon lockte er keinen Hund mehr hinter dem Ofen hervor. *Übermorgen ist die Zeitung von morgen die gestrige,* pflegte meine Großmama zu sagen. Das hatte auch etwas Tröstliches.

„Und jetzt?", fragte meine Partnerin.

„Jetzt schauen wir uns gemütlich diese Mietordner an. Und wenn wir schon dabei sind, auch gleich noch die Personalordner von der Steuerklitsche. Gab es eine auffällige Fluktuation in der Belegschaft? Wurde wer abgemahnt? Wem wurde gekündigt?"

Die Mietverträge gaben wenig her. Zwei Stunden wühlten wir uns geduldig durch die erbeuteten Leitz-Ordner voller Standardvordrucke, die nichts zeigten als die nackten Daten: Wer hatte von wann bis wann welches Zimmer zu welcher Monatsmiete bewohnt. Schriftverkehr gab es fast gar keinen, weil ohnehin alle im gleichen Haus mit ihrem Vermieter lebten und alles mündlich abmachten. Belege für Streitigkeiten fanden wir keine. In aller Regel machten die Mieter nach Ende ihres Studiums freiwillig Platz für Jüngere.

Interessanter waren die Ordner der Steuerkanzlei. Das Personal war erst in den letzten drei Jahren auf den heutigen Stand aufgestockt worden. Bis dahin hatten die den Laden mit ganzen sechs Männekens geschmissen, davon war heute kein einziger mehr dabei. Zwei Frauen waren in Mutterschutz gegangen, ein Mann in den Ruhestand. Zwei der angestellten Steuerberater hatten sich selbstständig gemacht. Und dann war da noch eine Sekretärin, deren Lasche allein einen halben Ordner füllte. Gabi Hollerer. Sie war mehrmals abgemahnt worden, schließlich hatten sie ihr gekündigt. Sie hatte Hilfe beim Arbeitsgericht gesucht und dort Recht bekommen. Im Januar letzten Jahres hatte man sich auf eine großzügige Abfindung geeinigt und die Dame ausgestellt.

Eine Minute später hatte ich sie am Apparat. Wenn sie der Anruf überraschte, wusste sie das gut zu verbergen, klang locker und verbindlich. Sie sei gerade auf dem Weg zum Zahnarzt, danach stünde sie uns aber gern zur Verfügung. Punkt zwölf im Präsidium – in Ordnung, sei notiert.

„Wenn bis dahin nichts Dringendes anliegt, würde ich gern eine Auszeit nehmen", eröffnete mir Bentje. „Ich muss mir eine Bleibe suchen. Die Bekannte, bei der ich fürs Erste untergekommen bin, kommt am Wochenende von ihrer Dienstreise zurück. Ich möchte ihr nicht länger als nötig zur Last fallen."

Wohnungssuche in München. Ich hätte nicht mir ihr tauschen mögen. Da gab es etliche, für die das zur Lebensaufgabe geworden war. Moment mal. Was war mit der Bude vom Frauenneuhartinger? Die stand zumindest bis zum Monatsende leer. Und danach? Seine private Handynummer hatte ich sofort parat. Ich bat seine Mailbox um beschleunigten Rückruf.

Gerade wollte ich mein Smartphone wieder weglegen, da fielen mir die Gruppenbilder ein, die ich vorgestern in der Wohnung vom Achreuther abfotografiert hatte. Ich lud sie auf meinen Rechner. Sauber, allesamt ausreichend scharf. In der maximalen Vergrößerung ging ich Bild für Bild durch. 34 solcher Erinnerungsfotos waren es insgesamt, quer durch mindestens zwei Jahrzehnte. Als wäre ein Leben im Zeitraffer vor mir ausgebreitet.

Erneut rührte der Gesichtsausdruck des jungen Joachim Achreuther etwas in meiner Erinnerung an. Hatte ich bei einem früheren Fall mit ihm zu tun gehabt? Wenn, dann müsste das in meiner Anfangszeit bei der Kripo gewesen sein. Aber die Kollegen hatten den Toten routinemäßig durch unser System laufen lassen. Er war ein unbeschriebenes Blatt.

Mein Handy klingelte, eine unbekannte Nummer.

„Traxl."

„Hier spricht Achreuther."

Ich brauchte ein paar Sekunden, bis mir dämmerte, dass ich

nicht einen Anruf aus dem Jenseits erhalten, sondern den jüngeren Bruder am Apparat hatte.

„Guten Morgen, Herr Achreuther. Was kann ich für Sie tun?"

„Der Tischlinger. Der ist schon wieder hinter mir her."

„Wo sind Sie im Moment?"

„Ich bin in Cham, wollte bei Achreuther-Bau nach dem Rechten sehen. Da ist mir der Schweinehund zuvorgekommen. Jede Wette, der will mir ans Leder."

„Ist er gerade bei Ihnen? Hat er Sie bedroht?"

„Er hatte so einen Typ dabei. Geschäftsfreund, hat er behauptet. Der sah aber nicht nach seriösen Geschäften aus, eher wie einer, dem man die Drecksarbeit überlässt. Der hat gedroht, ich soll meine Finger von der Firma lassen."

„Können Sie den Herrn beschreiben?"

„Bullig und groß, bestimmt über 1,90. Lange Haare, zu einem Pferdeschwanz gebunden. Dunkel gekleidet."

„Brille? Bart? Sonstige Auffälligkeiten?"

„Nein. Doch, da war was. Der hatte am Hals eine Tätowierung. Schwarze Linien, drunter irgendwas Kompakteres. Sah fast aus wie eine Spinne, die aus dem Kragen von seinem T-Shirt rauskriecht. Scheußlich."

„Ist der Mensch jetzt noch in Ihrer Nähe?"

„Im Augenblick nicht. Ich wollte, dass Sie Bescheid wissen."

„Vielen Dank, Herr Achreuther, ich hab es notiert. Wie geht es Ihnen sonst?"

„Die Schmerzen sind besser geworden. Aber die Nase ist taub und mein Gesicht schillert in allen Regenbogenfarben."

„Weiterhin gute Besserung."

Theresia Englmeng kam herein und lud mir einen Stapel von Unterlagen auf den Tisch. Fotokopien, Ausdrucke, Handgeschriebenes. „Anweisung vom Chef. Hab ich bei den PePes eingesammelt. Alles zum Fall Achreuther. Der ist doch jetzt Mädelssache."

Die PePes und die Mädels. So hieß das also künftig. Mir sollte es recht sein.

Ich dankte artig und fragte, ob noch Kaffee da wäre. „Gerade frisch aufgebrüht. Bleib sitzen, ich bring dir ein Haferl."

Es brauchte seine Zeit, bis ich den Verhau der Kollegen sortiert und in meine eigene Ordnung gebracht hatte. Danach überflog ich noch einmal die Protokolle der Vernehmungen vom ersten Tag. Den Namen Tischlinger suchte ich vergeblich, was bedeutete, dass er sich vor unserer Ankunft vom Acker gemacht hatte. Seltsames Verhalten für einen Geschäftspartner und Busenfreund.

Die Tür ging auf und Freddy streckte seinen markanten Schädel ins Zimmer. Alfred Voglherd, Erster Kriminalhauptkommissar beim Dezernat für Cybercrime, im ganzen Präsidium bekannt als der *schöne Freddy*. Wenn Pollmoos den Bärenanteil seiner Bezüge für Kleidung auf den Kopf haute, so floss bei Freddy nicht weniger Geld in Bräunungsstudio und Fitnesscenter. Dass der Kollege Premiumkunde bei den stadtbekannten Anabolika-Dealern war, galt als offenes Geheimnis. Böse Zungen wollten sogar von dem ein oder anderen diskret durchgeführten Eingriff durch einen ebenso stadtbekannten Schönheitschirurgen gehört haben. Aber ganz ehrlich: Das Ergebnis der Bemühungen konnte sich sehen lassen. Wenn man auf Föhnwelle, Malle-Teint und aufgepumpte Muckis stand.

Aus unerfindlichen Gründen hatte der schöne Freddy ein Auge auf mich geworfen, seit er vor langen Jahren mein Chef bei Raub und Erpressung gewesen war. Doch mit abhängig Beschäftigten fängt man kein Techtelmechtel an. Solange ich seine unmittelbar Untergebene gewesen war, hatte er sich korrekt zurückgehalten. Kaum, dass ich in mein jetziges Dezernat gewechselt war, ließ er nichts unversucht, mich auf die Matratze zu locken. Dass ich einen Großteil dieser Zeit verheiratet war, interessierte ihn nicht die Bohne. Erst als ihm – mit meinem tatkräftigen Zutun – das Gerücht zugetragen wurde, zwischen mir und Frauenneuhartinger sei eine Romanze am Köcheln, stellte Voglherd seine Anbaggereien ein. FNH war ein Kollege, bei dem wilderte man nicht im Revier.

Jetzt war der vermeintliche Konkurrent nach Franken abgewandert und Freddy dachte wohl, er habe freie Bahn. „Hallo, Zuckerschnecke", flötete er. „Da hab ich für Samstag zwei Karten fürs *Backstage*. Heavy Metal mit den *Thorny Devils*. Wir könnten zuvor in ein Steakhouse gehen und hinterher ins *Schumann's*. Wann soll ich dich abholen?"

„Hallo, Starker", gab ich ungerührt zurück. „Samstag passt leider gar nicht. Da kommt im ZDF ein Film mit der Marika Rökk. Heavy Metal hatte ich schon mal. War dann doch nicht mein Ding. Steak geht gar nicht, bin seit zwei Jahren Veganerin. Und das *Schumann's* wäre Vergeudung. Jetzt, wo ich volle drei Monaten trocken bin."

Mit vor Entsetzen geweiteten Augen schaute er mich an. „Du ... du verarschst mich!", brachte er schließlich heraus.

„Niemals!" Ich schlug meine Augen sittsam nieder. „Der Sünden tät ich mich fürchten. Aber wenn du Lust hast, könnten wir am Sonntagvormittag zur Matinee im Pfarrsaal von St. Bonifaz gehen. Da gibt es einen Vortrag über die Mysterien der Hildegard von Bingen. Mit Fencheltee und Haferkeksen."

Wenn es nicht zu respektlos gewesen wäre, hätte ich gern mein Handy gezückt, um seine Miene für die Nachwelt festzuhalten.

„Sonntag hab ich Dienst", nuschelte er. „Vielleicht ein anderes Mal."

Ganz leise zog er die Tür hinter sich ins Schloss.

Schon wieder läutete das Handy. „Traxl."

„Hab mich schon gewundert, dass du es einen ganzen Tag ausgehalten hast, ohne mich um Rat anzuflehen." FNHs erfrischendes Lachen tönte durch die Leitung.

„Was heißt hier anflehen? Endlich kann ich konzentriert arbeiten, ohne von dir gestört zu werden. Wie geht's in Ansbach?"

„Auf den ersten Blick nicht schlecht. Meine Wohnung hat die doppelte Fläche zum halben Preis. Die Vorteile der Provinz."

„Provinz? Lass das bloß keinen Ansbacher hören", riet ich. „Apropos Wohnung. Was wird denn aus deiner Bude in München? Hast du schon einen Nachmieter?"

„Mist, hab ich ganz vergessen."

„Unsere neue Kollegin braucht nämlich dringend eine Unterkunft. Meinst du, die kann deine Wohnung übernehmen?"

„Bring ich raus. Ich melde mich!"

Haute Volaute

Bis auf ihre geschwollene Backe nach der Zahnbehandlung sah die ehemalige Steuersekretärin aus wie das blühende Leben. Drall, fidel, in Jeans und quietschbuntem Strickpullover. Kaum hatte sie bei uns im Büro Platz genommen, kam auch schon Theresia Englmeng mit der Kaffeekanne vorbei. Manchmal war mir die Gute direkt unheimlich.

Unser Gast bediente sich mit Milch und sehr viel Zucker. „Bestimmt geht es um den Mord an dem Achreuther. Ich hab's in der Zeitung gelesen."

„Frau Hollerer, Sie waren acht Jahre, bis vorletzten Januar, in der Steuerkanzlei Achreuther & Partner tätig. Wie war Herr Achreuther als Chef?"

Sie wollte ansetzen zu reden. Stutzte plötzlich. Sah mich hilfesuchend an.

„Stimmt was nicht?", fragte ich vorsichtig.

Sie wiegte den Kopf. „Ich weiß nicht, ob ich Ihnen überhaupt was sagen darf. In dem Aufhebungsvertrag für mein Dienstverhältnis musste ich so eine Schweigeklausel unterschreiben."

„Solche Klauseln sind üblicher Standard", versuchte ich zu beruhigen. „Im Rahmen einer strafrechtlichen Untersuchung sind die nicht von Bedeutung. Schließlich geht es bei unserem Gespräch nicht um die Geschäftsgeheimnisse der Mandanten."

Mit dieser Erklärung schien unser Gast zufrieden. Geduldig wiederholte ich meine Frage, was von Herrn Achreuther als Chef zu halten war.

„Die ersten Jahre war der ganz okay."

„Die ersten Jahre? Und dann?"

„Dann hat ihn der Teufel geritten." Sie verdrehte ihre Augen. „Bis dahin hatten wir biederes Mittelstandsgeschäft. Handwerksbetriebe, Restaurants, Einzelkaufleute, selten mal ein kleinerer Bauträger oder ein Möbelhaus. Und auf einmal musste es unbedingt die Haute Volaute sein. Das Akquirieren fand nicht mehr auf den Seminaren der IHK oder der Handwerkskammer statt, nein, dafür musste man jetzt in Nobelhotels und Plüschbars."

„Waren Sie da dabei?", fragte Bentje überrascht.

„Das nicht. Aber ich hab die Belege abgeheftet. Und ich hab gesehen, wer ein- und ausging. Das waren nicht mehr die Kleinunternehmer in Blaumann und Drillich, sondern Herren im Armani-Anzug. Ich möchte nicht wissen, was das für Geschäfte waren, bei denen die beraten wurden. Ja, und wie die Kundschaft hatten sich auch unsere Chefs verändert. Der Tischlinger fuhr plötzlich einen Porsche, der Achreuther einen Ferrari. *Zeig den Leuten, was du dir leisten kannst*, hat er gesagt. *Die trauen nur dem, der Erfolg hat.*" Sie griff zur Kaffeetasse und nahm einen Schluck. „Von uns verlangten sie, dass wir den neuen Stil mitmachten. Wer sich nicht aufgebrezelt hat, wurde schief angeschaut, ich ganz besonders. Ich sag's Ihnen, ich war denen ein Dorn im Auge. Sie haben mich abgemahnt, angeblich wegen Minderleistung. Dabei hab ich mehr erledigt als alle anderen zusammen."

„Frau Hollerer, es gibt Hinweise, dass Achreuther & Partner nicht immer zum Vorteil ihrer Kundschaft tätig war. Wissen Sie davon etwas?"

„Keine Ahnung. Vom Steuerrecht versteh ich nicht viel."

„Gab es denn Kunden, die Vorwürfe gegen die Kanzlei erhoben haben?"

„Mein Gott, Fehler sind vorgekommen. Gerade wie sie die vielen neuen Kollegen eingestellt haben. Da waren einige Kunden sauer, aber in der Regel hat die Versicherung die Schäden ersetzt."

„Nichts Spektakuläres? Vor zwei Jahren etwa?"

Sie legte den Kopf schief und grübelte. „Jetzt wo Sie fragen. Ich glaub, da war mal was Gröberes. Irgendeine Firma hat Konkurs gemacht. Ich meine, der Inhaber hat behauptet, das war die Schuld vom Achreuther."

„Können Sie sich an den Namen der Firma erinnern?"

„Oh nein, sicher nicht."

„Hatte es vielleicht mit Lebensmitteln zu tun?" Bentje beugte sich vor.

Die Hollerer lutschte an ihrer Unterlippe, dann strahlte sie uns an. „Lebensmittel, richtig! Ich glaub, das war sogar eine Delikatessen-Großhandlung. Wenn ich so zurückschau, hab ich mir damals noch gedacht, wie können die pleitegehen? Gegessen wird doch immer. Der Name hatte was mit Pfannen zu tun. Mein ich zumindest."

Auf Bentjes Gesicht blühte ein breites Grinsen.

„Gab es noch weitere Fälle mit ähnlichen Vorwürfen?"

„Tut mir leid. Das war dann die Zeit, wo sie mich schon auf dem Kieker hatten. Haben mir nur noch Routinesachen gegeben, Ablage, Bestellung von Büromaterial, Dienstreiseabrechnungen. Dafür haben sie gleich drei neue Sekretärinnen eingestellt, alle im schwarzen Bleistiftrock."

Bentje blätterte in unseren Aufzeichnungen. „Wir wissen nur von Frau Riemerschmied und Frau Hesselfurth?"

„Die auch. Aber vor allem die kleine Bettori. Kam daher wie zum Abschlussball, sexy Klamotten, dick geschminkt, Figur wie eine Achterbahn. Ich hab die kein einziges Mal am Bildschirm erlebt, von der waren andere Qualitäten gefragt. Anfangs dachte ich, die hat der Chef zu seinem eigenen Vergnügen eingestellt. Sie müssen wissen, was Frauen betrifft war der Achreuther kein Kostverächter. Aber die sollte allein den wichtigen Kunden um den Bart gehen."

„Frau Bettori hat aber keine Personalakte", stellte Bentje verwundert fest.

„Davon weiß ich nichts."

„Wissen Sie, ob diese Dame noch für die Kanzlei tätig ist?"

Unser Gast machte ein zerknautschtes Gesicht und rieb ihre Nase. „Da war was. Nach meiner Zeit, deshalb kann ich's nicht genau sagen. Die soll sich mit einem Mandanten geprügelt haben. Wurde Knall auf Fall in die Wüste geschickt." Wieder griff sie zur Kaffeetasse.

Als sie ausgetrunken hatte, schob ich ihr meine Karte hin. „Falls Ihnen noch was einfällt. Sie haben uns sehr geholfen, vielen Dank. Nur eins noch, wie heißt Frau Bettori mit Vornamen? Wissen Sie vielleicht sogar, wo sie wohnt?"

„Andrea. Die heißt Andrea. Wohnung weiß ich keine. Die kam ursprünglich aus Vilsbiburg."

Es kostete Bentje schlappe zehn Minuten, dann hatte sie eine Frau Bettori in Vilsbiburg am Apparat. Nein, ihre Tochter lebe seit Jahren nicht mehr daheim. Die Andrea arbeite jetzt am Flughafen. Bei der Lufthansa. Am Schalter bei den Last-Minute-Flügen. Danke. Bitte.

„Mittagessen?", fragte meine Partnerin.

„Im *Airbräu* am Flughafen", schlug ich vor.

Hübsche Maid für Zärtlichkeit

Kumulus nennen sie hier ihr Weißbier. Feines Bier zu fairem Preis. Auch das Essen in dieser Mini-Brauerei war erste Sahne. Wieder hatten wir Glück. Andrea Bettori hatte nicht nur Dienst, sie konnte sich auch noch ein paar Minuten für uns freimachen.

Die Hollerer hatte nicht zu viel versprochen: Das Mädel mochte Mitte zwanzig sein. Ein Gesicht, wie es Bernini nicht besser hingebracht hätte. Und eine Figur, die dem Durchschnittsmann den Sabber in Sturzbächen aus dem Schnabel laufen ließ. Natürlich hatte auch Frau Bettori von dem Mord an ihrem früheren Chef gehört. Sie wirkte nervös und unruhig. Blickte sich immer wieder in der großen Schalterhalle, in der wir Platz genommen hatten, um.

„Wäre es Ihnen lieber, wenn wir uns an einem anderen Ort unterhalten?", fragte ich. „Gibt es einen Pausenraum für die Angestellten, den wir benutzen könnten?"

Sie schüttelte den Kopf. „Es wird schon gehen." Und warf den nächsten furchtsamen Blick über ihre Schulter.

Bentje stellte die Fragen. „Frau Bettori, wie lange waren Sie bei Achreuther & Partner beschäftigt?"

„Bis dieses Jahr im März. Knapp zwei Jahre."

„Worin bestand Ihre Tätigkeit?"

„Ich war als Sekretärin angestellt."

„Textverarbeitung, Buchhaltung, Ablage?"

„Das weniger." Sie zögerte.

„Sondern?"

„Mehr so was wie ... Kundenbetreuung."

„Wie haben wir uns das vorzustellen?"

Sie wurde rot und stotterte. „Es gab wichtige Kunden. Ich sollte dafür sorgen, dass sie sich wohlfühlten."

„Kaffee und Plätzchen servieren?"

„Auch."

„Was noch?" Bentje wurde langsam aber sicher ungeduldig.

„Bitte glauben Sie mir. Da bin ich nicht stolz darauf."

„Worauf?"

Sie nestelte aus ihrer Uniformjacke ein winziges Taschentuch heraus und putzte sich die Nase. „Es gab einige Kunden, die überredet werden sollten, auf die Vorschläge von Herrn Achreuther und seinen Partnern einzugehen."

„Was waren das für Partner? Tischlinger?", hakte ich ein.

„Der doch nicht!" Sie kicherte. „Geschäftspartner. Da waren Anwälte, Leute von der Bank ..." Sie zögerte erneut. „Und da waren noch andere. Leute, vor denen ich Angst hatte."

„Angst? Aus welchem Grund?"

„Die waren so ... so hart. So kalt. Vor allem einer, vor dem hat jeder gekuscht, den durfte man nicht ansprechen. Sie haben ihn Schulz genannt. Ich glaub aber, das war nicht sein richtiger Name."

„Weshalb das?"

„Manchmal hat er gar nicht auf den Namen reagiert. Das kam mir komisch vor."

„Wissen Sie, welche Rolle dieser Schulz bei Achreuther & Partner gespielt hat?"

„Wenn der kam, dann hat er angeschafft und alle mussten tun, was er sagte."

„Der Schulz hat angeschafft?" Bentje riss entsetzt die Augen auf. „Der ist auf den Strich ...?"

Ich konnte mir ein Schmunzeln nicht verkneifen. „*Anschaffen* bedeutet bei uns nichts weiter als Befehle erteilen."

„Ach so. Das muss einem doch gesagt werden."

Ich wandte mich wieder an Andrea Bettori. „In welchem Verhältnis stand Schulz zu Joachim Achreuther?"

„Das war der Einzige, der vor dem Schulz nicht den Kopf eingezogen hat. Der Herr Achreuther hatte nämlich die Ideen."

„Ideen für was? Für neue Geschäfte?"

„Glaub schon. Was genau, weiß ich nicht, das hat man mir nie gesagt."

„In Ordnung. Dann zurück zu Ihren Aufgaben. Wie lief das ab, so eine besondere Kundenbetreuung durch Sie?"

„Losgegangen ist es gleich nachdem sie mich eingestellt hatten. Das war in Schwabing, in der Bar von so einem Nobelhotel, *Munich Garden Superior* hieß das. Herr Achreuther hat mich einem Mann vorgestellt, zu dem sollte ich ein bisschen zärtlich sein, das wär wichtig für die Kanzlei. Damals hab ich noch gedacht, da ist ja nicht viel dabei. Wenn es meinem Chef hilft."

„Waren noch andere Leute dabei?"

„Eine ganze Reihe, sogar der Schulz. Die meisten hatte ich aber noch nie zuvor gesehen."

„Wissen Sie, um was es an diesem Abend genau ging?"

„In meiner Gegenwart gab's nur Small Talk. Fußball, Autos, Actionfilme. Männerthemen halt. Nur der neben mir hat sich nicht beteiligt. Der hat mich den ganzen Abend nur angestarrt."

„Wissen Sie noch, wie der Mann hieß?"

„Ein ziemlich seltsamer Name. Kuttwitz oder Kottwitz oder so. Er wollte, dass ich Hans-Herbert zu ihm sag."

„Ein Kunde der Kanzlei?"

„Er hat gesagt, er ist Beamter. Ich glaub, der war aus Franken. So hat er zumindest geredet."

„Ich frag jetzt mal sehr direkt, Frau Bettori: Wie endete der Abend?"

Sie ließ den Kopf hängen. „Ich bin mit dem Mann in einem Hotelzimmer gelandet. Das hatten die Bosse im Voraus gebucht, da dachte ich noch, es geht nur um Flirten und ein bisschen Antatschen. Aber dann haben sie mir einen Drink nach dem andern ausgegeben … Der Typ war eigentlich sehr nett. Schüchtern, umständlich. Hinterher hab ich gehört, es hätte jemand vom Nebenzimmer aus Fotos gemacht."

Bentje und ich sahen uns an. „Erpressung. Nicht gerade die feine Art unter Geschäftspartnern. Haben Sie den Hans-Herbert danach nochmal gesehen?"

„Den nicht mehr. Andere. Es ist immer nach dem gleichen Muster gelaufen. Immer im selben Hotel, im selben Zimmer."

„War das nicht in der Hochphase der Covid-Pandemie?", fragte ich.

„Ja, schon", bestätigte sie. „Aber das mit dem Infektionsrisiko wurde in der Kanzlei nicht so eng gesehen. Außerdem gab's ja immer wieder Lockerungen der Kontaktverbote, die wurden ausgenutzt."

„Mehrere Fälle also. Immer im selben Zimmer", übernahm Bentje wieder. „Wie haben Sie den Absprung geschafft?"

„Gar nicht." Sie sah sich hektisch nach allen Seiten um. „Ich hab weitergemacht, aber ich fühlte mich immer ... weiß auch nicht, immer schmutziger. Lange dachte ich, ich kann da nicht rumzicken. Der Herr Achreuther hat mir ein wirklich großzügiges Gehalt gezahlt, das wollte ich nicht aufs Spiel setzen. Aber dann kam dieses eine Treffen. Das war so ein schmieriger Typ, hat mich behandelt wie die letzte Nutte." Sie zögerte. „Was ich zu der Zeit vermutlich auch war. Der wollte keine Zärtlichkeit. Der wollte es auf die harte Tour. Als ich mich geweigert hab, seine Spielchen mitzumachen, ist er brutal geworden. Da hab ich ihm einen Aschenbecher über den Schädel gehaut, so einen schweren aus Glas. Das war's dann."

„Kündigung?"

„Entlassung am nächsten Morgen."

Ich pfiff durch die Zähne. „Haben Sie Namen von diesen Männern? Oder haben Sie jemals den Namen von Geschäften gehört? Von Firmen?"

„Ich hab schnell aufgehört, mir die Namen der Männer zu merken. Der Schulz war sehr oft dabei. Aber über Geschäfte haben sie nie groß geredet. Oder halt – an einem meiner letzten Abende ging es ziemlich lange um *Cosima*. Das hab ich mir gemerkt, weil meine Patentante auch so heißt. Aber was es damit auf sich hat, weiß ich nicht. Ich kann mich nur erinnern, dass ich ..." Sie stockte. Ihre Augen weiteten sich.

Ich widerstand dem Impuls, mich in ihre Blickrichtung umzudrehen. „Was ist los?"

„Da steht ein Mann und beobachtet uns. Ich kenn den. Das ist ein Handlanger vom Schulz." Sie war aufgesprungen.

„Keine Angst", sagte ich. „Solange wir bei Ihnen sind, haben Sie nichts zu befürchten."

„Und danach?"

Bentje und ich standen ebenfalls auf. Wir nahmen Bettori in die Mitte und gingen schräg durch die Halle. Ich erklärte der Zeugin die nächsten Schritte. „Meine Kollegin wird Sie zu Ihrem Schalter zurückbegleiten. Ich behalte derweil den Mann im Auge. Wenn es Ihnen möglich ist, verlassen Sie das Gebäude sofort durch einen öffentlich nicht zugänglichen Bereich. Bekommen Sie das hin?"

Sie nickte.

„Wir melden uns wieder bei Ihnen. Hier haben Sie meine Karte. Auf dem Handy können Sie mich Tag und Nacht erreichen."

Hinter dem Stand einer Mietwagenfirma ließ ich Bentje und Andrea Bettori allein weitermarschieren und wartete, bis der Mann auftauchte. Nur wenige Schritte entfernt kam er an mir vorbei. Großgewachsen. Dunkle Kleidung. Pferdeschwanz. Die Beschreibung kannte ich doch …

So ganz hatte ich dem Benedikt Achreuther seine Geschichte nicht abgenommen, aber der Mensch hier wirkte in der Tat bedrohlich. Unbemerkt machte ich ein paar Fotos. Als er den Kopf wandte, war ein Tattoo an seinem Hals zu sehen. Ja, könnte eine Spinne sein. Vorsichtig ging ich ihm hinterher.

Bentje hatte sich von der Bettori verabschiedet. Die junge Frau war sofort durch eine Tür hinter ihrem Schalter verschwunden. Kaum war meine Kollegin im Rückzug, trat der Mann an den Schalter und sprach eine der Lufthansadamen an. Sie schien ihm gestenreich einen Weg zu beschreiben, während er ungeduldig nickte. Ohne zu danken, eilte er davon. Ich versuchte, zu folgen, verlor ihn aber keine hundert Meter später im dichten Gewühl aus den Augen.

O alte Burschenherrlichkeit

Irgendwo hatte Bentje eine Art Wandtafel aufgetrieben und in unser Büro geschleppt. Das Teil war aus Kunststoff und konnte mit abwaschbaren Stiften bekritzelt werden. *Whiteboard* sagte sie dazu. Da malte sie nun kunstvoll und in Farbe die bisher in Erscheinung getretenen Personen auf. Oben drüber stand *Joachim Achreuther*. Ganz links kamen die Namen hin, die wir als Verdächtige aussortiert hatten. Auf der rechten Seite verewigte sie *Benedikt, Koeberg* und *Tischlinger*. Ins Zentrum schrieb sie *Foodywoody, Kuttwitz, Pfannen-Delikatessenhandel, Cosima*.

Sie betrachtete ihr Werk mit kritischer Miene aus zwei Metern Entfernung. „Noch büschen dünn. Ausbaufähig sozusagen! Mit der Insolvenz fang ich an. Solche Verfahren werden in einem Register deutschlandweit veröffentlicht. Wir haben die ungefähre Zeit, einen Teil vom Namen, als Amtsgericht vermutlich München."

„Dann mach ich mich auf die Suche nach Cosima."

Ich startete meinen Rechner, gab das Password ein – da klingelte das Telefon auf meinem Schreibtisch.

„Herr Dr. Hirschbichl will Sie sehen. Sofort!" Aufgelegt. Die aufgeblasene Ziege, die unserem Oberboss seinen Gesundheitstee kochte.

Ein schwerer Seufzer musste unbedingt aus mir raus.

„Was gibt's?", fragte Bentje besorgt.

„Soll zum Hirschbichl. Kriminaloberrat. Karrieregeiler Kotzbrocken."

„Viel Spaß."

„Hab ich bestimmt."

Ohne die Ziege eines Blickes zu würdigen, klopfte ich forsch an die Tür des Allgewaltigen und trat ein. Hirschbichl saß einen gefühlten halben Kilometer entfernt am anderen Ende seines Bürosaals an einem pompösen Mahagonischreibtisch.

Bis auf den Schreibtisch war der Saal leer. Es gab noch nicht einmal einen Besucherstuhl.

Er kniff die Augen zusammen, dann hatte er mich erkannt. „Ach Sie sind's, Praxl. Kommen Sie näher."

Längst hatte ich es aufgegeben, ihn zu korrigieren. Dichau war bei ihm Dieskau, Pollmoos war Polling, Pierstling war Fäustling. Nur Frauenneuhartinger hatte er sich merken können. Das nützte ihm jetzt auch nichts mehr.

„Herr Dr. Hirschbichl, Sie wollten mich sprechen?"

„Da gab es eine Beschwerde über Sie." Er griff nach einem Notizzettel. „Unangenehme Sache. Hatchinson, Dubb & Miller. Top-Kanzlei, weltweit die Nummer 3 oder 4. Und Sie entblöden sich nicht, diese Leute in Verruf zu bringen."

„Wer sagt das?"

„Wer das sagt, tut nichts zur Sache. Haben Sie gegenüber Dritten diese Leute eines unseriösen Gebarens beschuldigt, ja oder nein?"

„Das kann man so nicht sagen. Wir hatten Hinweise, dass ..."

„Unfug!" Er haute mit der flachen Hand laut klatschend auf den Tisch. „Ich verbitte mir diese Ignoranz. Wann lernen Sie endlich, dass wir eine Mission haben. Der Ruf der Polizei ist unser Kapital. Professor Wäger-Leutberg ist für die Leitung der deutschen Niederlassungen der Kanzlei zuständig, als Senior-Partner. Der Mann ist ein Bundesbruder des Innenministers! Ich kann mir solche Eigenmächtigkeiten von meinen Leuten nicht gefallen lassen. Ich verlange, dass Sie sich förmlich entschuldigen."

„Ja, Herr Doktor."

„Schriftlich. Abschrift an mich."

„Ja, Herr Doktor."

„Gehen Sie!"

„Ja, Herr Doktor."

Pflichtschuldig gab ich den begossenen Pudel und verließ mit hängenden Schultern und eingezogenem Haupt den Raum.

Natürlich war das ein brutaler Fehler in der Organisation, wenn so ein hirnloser Dipferlscheißer etwas zu sagen hatte. Und nicht nur mir als kleinem Licht, sondern den klügsten und eifrigsten Leuten im Präsidium, die sich rund um die Uhr den Arsch aufrissen, um den Laden am Laufen zu halten. Aber vielleicht bewies auch gerade das die Stärke unserer Organisation: dass der Laden halbwegs lief, obwohl so ein Nasenbohrer an der Spitze stand. Und warum? Das verdankte der Laden einzig der unausgesprochenen Übereinkunft aller, die Anweisungen des Allgewaltigen zu ignorieren. Das Gute war, dass jedermann wusste, dass sich der hohe Herr niemals etwas auf Wiedervorlage nahm. Die vom Kriminaloberrat geforderte Entschuldigung konnte ich getrost vergessen. Sein Notizzettel würde im Stapel unzähliger anderer nie zu einem Ende gelangender Vorgänge untergehen.

Ein brauchbares System!

Sag, dass du ein Blödmann bist

Wieder blinkte bei meinem Heimkommen der Anrufbeantworter. Diesmal waren es meine Eltern. Mein Ex hatte ihnen berichtet, dass sich Korbinian seit Wochen nicht gemeldet hatte. Als ob ich sonst keine Sorgen hatte.

Um die Sache nicht aus dem Ruder laufen zu lassen, wählte ich ihre Nummer in Ebersberg. Mein Vater hob nach dem ersten Klingeln ab. „Kannst du nicht deine Kollegen vor Ort hinschicken", fragte er, „nachsehen, was da abläuft? Deine Mutter macht sich entsetzliche Sorgen. Sie hat letzte Nacht kein Auge zugetan."

„Papa, du weißt doch wie der Korbi ist. Grad weil er sich nicht meldet, geht es ihm gut."

„Oder ruf die Botschaft an. Damit die einschreiten. Die haben Mittel und Wege, nach dem Rechten zu sehen. Immerhin ist Korbinian deutscher Staatsbürger, das können wir als Steuerzahler von denen verlangen."

„Bitte, Papa. Die brauchen nicht einschreiten. Weil es nichts zum Einschreiten gibt." War heute schon wieder Deppentag?

„Hast du wenigstens eine Nummer von diesen dubiosen Menschen, bei denen der Korbinian haust? Ruf da doch mal an und sag uns dann Bescheid. Heute noch, hörst du."

Ich legte grußlos auf und wählte gleich im Anschluss die Nummer von Günter, meinem Verflossenen. „Der Korbi hat sich also auch nicht bei dir gemeldet?", fragte ich grimmig.

„Korbi? Doch. Gestern Abend kam eine E-Mail. Es geht ihm gut."

Ich schnaufte ein paar Mal durch. „Dann rufst du sofort meine Eltern an und sagst ihnen, dass du ein Blödmann bist."

Manchmal wurde ich den Verdacht nicht los, die sprachen sich heimlich ab, wie sie mich am besten um den Verstand bringen konnten. Ich musste ihnen zugestehen, ihre Methoden waren ziemlich ausgefuchst. Und noch immer keine Schokolade im Haus!

Ein Blick auf die Uhr. Halb acht. Höchste Eisenbahn fürs Boxtraining. Ich warf die Trainingsklamotten in die Sporttasche, flitzte die Treppe runter und schwang mich aufs Radl.

Irgendetwas stellte die alte, verstaubte Boxhalle jedes Mal mit mir an. Schon der Geruch nach Leder und Schweiß legte einen Schalter in meinem Schädel um, katapultierte mich heraus aus meinem beruflichen und privaten Alltag. Hier war mir jedes knarzende Dielenbrett, jede verrostete Kurzhantel, jedes ausgefranste Springseil ans Herz gewachsen. Ein gutes Dutzend vertraute Gestalten ringsherum keuchten sich genau wie ich die Seele aus dem Leib beim Dehnen, Seilspringen, Bankdrücken, bei den Sit-ups, Burpees, Liegestützen, beim vordergründig stupiden, tatsächlich aber meditativen Wiederholen der immer gleichen Jabs und Haken.

Eine Stunde lang Kondition, Kraft, Technik, danach eine

halbe Stunde am Punchingsack oder beim Sparring im Ring. Die Auswahl des richtigen Partners hierfür war bisweilen eine Herausforderung. Andere Frauen, die in meinem Alter noch aktiv boxten, hatten wir keine im Club. Bei den jüngeren Mädels war Vorsicht geboten. Die brannten darauf, sich und mir zu beweisen, dass ihnen die Zukunft und mir bestenfalls ein Platz beim Seniorentanztee gehörte. Bisher war es mir stets gelungen, ihnen die Beweisführung zu vermasseln.

Besser kam ich mit den Jungs zurecht. Da wusste ich genau, mit welchem Partner ich eine lockere Einheit durchziehen konnte und bei wem ich an meine Grenzen gehen musste. Keine Frage, dass mir diejenigen, die mir alles abverlangten, die liebsten Gegner waren.

Zwei Stunden später verließ ich herrlich ausgepowert und frisch geduscht die Übungshalle des Clubs. Egal wie beschissen es mir ging, wie dämlich ein Tag gelaufen war, das wöchentliche Boxtraining brachte mich wieder in die Senkrechte.

Ich boxte seit meinem zwölften Lebensjahr, hatte es drei Jahre in Folge zur bayerischen Junioren- und Jugendmeisterin gebracht. Je älter ich wurde, desto wichtiger wurde das Training für mich. Heute war ich wild entschlossen, auch mit 85 noch zum Boxen zu gehen.

Vor Jahren hatte ich sogar davon geträumt, den Sport zum Beruf zu machen. Damals steckte das Profiboxen für Frauen noch in den Anfängen, was mich nicht davon abhielt, nach meinem Abitur zwei Jahre lang verbissen Tag und Nacht zu trainieren. In der Zeit hatte ich sogar meine ersten beiden Profikämpfe bestritten und einen bescheidenen Vertrag mit einem Promoter in der Tasche.

Doch dann hatte ich einen Moment der Erkenntnis. Ganz an die Spitze würde ich es nie schaffen. Ich war zwar schon immer hart im Nehmen, konnte einstecken wie ein Weltmeister. Aber im Wettkampf fehlte mir der Killer-Instinkt. Das war im echten Leben anders. Wenn mir da einer bedrohlich gegenübertrat, war das keine faire Sportlerin, sondern ein Schweinehund, der mir ans Leder wollte. Die Skrupel, die mich im Wettkampf hinderten, waren beim Kampf auf der Straße wie weggeblasen. Da hieß es *der oder ich.*

Am Heimweg radelte ich eine ganze Weile neben einer Trambahn her. Erst als sie abbog, fiel mir das Werbebanner auf der Seite des Triebwagens auf. *Cosima-Residenz, Luxuswohnungen im Grünen.* Fast wäre ich auf ein parkendes Auto geknallt, konnte in letzter Sekunde ausweichen. Cosima war das große Immobilienprojekt in Bogenhausen, ich hatte die Werbung schon öfter gesehen. Das war eine gewaltige Hausnummer.

Der Plan war gewesen, gleich nach meinem Sprint durch die heimische Wohnungstür das Notebook anzuschmeißen und die Weiten des Internets nach dem Immobilienprojekt zu durchstöbern. Aber als ich im dritten Stock anlangte, saß da einer auf dem Treppenabsatz.

Bei meinem Anblick sprang er auf und machte einen Diener. „Gut, dass Sie kommen. Ich hab dummerweise meinen Schlüssel vergessen. Und Omi macht nicht auf."

Der tat so, als hätten wir schon zusammen geschussert. Dabei hatte ich ihn nie zuvor gesehen. Keine Frage, einen wie den hätte ich mir gemerkt: 1,90 groß, blondgelockte Haare bis zu den Schultern, Augen wie das Blaulicht von einem Streifenwagen, Hände wie ein Konzertpianist.

„Vielleicht ist die Omi nicht zu Hause?", schlug ich schüchtern vor.

„Unfug, Omi ist immer da. Sie hört nur sehr schlecht, wenn einer läutet oder klopft." Er deutete auf die Tür neben der meinen.

„Ach so." Manchmal war ich erschreckend schwer von Begriff. „Sie sind der Enkel von Frau Alt?"

Er grinste breit. „Typisch, hab ich schon wieder vergessen, mich vorzustellen. Josef Jung. Der Enkel Ihrer Nachbarin."

Wollte der mich verarschen? Jung und Alt?

Er schien mir meine Verwirrung anzusehen. „Bitte glauben Sie mir, ich kann absolut nichts dafür, dass meine Mutter, Siglinde Alt, ausgerechnet den Franz Jung heiraten musste."

Eine Minute später sperrte ich ihm mit meinem Ersatzschlüssel die Nachbartür auf. Weil ich keine Gewähr dafür hatte, dass der Blonde nicht ein dreister Einbruchbetrüger war, folgte ich ihm in die Wohnung. Im Wohnzimmer lief der Fernseher in höchster Lautstärke, dennoch hatte meine Nachbarin das Kunststück fertiggebracht, bei dem Radau einzuschlafen. Ich hielt mich im Hintergrund, während Josef Jung der alten Frau sacht über den Kopf strich. Sie wachte auf und blickte verwirrt um sich. „Ach du bist's, Sepp. Wolltest du nicht erst am Donnerstag kommen?"

„Omi, es *ist* Donnerstag!"

„Echt?" Jetzt erblickte sie mich am anderen Ende des Zimmers. „Wie schön, Sepp, dass du mir endlich deine Freundin vorstellst."

„Omi." Er lächelte mir entschuldigend zu. „Das ist Frau Traxl, deine Nachbarin."

„Natürlich ist das Frau Traxl." Sie überlegte einen Moment. „Du hast mir gar nicht gesagt, dass Frau Traxl deine Freundin ist."

„Ist sie auch nicht. Sie hat mir aufgesperrt, weil ich den Wohnungsschlüssel vergessen hatte."

„So?" Sie warf mir einen intensiven Blick zu. „Und warum ist die Frau Traxl nicht deine Freundin? Das wär eine Partie! Die hat Pensionsberechtigung."

Jetzt grinste er breit. „Wenn das so ist, werde ich es mir überlegen."

Ganz wohl war mir bei dem Thema nicht. „Ich will dann nicht weiter stören", murmelte ich. „Gute Nacht, Frau Alt. Schlafen Sie fein. Wiedersehen, Herr Jung. Wenn Sie wieder mal Ihren Schlüssel vergessen, immer gern."

„Ich werde ihn gleich morgen früh wegschmeißen, sonst kommen wir nie zusammen."

„Glauben Sie ja nicht, dass das erstrebenswert ist."

Meine anschließende Internetrecherche hatte kein Immobilienprojekt namens Cosima-Residenz zum Thema, sondern einen Enkel namens Sepp Jung. Er war Konditor und betrieb ein Tagescafé in der Maxvorstadt.

Freitag, 8. Dezember

Friesentorte und Wattwurmsalat

Nein, ich hatte nicht von dem blonden Konditormeister geträumt. Joachim Achreuther war mir im Traum erschienen. Hatte mich auf einer einsamen Straße durch ein verschneites Waldstück gejagt und dabei lauthals meckernd gelacht.

Schweißgebadet erwachte ich und setzte mich benommen im Bett auf. Mir schoss der fixe Gedanke durch den Kopf, ich würde den Mord erst lösen können, wenn ich wüsste, wo mir der Tote früher schon begegnet war.

Im Büro startete ich den Rechner und setzte an, endlich zum Thema Cosima zu recherchieren.

„In fünf Minuten Besprechung beim Dichau." Theresia Englmeng hatte ihren Kopf zur Tür hereingestreckt. „Der Kaffee ist gleich durchgelaufen. Und die Neue hat so eine Art Kuchen gebacken."

Natürlich hatte jeder wieder seinen Stammplatz eingenommen. Dichau am Kopfende, rechts von ihm Pierstling und Pollmoos, links Frauenneu… Bentje und ich. Das Gebäck sah abenteuerlich aus. Mürbteigboden, darüber Schichten von Blätterteig, dazwischen Schlagrahm und Pflaumenmus. Pro Stück geschätzte 2.000 Kalorien. Bentje schnitt auf und verteilte. „Nennt sich Friesentorte", klärte sie uns auf. „Nationalheiligtum an der Küste."

Es schmeckte spek-ta-ku-lär! Sogar Dichau, der sonst eher für die herzhaften Schmankerl zu gewinnen war, kratzte noch den letzten Krümel vom Teller. „Ist das dein ganzer Einstand?", wollte Pierstling lauernd wissen.

„Ganzer Einstand?" Sie warf mir einen hilfesuchenden Blick zu. Boshaft, wie ich schon mal sein kann, schüttelte ich entschieden den Kopf.

„N... nein", stammelte sie. Dann glitt ein Schmunzeln über ihr Gesicht. „Das ist nur der erste Teil. Nächste Woche gib es den Wattwurmsalat mit gestampften Miesmuschelschalen. Dazu Krabben-Cocktail. Die Krabben muss allerdings vorher jeder selber puhlen."

Dann zog der Chef zügig sein Programm durch. Beim Mord im Fitnessstudio hatten sie einen heißen Tatverdacht, es ging nur noch darum, gerichtsverwertbare Beweise zusammenzutragen. Das schien allerdings eine Herausforderung zu sein.

Bentje und ich berichteten vom zweifelhaften Geschäftsgebaren der Steuerkanzlei Achreuther & Partner. Natürlich durfte ich den Rüffel durch den Kriminaloberrat nicht verschweigen.

Dichau grinste breit. „Wenn wir Glück haben, schleimt er sich noch weiter nach oben und wir sind ihn los. Doch jetzt an die Arbeit! Und legt euch nicht mit Bundesbrüdern von Ministern an."

Zurück im Büro brachte mich meine Kollegin auf den neuesten Stand. Sie hatte gestern Abend tatsächlich noch einen Insolvenzfall beim Amtsgericht München gefunden, der auf unser Suchprofil passte. Im Juli vor zwei Jahren war bei einer Pfannenschmied GmbH & Co. KG Insolvenzantrag wegen Zahlungsunfähigkeit gestellt worden. Geschäftsgegenstand Delikatessen und Feinkost. Insolvenzverwalter Dr. Lutz Lünkow von der Kanzlei Hatchinson, Dubb & Miller. Mittlerweile war das Unternehmen liquidiert. Bentje hatte ihr Whiteboard säuberlich um alle neuen Erkenntnisse ergänzt. Fleißig wie ein Bienchen.

Einen Namen hatte sie eingerahmt: Thomas Pfannenschmied, der frühere Firmeninhaber. „Den schauen wir uns heute an. Wohnt in Ismaning im Hobbyraum bei seiner Geschiedenen."

„Wie hast du ihn denn dort so schnell aufgestöbert?", fragte ich verblüfft.

„Ganz Old School. Hab mir aus dem Vorzimmer dieses

dicke gelbe Telefonbuch geholt und alle Pfannenschmieds durchtelefoniert. Ist zum Glück kein so häufiger Name."

„Vor etwa zwei Jahren war die Insolvenz, sagst du? Zu der Zeit haben wegen Corona viele Firmen das Handtuch geworfen, grad in der Gastronomie und in den verwandten Branchen."

„Dieser Foodywoody behauptet aber, der Grund für die Pleite war was anderes. Hören wir uns an, was er zu sagen hat."

„Wann willst du los? Ich hätte vorher noch was zu erledigen."

„Kann ich dir dabei helfen? Was abnehmen?" Sie war zum Fürchten tüchtig.

„Cosima."

„Was ist damit?"

„Die Cosima-Residenz ist im Augenblick das größte Immobilienprojekt in der Stadt. In bester Lage oberhalb der Isar in Bogenhausen, Cosimastraße."

Ohne ein weiteres Wort stürzte sie sich auf ihren Rechner.

Das gab mir Luft, mich noch einmal mit der Person des Ermordeten auseinanderzusetzen. Das Whiteboard war nicht meine Sache. Lieber nahm ich einen Zettel, einen Bleistiftstummel und legte los.

Joachim Achreuther.

Wer bist du gewesen?

Wem bist du im Weg gestanden?

Wem hast du Schaden zugefügt?

Der Mann war ein einziger Widerspruch. Seine bescheiden eingerichtete Wohnung und sein protziger Ferrari. Sein freundschaftlicher Umgang mit mittellosen Studenten und sein Hang zu gelackten Halbwelttypen. Der erfolgreiche Steuerberater, der sich nicht mit dem Mittelstand begnügte, den es zur Glitzerwelt hindrängte. Der großzügige Vermieter, der jungen Leuten eine Bleibe gab, aber nicht aus purer Großmut, sondern weil er sie in seiner Schuld haben wollte. Der Lebenspartner der Koeberg, der unverhohlen hinter jedem Rock her war, junge Frauen für einen Wohnheimplatz in die Kiste lockte und zum Wohle dubioser

Geschäftspraktiken zu anderen ins Bett schickte. Wie sein Partner Tischlinger war auch er ein Lebemann. Nicht ganz so verlebt, aber endgültig nicht mehr lebendig.

Schon hatte ich wieder die Fotografien aus dem Zimmer des Toten auf meinem Rechner aufgerufen. Auf jeder Aufnahme stand Joachim Achreuther im Zentrum, war die dominierende Figur, zu der alle anderen aufblickten. Benedikt hatte gesagt, sein Bruder sei der gutmütige, naive Typ gewesen. Die Bilder vermittelten genau das Gegenteil. *Der Sonnenkönig hält Hof.* Ich hatte wenig Ahnung von Psychologie, ich konnte nur sagen, welchen Eindruck Joachim Achreuther auf mich machte. Aufgedreht, fröhlich, glücklich. Und er musste partout im Mittelpunkt stehen. Brauchte die Bewunderung durch die anderen. Die waren nicht dabei, damit auch sie ihren Spaß hatten, sie dienten ausschließlich als Kulisse für seinen Spaß.

Ich bemühte mich, die Bilddateien chronologisch zu sortieren. Dann suchte ich nach Personen, die mir schon untergekommen waren. Bei den frühen Bildern war der Bruder Benedikt mehrmals mit dabei, später gar nicht mehr. Ähnlich der Tischlinger. Interessant war, dass die Koeberg fast gar nicht in Erscheinung trat. Nur ein einziges Mal, bei der jüngsten Aufnahme, stand sie am Rand, ein Stück entfernt von Joachim, wirkte seltsam unbeteiligt. Auf den früheren Bildern entdeckte ich ein paar der Figuren, die ich am Mordabend vernommen hatte. Sogar meine Freunde George Clooney, Uli Hoeneß und Pumuckl kamen wiederholt vor.

Zuletzt blieb ich an der Aufnahme hängen, von der ein Teil fehlte. Die Fotografie zeigte einen Ausflug ins Grüne. Eine Gruppe von zwölf Menschen hatte sich vor einem Heustadel aufgebaut, alle wirkten gut gelaunt, ausgelassen. Und da, genau da waren zwei Köpfe einigermaßen sorgsam herausgeschnitten. Zwei Frauengestalten waren das, in der zweiten Reihe. Die eine der beiden stand direkt neben Joachim, besitzergreifend hatte er den Arm um ihre Schulter gelegt.

Warum waren die Köpfe entfernt? Hatten die beiden Enthaupteten Achreuther nicht hinreichend hofiert? Oder steckte mehr dahinter? Sicherlich steckte mehr dahinter. Das Bild mochte zehn, zwölf Jahre alt sein, vermutlich sogar älter. Von den Personen auf dem Bild kannte ich – außer Joachim natürlich – keine einzige. Wer konnte mir einen Hinweis geben?

Nach kurzer Suche fand ich die Visitenkarte von Paul Kaps. *Schwer- und Gefahrgut-Transporte.* Was immer man sich darunter vorzustellen hatte. Ich erreichte nur die Mailbox und bat um Rückruf.

Als ich das Smartphone wieder einsteckte, klingelte es auch schon. „Das ist ja schnell gegangen", sagte ich, „danke für den Rückruf."

„Keine Ursache", lachte Frauenneuhartinger, „immer gern."

„Ach du bist's. Ich dachte, es wär ein Zeuge. Aber auch dir ein sakrisches Dankeschön. Was verschafft mir die Freude?"

„Die Wohnung. Für deine Kollegin. Ich hab mit dem Vermieter gesprochen. Wenn sie will, kann sie am Wochenende rein, dieser Monat ist eh schon gezahlt. Er schickt ihr einen neuen Mietvertrag, der ab Januar gilt. Mit zehn Prozent Mieterhöhung muss sie rechnen, aber das ist immer noch saugünstig. Am besten ruft sie ihn an wegen der Schlüsselübergabe."

„Super! Vielen Dank. Sag ich ihr. Und sonst? Vermisst du uns arg?"

„Nur den Pollmoos und den Pierstling. Freunde findet man überall, aber Gegner für einen gepflegten Streit wachsen nicht am nächsten Baum."

„Gegen eine passende Provision würde ich dir die beiden abgeben."

Ein knappes Viertelstündchen später brachte mich Bentje auf den neuesten Stand zu allem, was sie über die Cosima-Residenz herausgefunden hatte: „Neubauanlage, Bogenhausen, 350 Wohneinheiten, dazu Büroflächen, Restaurants und Läden. Ein Projekt im hohen dreistelligen Millionenbereich. Verkäufer ist eine Monack-Realbau GmbH & Co. Dreimal darfst du raten, wer ausführendes Bauunternehmen ist. Genau, eine gewisse Achreuther-Bau aus Cham in der Oberpfalz."

„Das heißt, wir sind auf der richtigen Fährte." Ich fuhr mir mit dem Finger über die Nase. „Bleibt noch die Frage, wo der Haken bei der Sache ist. Dieser Aufwand mit den konspirativen Treffen in der *Munich Garden-Bar* und der Verführung von Männern durch die Bettori ergibt keinen Sinn, wenn da nicht eine Mordsschweinerei abläuft."

„Werden wir herausfinden. Aber ich muss vorher kurz weg, eine Wohnung angucken. Wohnküche in mieser Lage. Neunhundert kalt für dreißig Quadratmeter. Das ist München."

„Wie wär's stattdessen mit einer Dreizimmer-Altbauwohnung im In-Viertel Haidhausen zu einem erschwinglichen Preis?" Ich erzählte ihr vom Anruf meines alten Partners. Sie war sofort Feuer und Flamme.

„Brauchst du Hilfe beim Umzug?", bot ich an.

„Meine zwei Koffer und die Handtasche schaff ich allein. Danke. Aber wenn ich gelegentlich nach Tönning düse und min Pütt un Pann hole, würd ich mich freuen, wenn du mich begleitest. Vielleicht können wir ein paar Tage an der Nordsee dranhängen? Ich lad dich ein."

„Als Dank könnte ich deinem schuftigen Ex beide Arme brechen."

„Klingt verlockend."

„Mit Vergnügen."

„Dann sag ich dem Abzocker mit seiner Wohnküche schnell ab und wir knöpfen uns die Geschäftsverbindung Cham-Bogenhausen vor. Aber erst geht es zu dem Herrn Pfannenschmied nach Ismaning."

In die Pfanne gehauen

Unser Ziel war eine in die Jahre gekommene Reihenhaussiedlung am Ortsrand. Die Frau des Hauses schickte uns über eine schlecht beleuchtete Treppe in den Keller. Der Hobbyraum war eine mit Sperrmüll vollgestellte Rumpelkammer. Es stank nach Zigarrenrauch und Schweiß. Bei unserem Eintreten erhob sich ein Mann von einer versifften Matratze in der Ecke. Kahlköpfig und unrasiert. Seine nackten Füße steckten in Lederpantoffeln. Zu einer gestreiften Schlafanzughose trug er ein schmuddeliges Feinrippunterhemd, das seinen Wanst eindrucksvoll zur Geltung brachte.

„Herr Pfannenschmied? Mein Name ist Traxl, Kripo München. Das ist meine Kollegin Schammach. Wir haben einige Fragen an Sie."

„War sie das?" Er zeigte nach oben. „Hat sie Ihnen gesteckt, dass ich mit der Miete im Rückstand bin? Wegen so einer Lappalie kommen Sie gleich zwei Mann ... äh, zwei Frau hoch?" Seine Stimme klang müde, als bereite ihm das Sprechen große Mühe.

„Es geht nicht um die Miete", beruhigte ich. „Wo können wir uns ungestört unterhalten?"

Er blickte mich an, als hätte ich ihn gebeten, das Volumen unseres Sonnensystems zu berechnen oder die Heisenberg'sche Unschärferelation zu widerlegen. „Unterhalten?"

„Kennen Sie bestimmt. Einer sagt was, dann sagt der andere was, dann wieder der erste. Es wird Ihnen gefallen."

„Ist hier nicht die Isar in der Nähe?", schlug Bentje vor. „Vielleicht ein kleiner Park?"

Jetzt glotzte er Bentje an. Mit zusammengekniffenen Augen. Kratzte sich mit der Linken am Hinterteil. „Die Isarauen", brachte er schließlich gequält heraus. „Von mir aus."

Es klang, als wollte er sagen: ‚Mein Leben ist eh verpfuscht. Da kann ich auch in die Isarauen gehen.'

Fünfzehn Minuten später saßen wir auf einer Bank am Flussufer. Bentje zückte eine Mappe mit Ausdrucken von Internet-Seiten. Sie zeigten einen Firmenlenker auf der Höhe seines Schaffens. Viel hatte der dynamische Anzugträger von den Fotos mit dem Häuflein Elend auf der Parkbank neben uns nicht mehr gemein. Man musste schon sehr genau hinsehen, um zu erkennen, dass das derselbe Mensch war.

„Sind Sie Foodywoody01?", begann ich reichlich forsch.

Er schien verwirrt. „Also wirklich nicht die Miete?"

„Die ist uns so was von egal. Was uns nicht egal ist, sind Ihre Erlebnisse mit der Steuerkanzlei Achreuther & Partner, der Anwaltskanzlei Hatchinson, Dubb & Miller und der Süddeutschen Kredit- und Hypothekenbank SKH."

Er machte riesige Augen und starrte mich damit eine reichliche Weile an. „Wer sind Sie?", brachte er schließlich krächzend heraus.

„Traxl, Kripo München. Sie erinnern sich vielleicht, wir haben uns gerade bei Ihnen im Keller kennengelernt. Also: Was ist bei der Firma Pfannenschmied-Delikatessen damals passiert? Wie ist es zur Insolvenz gekommen?"

Langsam, ganz langsam schlich ihm Farbe ins Gesicht. Seine eingefallene Gestalt richtete sich auf. Jetzt kam er in Fahrt. „Was passiert ist? Hundsgemein aufs Kreuz gelegt haben die mich. Das ist passiert! Aber das ist eine viel zu lange Geschichte. Schnee von gestern."

„Herr Pfannenschmied, wir haben Zeit. Am besten erzählen Sie von Anfang an."

Er warf mir erneut einen irritierten Blick zu, bedachte auch meine Partnerin mit einem solchen.

„Nur zu", sagte Bentje freundlich. „Was soll's? Sie haben nichts zu verlieren."

„Das stimmt", japste er, „die Frau hat recht."

Er entspannte sich zusehends, lehnte sich zurück, zerrte ein längliches Lederetui aus der Hosentasche und steckte sich eine

Zigarre ins Gesicht. „Von Anfang an?" Er schaute in den Himmel. „Da war meine Firma. Delikatessenhandel und Feinkost. Mein Großvater hat sie gegründet, 52 Jahre im Familienbesitz. Aber so richtig Schwung reingebracht hab erst ich. Fünfzehn Filialen, vier Tochterunternehmen, die ganze Chose lief wie geschmiert. Und dann hat sich unser langjähriger Steuerberater zur Ruhe gesetzt. Ein Bekannter empfahl mir den Achreuther und das ließ sich auch gut an. Der steckte voller Ideen, wie man ordentlich Steuern sparen könnte. Im zweiten Jahr riet er mir, in großem Stil zu investieren, um die Steuern vollends nach unten zu drücken. Zwei Banken lehnten meinen Finanzierungsantrag ab. Da hätte ich hellhörig werden müssen. Aber das hab ich verpennt." Er blickte aufs Wasser, sah versonnen einem abgebrochenen Ast hinterher, der an uns vorübertrieb.

„Zwei Banken lehnten ab", erinnerte Bentje. „Wie ging es weiter?"

Er schreckte auf wie aus einem Traum. „Wie ging es weiter? Der Achreuther vermittelte mir einen Termin bei der SKH. Die gaben mir das Geld für ein Projekt, das ich eigentlich gar nicht brauchte. Ließen sich dafür sämtliche Unternehmenswerte übertragen, wie das so läuft. Das Geld floss in den Neubau der Firmenzentrale. Der Rohbau war fast fertig, da kommt einer vom Umweltamt und behauptet, wir hätten Altlasten, Bodenkontaminierung. Dabei hatten wir vorher alles auf Herz und Nieren geprüft! Ein unabhängiger Gutachter musste kommen, der hat die Vermutung des Amts bestätigt. Der Bau wurde sofort eingestellt. Ich solle die Altlasten beseitigen, hieß es. Haben Sie eine Ahnung, wie viel so ein Bodenabtrag kostet!

Ich kam mit meinen Raten in Verzug. Die Bank stellte fällig. Ich war zahlungsunfähig. Auf Drängen der SKH musste ich einen Notgeschäftsführer einstellen, so einen windigen Advokaten von Hatchinson, Dubb & Miller. Der hat behauptet, er kriegt den Kahn in drei Wochen wieder flott. Hat alle Tochtergesellschaften mitsamt dem guten Namen der Firma an eine Auffanggesellschaft übertragen. Ich hatte immer noch Vertrauen und spielte mit, nicht zuletzt der Belegschaft wegen. Eine Woche später bekomme ich ein Schreiben vom Gericht: Die Bank hat Insolvenzantrag gestellt. Und ich hatte ein Verfahren am Hals wegen Insolvenzverschleppung. Meine langjährigen Mitarbeiter saßen auf der Straße, alle Werte waren bei der Bank oder bei der Auffanggesellschaft. Die hatte plötzlich neue Gesellschafter. Der Rest war in wenigen Wochen liquidiert und den kümmerlichen Erlös strich die Bank ein. Von einem Tag auf den anderen war ich bettelarm."

„Haben Sie sich keinen Anwalt genommen?"

„Hab ich, klar. Der prüfte den Fall und sagte, ich hätte keine Chance. Meinen Einwand, die hätten das mit Fleiß gemacht, hätten alle zusammengearbeitet, um mir meine Firma abzuluchsen, tat er als Hirngespinst ab."

„Zweitmeinung?"

„Fiel exakt gleich aus."

„Dann haben Sie übers Internet nach Leidensgenossen gesucht?"

„Hab ich. Aber es war wie verhext. Egal in welchem Forum ich meine Vorwürfe vorbrachte, die wurden immer gelöscht, mal eine Woche später, mal schon am selben Tag. Da hat sich jemand richtig Mühe gemacht." Er sah auf. „Woher wissen Sie eigentlich davon?"

Bentje grinste. „Wir hatten Glück, dass einer Ihrer Einträge in einem Forum gelandet ist, das unmittelbar drauf stillgelegt wurde."

Jetzt erst zündete er sich seine Zigarre an. „Fuchzig-Cent-Stumpen!" Er lachte verächtlich. „Früher hab ich Cohiba geraucht. Aber das ist vorbei." Er lachte erneut, diesmal grimmig. „Warum interessieren Sie sich eigentlich für meine Geschichte?"

„Vor ein paar Tagen hat jemand den Achreuther umgebracht."

„Brauch ich jetzt ein Alibi, oder was?"

„Hätten Sie denn eins?"

„Natürlich nicht. Egal für wann. Weil ich immer nur in meinem Kellerloch rumhänge. Da hab ich keinen, der mir beim Rumhängen zuschaut."

„Es wird auch so gehen." Ich klopfte ihm sacht auf die Schulter. „Sie sagen, die Werte und der Firmenname wurden auf ein anderes Unternehmen übertragen, diese Auffanggesellschaft. Haben Sie eine Ahnung, wer hinter dieser neuen Firma steckt?"

„Das war nicht leicht rauszukriegen."

Wenn ich bedachte, wie schlapp und blutleer dieser Mensch gewesen war, als wir ihn aus seiner Kammer geholt hatten. Und wie jetzt seine Augen leuchteten, seine Backen glühten.

„Die Firma gehört über mehrere Zwischenholdings einer Lüstach GmbH. Im Handelsregister sind als Gesellschafter Lutz Lünkow, Hasso Stanczek und Joachim Achreuther eingetragen. Der Lünkow war der Anwalt, der meine Firma ausgehöhlt hat. Geschäftsführer ist ein Altin Ferjupi. Wenn Sie mich fragen, hat der von Feinkost so viel Ahnung wie ein Schaf vom Schachspielen."

Bentje und ich kamen kaum hinterher, die vielen Namen und Details festzuhalten.

„Damit lässt sich was anfangen", lobte ich. „Herr Pfannenschmied, Sie sind grad so schön in Fahrt. Haben Sie vielleicht weitere Namen von Leuten, die in das Komplott eingebunden waren?"

Er schien sich ehrlich das Gehirn zu zermartern. „Auswendig nicht. Aber ich hab mir Notizen gemacht. Mag sein, dass da noch was Brauchbares dabei ist."

„Sie haben uns jetzt schon sehr geholfen. Vielen Dank. Hier ist meine Karte. Ich würde mich freuen, wieder von Ihnen zu hören."

Plötzlich hatte der Mann Tränen in den Augen. „Sie würden sich freuen ... Das hat mir seit zwei Jahren keiner mehr gesagt."

Wollsocken-Bausatz

Während Bentje eifrig neue Namen auf ihrer Wandtafel eintrug, umkringelte und mit Pfeilen versah, schaute ich nach meinem Handy. Auf der Mailbox war eine Nachricht von Paul Kaps, er sei bis 13 Uhr in seinem Büro erreichbar. Es war kurz vor eins. Da musste das Mittagessen noch ein paar Minuten warten.

Er meldete sich beim ersten Klingeln. „Hallo Frau Hauptkommissarin, womit kann ich helfen?" Seine Stimme klang tief und rau.

„Sie müssten ein paar Leute identifizieren. Nein, nicht im Kühlkeller mit einem Zettel am großen Zeh. Leute auf alten Fotografien. Wahrscheinlich kommen Sie selber auch vor."

„Ist Ihnen das Fotoalbum vom Joachim in die Hände gefallen?"

„So ungefähr. Es dauert hoffentlich nicht lang. Wann passt es Ihnen?"

„Heute ist es ganz schlecht. Um drei geht mein Flieger nach Hamburg Das ist ein ziemlich großer Auftrag, bin erst am Dienstag zurück. Dann würd ich mich melden."

„Damit muss ich wohl zufrieden sein. Guten Flug."

Ich legte auf.

„Heute wieder Suppenküche?", fragte Bentje.

„Suppenküche ist für So-lala-Tage. Heute ist ein Juhuuu-Tag. Wir haben Fortschritte gemacht. Da gehen wir ins *Weiße Bräuhaus*!"

Keine zwanzig Minuten später stand ein gepflegtes Schneider-Original vor mir. Es war mir sogar gelungen, Bentje zu überreden, statt ihres geliebten Pilses auch ein Weißbier zu versuchen. Dann kam unser Blutwurstgröstl. Und dann das zweite Weißbier. Das Leben kann so schön sein. Wie liebte ich diese gediegene Altmünchner Wirtshausatmosphäre mitsamt den resoluten Kellnerinnen, den ewig grantelnden Stammgästen, den Touristen, die sich beschwerten, dass die Suppe zu den Weißwürsten arg dünn gewesen sei.

„Und jetzt?", wollte meine Partnerin wissen.

Gute Frage. Wir hatten zwar allerlei Neuigkeiten erfahren, die wir gerade zu Recht begossen hatten. Aber einen konkreten Ansatzpunkt für unsere nächsten Schritte hatten wir nicht wirklich in der Hand.

„Weißt du was?", sagte ich gut gelaunt. „Heute Nachmittag nehmen wir Hitzefrei. Morgen, Samstag, zehn Uhr, Treffpunkt in der Musterwohnung in Bogenhausen. Als Kaufinteressenten für eine edle Dachgeschoßbude in der *Cosima-Residenz.*"

Auch wenn es bis Weihnachten noch ein paar Wochen hin war, konnte es nicht schaden, den freien Nachmittag für die unvermeidlichen Einkäufe zu nutzen. Erfreulicherweise war die Liste der zu Beschenkenden überschaubar.

Für meinen Vater einen Jahresvorrat an Diabetiker-Pralinen. Da gab es die weltweit besten beim *Dallmayr.* Für meine Mutter einen fetten Gutschein fürs Gartencenter. Da freute sie sich jedes Jahr wie ein kleines Kind, wenn sie im Frühjahr losziehen und aus dem Vollen schöpfen konnte. Für Korbi, meinen Sohn, musste es eine Einzahlung aufs Sparkonto tun. Für greifbare Geschenke waren in diesem Jahr seine Gasteltern in Alabama zuständig. Für Dichau eine Flasche italienischen Rotwein. Pierstling und Pollmoos wollte ich mit etwas Selbstgestricktem bedenken. Da ich gar nicht stricken kann, besorgte ich einen Wollsocken-Bausatz, bestehend aus ein paar farbenfrohen Wollknäueln und mehreren Stricknadeln, für jeden. Für Frauenneuhartinger stöberte ich beim *Hugendubel* den *Sprachführer Fränkisch* auf. Und für Bentje erstand ich zwei Gummienten für ihre Sammlung. Die mussten natürlich mit ihrer neuen Heimat zu tun haben. Also trug die eine das Trikot meines Lieblingsvereins mit dem Löwen auf der Brust. Die andere stellte den gspinnerten Märchenkönig Ludwig II. dar.

Dann war da noch Günter, mein Ex. Der bekam wie jedes Jahr eine Weihnachtskarte. Die Herausforderung bestand darin, die hässlichste Karte zu finden, die in der ganzen Stadt aufzutreiben war.

Mein Weg von der U-Bahn nach Hause führte an einem Supermarkt vorbei. Die milden Temperaturen hatten den Geschäftsführer veranlasst, Regale mit frischem Obst vor seinem Laden aufzustellen. Soeben lud ein altes Mütterlein eine ganze Steige Orangen auf ihren Rollator. Das war eine aberwitzige Erscheinung, der sprichwörtliche laufende Meter. Sie hatte ihre spindeldürre Gestalt in einen roten Bademantel gehüllt und trug eine Weihnachtsmannzipfelmütze auf dem Kopf.

Mit winzigen Schritten schob sie ihren Rollator zehn Meter weiter und begann, die Orangen an Passanten zu verteilen. Nicht an Kinder oder deren Eltern, sondern ausschließlich an alte Leute. Es war schön anzusehen, wie jeder der Beschenkten erst verwundert stutzte, dann freudig das unverhoffte Geschenk davontrug.

Die Alte bemerkte, dass ich sie beobachtete. „Kinder bekommen eh so viel. Keiner denkt an die Alten", rief sie mir fröhlich zu.

In dem Moment kam mit großen Schritten ein Mann aus dem Eingang des Supermarkts gerauscht. Er trug einen weißen Kittel mit dem Logo der Supermarktkette auf der Brust. „Sie sind wohl wahnsinnig", zeterte er. „Stehlen einfach unser schönstes Obst. Die Polizei ist schon verständigt."

Die Alte ließ sich nicht aus der Ruhe bringen und verteilte weiter ihre Geschenke.

„Sie da, ich rede mit Ihnen. Wollen Sie das gefälligst unterlassen!"

Ohne ihn eines Blickes zu würdigen, wackelte sie zurück zu den Obststellagen, ließ ihre inzwischen leere Steige auf den Boden fallen und wuchtete ächzend eine neue auf ihren Rollator.

Jetzt wurde der Herr Supermarkt fuchsteufelswild. Er stampfte auf wie ein Rumpelstilzchen und fuchtelte mit den Armen durch die Luft. „Aufhören, sag ich!"

Er wollte sie am Arm greifen, wollte ihr die Orangensteige entreißen, da stellte ich mich in den Weg. „Ganz ruhig", beschwichtigte ich. „Was kostet eine Steige?"

Verdutzt blickte er mich an. „9 Euro 50. Aber um den Preis geht es gar nicht. Es geht ums Prinzip! Wo kämen wir hin, wenn das jeder machen würde!"

„Hier sind 30 Euro. Da ist gleich noch eine dritte Steige mit drin." Ich schob ihm die Scheine in die Brusttasche seines Kittels.

Er stand da und starrte mich mit offenem Mund an. Erst als ich nach einer dritten Steige griff und sie dem Mütterchen hinterhertrug, kam Leben in den Mann. Er eilte fünf Schritte hinter mir her. „He, Sie da, so geht das fei nicht!"

Belustigt blieb ich stehen. „Was geht so nicht?"

„Na diese Eigenmächtigkeit. Die Polizei muss jeden Moment da sein."

„Und was soll die bitte machen, Ihre Polizei?"

„Na ahnden."

„So? Ahnden?" Der Kerl war zum Schießen.

Längst hatte sich eine beachtliche Menschentraube um uns drei versammelt. Heiterkeit machte sich breit. Ich warf einen Blick in die Runde. „Wahrscheinlich sollen unsere Herren und Damen Beamten die Orangen in Schutzhaft nehmen." Beifall.

Es dämmerte ihm, dass er sich hier vor all den Leuten zum Hanswursten machte. Kleinlaut wimmerte er: „Was soll ich denen denn sagen, wenn ich die ganz umsonst gerufen habe?"

„Lassen Sie es gut sein. Ich rede mit denen. Versprochen."

Tatsächlich zwängten sich wie aufs Stichwort zwei Streifenbeamte durch die Menge. Noch ehe jemand etwas zum Sachverhalt sagen konnte, hatte die Alte jedem der beiden eine wunderschöne Orange in die Hand gedrückt. Verblüfft stotterten sie einen Dank.

Während der Supermarktmensch sich dezent in seinen Laden zurückzog, nahm ich die Kollegen zur Seite und setzte sie mit wenigen Sätzen ins Bild. Grinsend rauschten sie wieder ab.

Engerlfest im Siebzehnfünf

Schon wieder wartete wer auf dem Treppenabsatz vor meiner Wohnungstür. Heini und Liesl aus der Schafkopfrunde. Aber wie sahen die Kameraden denn aus? Beide hatten sich in bodenlange weiße Nachthemden gezwängt, trugen Stirnreifen und am Rücken goldene Pappendeckelflügel.

Ich schien bei ihrem Anblick kein besonders geistreiches Gesicht gemacht zu haben. „Sag bloß, du hast es vergessen?" Heinis Tonfall war ein einziger Vorwurf.

„Was soll ich vergessen haben?"

„Na das Fest heute Abend", assistierte Liesl. „Im *Siebzehnfünf*. Das Engerlfest. Mit Maskenzwang und Ringelpietz."

„Nie gehört", behauptete ich.

„Ich hab dir extra eine SMS geschickt."

„Da war keine SMS", beharrte ich. „Wann soll das gewesen sein?"

Liesl gab sich empört. „Ist mindestens eine Viertelstunde her."

„Wat is nu?", quengelte Heini ungeduldig. „Gehste jetzt mit oder gehste doch mit?"

„Was soll das denn sein, dieses *Siebzehnfünf*?", wollte ich wissen. „Und wo soll ich auf die Schnelle ein Kostüm hernehmen?"

Heini streckte wichtig den Zeigefinger in die Luft. „Das *Siebzehnfünf* hat vor zwei Wochen aufgemacht. Nagelneue Kneipe in der Schmied-Kochel-Straße. Da müssen wir heut ausbaldowern, ob das was taugt."

Liesl taxierte mit einem flüchtigen Blick meine Gestalt. „Mach halt einen Krampus. Da kannst du bleiben, wie du bist."

So ganz unrecht hatte sie nicht. Während Heini ungefragt für sich und Liesl zwei Schneider Weiße aus meinem Kühlschrank holte, wieselte ich geschäftig durch die Wohnung. Schwarze Jeans, schwarzes T-Shirt, schwarze Stiefel, die Lederjacke war eh schwarz. Dazu einen alten Wäschestrick um den Bauch, an den ich ein Paar Handschellen hinbaumelte. Mit einer Kerze berußte ich die Unterseite von einem Teller und schmierte mir die schwarze Farbe ins Gesicht. Korbinian hatte doch diese schwarze Skimütze mit Fransen? Mit Todesverachtung tauchte ich in das Chaos in seinem Kleiderschrank. Schon hielt ich das gute Stück in Händen.

Ich zog mir die Mütze tief in die Stirn. Kritisch betrachtete ich mich im Spiegel im Flur. Nicht schön, aber selten.

Zu dem Lokal waren es schlappe fünf Minuten zu Fuß. Ich hatte noch keine zwei Schritte in die Kneipe getan, da schoss ein wild kläffender Terrier hinter dem Tresen hervor und sprang aufgeregt an meinen Beinen in die Höhe. Der hagere Schankkellner warf einen nassen Wischlappen und traf den Kläffer zielgenau auf der Schnauze. Mit eingezogenem Schwanz zog sich die verrückte Kreatur hinter die Theke zurück und wir hatten Gelegenheit, die überwältigende Pracht des Lokals auf uns wirken zu lassen.

Der langgezogene Gastraum war beachtlich groß. Links neben dem Eingang zog sich der Tresen über die halbe Längsseite hin. Zwei Dutzend Holztische füllten den Raum. Die Wände waren mit dichtem Buschwerk geschmückt, mit Nusssträuchern, Birkenästen und Latschenzweigen. Das Beeindruckendste war die Decke. Kein Zweifel, der Wirt hatte zuerst eine Wattefabrik und, weil das nicht ausreichte, auch noch eine für Federbetten ausgeräumt. Der gesamte Plafond war mit hunderten künstlichen Wolken voll gehängt. Dazwischen blinkten leuchtende Sterne in verschiedenen Größen und Farben.

Bei unserem Eintreffen war die Kneipe schon reichlich gefüllt mit Weihnachtsmännern und -frauen, mit Engeln und Rentieren, mit Kobolden, Wichteln und dem ein oder anderen Krampus. Wer keinen Stuhl ergattert hatte, drängte sich an der Bar oder vor dem schmalen Gang, der zur Garderobe und zu den Toiletten führte. Wir zwängten uns von Tisch zu Tisch, fanden schließlich drei Stehplätze an der rückwärtigen Wand.

Eine Bedienung mit einem Tablett voller Biergläser kämpfte sich zu uns durch. Sie war kaum 1,40 groß. Stupsnase. Sommersprossen. Die zu Mäuseschwänzen geflochtenen Haare festigten den Eindruck eines Kindes von zwölf oder dreizehn Jahren. Ein Blick in ihre Augen bezeugte jedoch das ganze Gegenteil: Greisenaugen waren das. Die erweckten den Eindruck, als hätten sie schon viel Unsagbares präsentiert bekommen. Die Person trug einen knallroten Overall. Der war an den Oberschenkeln abgeschnitten und gab den Blick frei auf zwei spindeldürre Beine, die in viel zu großen Motorradstiefeln endeten.

Ohne nach unseren Wünschen zu fragen, drückte sie jedem von uns ein Glas in die Hand. Naturtrübes Helles, eine Art Zwickl. Schon war sie wieder verschwunden. Wir stießen an und nahmen jeder einen gehörigen Zug. Schmeckte saufein.

Aus den Boxen dudelten Schlager aus den 60ern. Gegen kleines Geld hätte man sich am Büfett bedienen können, wenn man denn eine Chance gehabt hätte, sich bis dorthin durchzuschlagen. Heini entdeckte die ersten Bekannten, auch Liesl wurde von mehreren Seiten gegrüßt. Offensichtlich hatte sich alles, was in der Nachbarschaft Rang und Namen hatte, heute hier eingefunden.

Der Höhepunkt des Abends war ein Umzug durchs Viertel. In einer langen Prozession wackelte die Bande halbbezechter Nikoläuse, Christkindln und sonstiger Weihnachtsgestalten von Wirtschaft zu Wirtschaft und brachte in jeder Gaststube den Anwesenden ein Ständchen dar. Zum Lohn gab es für jeden einen Schnaps oder einen Schnitt. Bei jeder Einkehr.

Anschließend ging es zurück ins *Siebzehnfünf.* Jetzt wurde auch getanzt. Zwischen den Tischen, vor den Toiletten, überall wo sich ein paar Quadratzentimeter freien Raums auftaten. Da Heini wusste, dass eine flotte Sohle nicht zu meinen bevorzugten Freizeitbetätigungen gehörte, schob er stattdessen die kugelförmige Bezirksausschussvorsitzende mit vollendeter Eleganz durchs Gedränge. Liesl war verhindert. Sie ließ sich derweil von einem sprechenden Tannenbaum die Zunge in den Hals stecken.

Ein in die Jahre gekommener Elf mit grünweißer Ringelstrumpfhose wollte mir partout einen Cocktail zahlen. „Keine Angschd, wenn du beschoffen wirscht. Ich fahr dich schuverläschig nach Hausch. Grosches Offischierschehrenwort."

Egal wie viel ich noch trinken würde, so beschoffen wie der Knabe konnte ich gar nicht werden.

Keine Ahnung, warum mir in dem Moment Joachim Achreuther durch den Kopf ging. Hatte der seine Flirts auch schuverläschig heimgefahren? Mit drei Promille. Schu dir oder schu mir?

Im Bestreben, dem lispelnden Elf zu entkommen, stieg ich im Gedränge einem üppigen Christkind auf die Zehen. Sofort stotterte ich eine Entschuldigung, aber die Frau winkte ab. „Immer gern, Frau Kommissarin." Woher um alles in der Welt kannte die mich schon wieder? Sie sah mir meine Verwirrung wohl an, lachte mir gut gelaunt ins Gesicht. „Anna Seibold. Klopapier!", half sie mir auf die Sprünge.

Natürlich, die Reinigungsdame aus dem Moosbüffelheim.

„Entschuldigen Sie. Maskenbälle überfordern mich einfach", erklärte ich meine Begriffsstutzigkeit. „Wie geht es Ihnen?" Ich war ernsthaft interessiert.

„So lala. Den Job in der Flotowstraße bin ich los."

„Wie das?"

„Gekündigt. Gleich zweimal. Von dem Benedikt Achreuther und von der Koeberg. Behaupten beide, sie hätten da jetzt das Sagen. Mir ist das Wurst. Eine Stelle wie die find ich an jeder Ecke."

Ein Weihnachtsmann mit blauem Vollbart zog das Christkind davon.

Wenn jetzt der blonde Konditormeister Josef Jung wegen eines Tänzchens angefragt hätte, hätte ich ganz gegen meine Gewohnheiten schwach werden können. Aber der saß zur Stunde bestimmt in seinem Kaffeehaus in der Maxvorstadt, zählte die Tageseinnahmen und rechnete aus, wie viel Sachertorten, Prinzregententorten und Marzipanschnitten er für den morgigen Großkampftag vorzubereiten hatte. Von Elisenlebkuchen, Dominosteinen und Trüffelpralinen ganz zu schweigen.

Baustellenbesichtigung I

In meinen feinsten Sonntagssachen stolperte ich über die Baustelle. Das Areal war riesig. Mehrere Bauabschnitte waren schon fertiggestellt, zum Teil auch bezogen. Andere befanden sich im Rohbau oder in einem noch früheren Stadium der Errichtung. Praktischerweise war Bentje etwas früher aufgestanden, hatte sich bereits umgesehen und wusste den Weg zur Musterwohnung. Außer uns schlenderten etliche junge Paare und eine Gruppe rüstiger Rentner durch die lichtdurchfluteten Räume. In der Küche gab es Sprudel und Kaffee. Im großen Wohnzimmer hatte die Maklerin ihren Schreibtisch aufgebaut. Wie alle anderen versorgten wir uns mit Prospekten, Grundrissplänen, Finanzierungsberechnungen. Heuchelten Interesse. Stellten dumme Fragen.

Die Zeit dränge, ließ die Maklerin wissen. In den ersten drei Bauabschnitten seien sämtliche Einheiten verkauft. Auch beim vierten und fünften Bauteil sei das Interesse enorm. Wenn unsere Finanzierung noch nicht in trockenen Tüchern sei, könne sie uns ein Darlehen bei der Süddeutschen Kredit- und-Hypothekenbank zu Vorzugskonditionen vermitteln. Nur wer innerhalb der nächsten zehn Tage den Kaufvertrag beurkunde, könne noch Einfluss auf die Innenausstattung nehmen, auf Böden, Fliesen, Platzierung von Steckdosen, Lichtauslässen. Danach gäbe es nur noch Standard.

„Kann ich mal einen Blick auf den Teilungsplan werfen", fragte ich forsch. „Wer ist Wohnungseigentumsverwalter? Und wer ist eigentlich Verkäufer?"

„Na *wir* sind Verkäufer, Pollux Immobilien."

„Ja, danke, das ist der Name Ihrer Maklerfirma. Aber wer ist Partner im Kaufvertrag?"

„Ach so." Sie warf mir einen süßsauren Blick zu. „Verkäufer ist natürlich die Monack-Realbau."

„Und die steht als Eigentümerin im Grundbuch?"

„Das kann ich jetzt nicht so auf die Schnelle ..."

„Das würden wir auch gerne wissen." Andere Interessenten waren hellhörig geworden und umringten uns neugierig.

„Können Sie das nicht nachgucken?", fragte ein junger Mann. „Sie haben doch bestimmt einen Grundbuchauszug."

„Ja, nein, ich meine selbstverständlich." Sie wühlte mit rotem Kopf in ihrer Aktenmappe, zog einen Schnellhefter heraus, blätterte. „Ah, hier. Eingetragener Grundstückseigentümer ist die Weissmoor Projektbau GmbH. Zufrieden?"

Ich nickte und sah aus dem Augenwinkel, dass Bentje den Namen notierte.

Bei einem späten Frühstück im Café Frischhut am Markt machten wir Manöverkritik. Soweit wir beurteilen konnten, war das der übliche Firlefanz, der bei hundert anderen Projekten in gleicher Weise ablief. Allem Anschein nach waren die Wohnungen ordentlich geschnitten und solide gebaut. Die Käufer bekamen etwas für ihr Geld. Wo war der Haken?

„Bei den vielen Firmennamen verlier ich langsam den Überblick", stöhnte Bentje. „Wir sollten uns im Handelsregister umsehen. Dort erfährt man vielleicht auch, was es mit den verschiedenen Firmen auf sich hat."

Ich nickte eifrig. „Der FNH hatte einen Tennispartner im Wirtschaftsdezernat. Den Karl Elkofer. Den ruf ich am Montag an und bitte um Amtshilfe."

„Gibt es heute noch was zu tun?"

„Abschalten."

„Dann fang ich an, meine neue Heimat zu erkunden. Was sind denn deine Top Five an Münchens Museen und Galerien?"

„Du kannst Fragen stellen." Ich musste aber nicht lange überlegen. „Die Nummer eins ist ohne Frage das Valentin-

Karlstadt-Musäum im Isartor. Dann das Deutsche Museum. Darf man auf gar keinen Fall verpassen. Residenz mit Schatzkammer. Ein Muss! Gerade für Menschen, die im Begriff stehen, sich neu einzurichten. Da kannst du dir jede Menge Inspiration holen. Unbedingt das Lenbachhaus. Alte Pinakothek. Neue Pinakothek, aber ich glaub, da wird grad umgebaut. Pinakothek der Moderne. Hypo-Kunsthalle. Villa Stuck. Schackgalerie. BMW-Museum. Hab ich schon das Nationalmuseum? Die haben da sogar eine Krippenausstellung. Das Stadtmuseum darf nicht fehlen. Völkerkundemuseum, aber das heißt jetzt anders … warte … irgendwas mit Kontinenten. Oh! Unbedingt ins Ägyptische Museum, da ist der Eingang schon eine Schau. Theatermuseum. Museum Brandhorst, aber nur von außen. Museum Mensch und Natur. Schloss Nymphenburg. Schloss Schleißheim. Flugzeugmuseum Schleißheim. Automuseum in der Alten Messe. Botanischer Garten. Waren das schon fünf?"

Bentje schaute mich in einer Mischung aus Be- und Entgeisterung an. „Da bin ich ja monatelang unterwegs."

„Am besten wartest du auf die *Lange Nacht der Museen*. Da gibt es alles für nur eine Eintrittskarte."

„Klingt gut. Aber vielleicht versuch ich's zum Einstand doch erst mal mit einem Weihnachtsmarkt?"

„Tollwood!"

„Was ist denn das?"

„Musik, Comedy, Artistik, Ramsch, Klamotten, Schmuck, Kitsch, Fresserei, schräge Kunst, Gedränge, Saufgelage. Das meiste in riesigen Zelten. Auf der Theresienwiese."

„Ja dann. Langweilig wird es mir so jedenfalls nicht. Was hast du heute noch vor?"

„Lauter feine Sachen. Wäsche waschen, Wohnung saugen, Bett beziehen, Geschirr spülen, Krankenkasse und Beihilfe einreichen. Meinem Sohn muss ich dringend eine Mail nach Alabama schicken. Wie kann ich erwarten, dass er sich regelmäßig meldet, wenn ich selber nichts von mir hören lasse? Was ich auf keinen Fall vergessen darf: Ich muss das Treppenhaus wischen."

„Das Treppenhaus? An einem Samstag? Geht's noch?"

„Ja, leider. Da bin ich jede zweite Woche dran. Sonst bekomm ich es mit unserer resoluten Hausmeisterin zu tun. Und das wünscht man seinem ärgsten Feind nicht. Ach ja, Abflüsse reinigen und Kühlschrank abtauen und putzen müsste ich eigentlich auch noch."

„Es gibt Menschen, die haben noch nicht einmal einen Kühlschrank."

Ich grinste. „Und du brauchst morgen wirklich keine Hilfe beim Umzug? Soll ich nicht wenigstens mit Brotzeit und Bier vorbeikommen?"

„Danke, nein. Alles, was ich brauche, sind ein Meterstab und Ruhe. Für die Planung. Für die Inspiration. Wenn du mir am Montag bitte ein paar Schraubenzieher mitbringst, wär ich dir aber sehr dankbar."

Die Erfindung des Obadzdn

Gegen alle Erfahrungen war es mir am Vortag tatsächlich gelungen, die seit Wochen vor mir hergeschobenen Rückstände bei der Hausarbeit wegzufertigen. Fühlte sich komisch an. Da hatte ich erwartet, wenn die Zentnerlast des ewigen schlechten Gewissens von meinen Schultern genommen wäre, würde ich abends glückselig durch die blitzende Wohnung schweben. Von wegen! Fad war mir. Sowas von.

Für den Sonntag hatte ich mir daher ein ausgefeiltes Programm zusammengestellt, um nicht wieder die Qualen meines guten Gewissens erleiden zu müssen. Am Vormittag startete ich trotz Nieselregens zu einer Radtour. Der Weg führte mich an der Isar entlang nach Norden bis Freising. Vierzig Kilometer einfache Strecke. Gerade genug, um ordentlich warm zu werden. Von ein paar Hundebesitzern abgesehen war ich allein auf weiter Flur.

Der krampfhafte Versuch, unterwegs nicht an die Arbeit und schon gar nicht an den toten Achreuther zu denken, schlug gehörig fehl. Dem wäre so ein Ausflug ohne hinreichende Begleitmannschaft nie im Leben in den Sinn gekommen. Der hatte gar nicht geahnt, wie schön das sein kann, mal für ein paar Stunden ganz für sich zu sein. Ohne Telefon, für niemanden erreichbar.

In Weihenstephan im Bräustüberl kehrte ich ein, bestellte ein Weißbier, Brezen und einen Obadzdn, von dem sie hier behaupteten, sie hätten ihn erfunden. Wahrscheinlich war das genauso wie bei den Weißwürsten, deren Erfindung ein Wirtshaus am Münchner Marienplatz für sich reklamierte. Natürlich hatte es die Rezepte schon lange vor Wirtshaus und Bräustüberl gegeben. Aber dann kam irgendwann so ein

Schlaumeier um die Ecke und machte eine Geschichte und ein Geschäft daraus.

Am Rückweg fuhr ich einmal längs durch den Englischen Garten vom Aumeister bis zum Japanischen Teehaus. Über die Ludwigsstraße gelangte ich zur Theresienstraße und stand da auf einmal vor dem Café Jung, dessen Inhaber ich unlängst auf dem Treppenabsatz vor meiner Wohnung kennengelernt hatte. Ich hätte ums Verrecken nicht sagen können, ob das so von mir geplant war.

Eh ich mich's versah, hatte ich mein Radl abgesperrt und saß an einem Tischchen nahe dem Fenster. Der Chef bediente mich persönlich. Empfahl die Schokoladentorte. Setzte sich auf eine Tasse Kaffee zu mir an den Tisch. War charmant und zuvorkommend. Gab ein paar launige Anekdoten aus dem Kaffeehausalltag zum Besten. An schrägen Originalen schien bei seinem Stammpublikum kein Mangel zu bestehen. Die Torte war der ungebremste Wahnsinn. Als ich nach einer geschlagenen Stunde zum Aufbruch drängte, wollte mein Tischherr von einer Bezahlung nichts wissen. Er verabschiedete mich mit formvollendetem Handkuss.

Ich saß schon wieder im Sattel, als ich noch einmal durch die Scheibe ins Lokal winken wollte. Doch davon nahm der schneidige Kaffeehausbesitzer nichts wahr. Zu sehr war er damit beschäftigt, hinter dem Tresen im Windschatten der Espressomaschine das kokette Büfettfräulein zu küssen.

Selber schuld. Es sollte mich wundern, wenn das junge Ding ebenfalls eine Pensionsberechtigung vorzuweisen hätte.

Am Heimweg ging das Nieseln in einen heftigen Regenschauer über. Ich gondelte in aller Gemütsruhe vor mich hin, schmetterte aus vollem Hals *I'm singing in the rain* und versuchte zu entscheiden, ob ich mich freuen oder es bedauern sollte, dass aus einer Romanze mit dem blondgelockten Konditormeister nichts werden würde. Meiner Figur war es auf jeden Fall zuträglich, dass mir eine andere Frau zuvorgekommen war.

Über den Tisch gezogen

Der haushaltslastige Samstag und der unternehmungslustige Sonntag hatten mir genug Schwung mitgegeben, um mit Volldampf in die neue Woche zu starten. Bereits um sieben Uhr saß ich im Büro und studierte den Bericht der Techniker über die Auswertung des Rechners und des Smartphones von Joachim Achreuther, die wir in seiner Wohnung gefunden hatten. Keine aus dem Rahmen fallenden Telefonkontakte in den Tagen vor seiner Ermordung. Mehrere Gespräche mit Bruder Benedikt, mit der Koeberg und dem Tischlinger. Ich entdeckte in der Anrufliste zudem die Nummer von Sandra Mühlbauer, der jungen Frau auf Zimmersuche.

Auch der Rechner enthielt keine Überraschungen. Digitalisierter Schriftverkehr, privater E-Mail-Verkehr, eine Sammlung von ausgesprochen schrägen Kochrezepten. Meine Hoffnung, der Tote habe das Foto mit der fehlenden Ecke im Original abgespeichert, zerschlug sich leider. Zwar stieß ich auf einen Ordner mit Bilddateien, aber das waren nichtssagende Urlaubsschnappschüsse. Die meisten noch dazu verwackelt. Offensichtlich war Joachim kein großer Fotograf, die Gruppenbilder in seinem Zimmer stammten allesamt von jemand anderem. Über Achreuthers Geschäfte an der Immobilien- und Feinkostfront schwiegen sich sowohl der Rechner als auch das Handy hartnäckig aus. Keine Kontaktdaten von den Kameraden Lünkow, Stanczek, Ferjupi oder von sonstigen Zeitgenossen, die mit Cosima, Monack-Realbau oder Weissmoor verbandelt sein könnten. Mittlerweile hatten wir auch einen Rechner in der Kanzlei konfisziert, doch ich vermutete stark, dass für die zweifelhaften Vorgänge eigenes Equipment verwendet wurde.

Kurz vor acht hatte ich Kriminalhauptkommissar Karl Elkofer vom Wirtschaftsdezernat am Apparat. Er war sofort Feuer und Flamme. „Amtshilfe? Für die vorsätzliche Tötung? Aber hallo! Bei uns ist seit Tagen tote Hose. Wann soll ich da sein?"

„Komm einfach, wenn's bei dir passt. Bring deine Kaffeetasse mit."

„Bis gleich."

Bei der Morgenbesprechung stellte Dichau einen neuen Rekord auf. Nach sieben Minuten gingen wir wieder auseinander. Aus den wenigen grantig hingerotzten Sätzen meinte ich entnehmen zu können, dass die Ermittlungen zu ihrem B-Promi-Fitnessstudio-Mord alles andere als rund liefen. Die Boulevardpresse hatte begonnen, die Arbeit der Polizei mit Häme und Vorwürfen zu begleiten. Ein halbes Dutzend Winkeladvokaten beobachteten jeden ihrer Schritte mit Argusaugen. Aus einem Tatverdächtigen waren mittlerweile drei geworden. Einen Schwung Kollegen aus den Nachbardezernaten hatte Dichau hinzugezogen, doch das war kein Grund für Pollmoos und Pierstling, mit ihrem Gejammere wegen Überlastung aufzuhören.

Von Bentje und mir wollte keiner was hören. Nicht einmal auf meinen Hinweis zur erbetenen Amtshilfe durch das Wirtschaftsdezernat ging Dichau ein. „Mach was du willst!", war sein Kommentar. Auch recht. Als Theresia mit der Kaffeekanne kam, waren die Kollegen bereits ausgeflogen. Umso besser, dann blieb mehr für Bentje und mich.

In unserem Büro wartete Karl Elkofer. Blonde Schnittlauchhaare, Backenbart, Knubbelnase. Trug selbst im Winter kurzärmlige Hawaiihemden. Er begrüßte mich mit einem Kuss auf die Wange, Bentje mit einem tiefem Diener. Wir füllten seine Kaffeetasse und schilderten knapp die Insolvenz der Feinkostfirma, das Immobilienprojekt in Bogenhausen und die verschachtelten Firmenstrukturen.

Er grinste von einem Ohr zum anderen. „Schade. Ich hatte gehofft, ihr hättet was Anspruchsvolles für mich."

„Was nicht ist, kann noch werden", tröstete ich. „Willst du unseren Besprechungstisch nutzen? Oder brauchst du die heimelige Atmosphäre deiner eigenen vier Wände?"

„Kennst du den Hintsberg, meinen Zimmerkollegen? Schläft mit offenen Augen und schnarcht dabei, dass die Mauern vibrieren. Da fällt die Wahl zwischen diesem Nilpferd und charmanter Damengesellschaft nicht schwer." Er stöpselte sein mitgebrachtes Notebook ein, schmiss es an und nahm im nächsten Augenblick nichts mehr um sich herum wahr.

Na dann. Ich machte es mir an meinem Schreibtisch bequem und versuchte, Andrea Bettori, Achreuthers Vorzimmerdame für besondere Einsätze, ans Telefon zu bekommen. Ihr Handy war tot. Bei ihrem Arbeitgeber wurde ich zigmal weitergeleitet, bis mir eine genervte Dame die Auskunft gab, Frau Bettori sei im Urlaub. Selbst die Mutter in Vilsbiburg wusste nicht, wohin ihre Tochter so kurzfristig verreist sein könnte. Ich hätte lügen müssen, wenn ich gesagt hätte, dass mich das Verschwinden der jungen Frau nicht beunruhigte. Ich hatte mit eigenen Augen die zwielichtige Figur gesehen, die dem Mädel nachgestellt hatte.

Bentje hatte mehr Glück. Als sie es beim ehemaligen Feinkosthändler Pfannenschmied versuchte, hatte der tatsächlich noch einen Namen ausgegraben. Der Mann vom Bayerischen Landesamt für Umwelt, der die Baueinstellung angeordnet hatte, hieß Hans-Herbert Kuffwitz.

„Bettoris schüchterner Beamter!", riefen Bentje und ich wie aus einem Mund.

Das erklärte einiges. Achreuther und Konsorten hatten den Umweltmenschen mit pikanten Fotos erpresst, der hatte mit seiner Verfügung der Firma Pfannenschmied den Todesstoß versetzt.

„Wer ist schüchtern?" Karl linste über den Rand seines Notebooks. „Ich wär im Übrigen so weit."

Meine Kollegin wischte ihm flott die Wandtafel sauber und legte Stifte bereit. Wir setzten uns und lauschten neugierig den Ausführungen unseres Gastes. Während er redete, malte er gleichzeitig das Firmengeflecht auf.

„Also, meine Damen, da hattet ihr einen tadellosen Riecher. Dieses Gesellschaftsgebilde stinkt zehn Kilometer gegen den Wind. Ganz oben haben wir die Lüstach-GmbH mit den Gesellschaftern Lutz Lünkow, Hasso Stanczek und Joachim Achreuther. Geschäftsführer ist Altin Ferjupi. Die Lüstach hält sämtliche Anteile an insgesamt sieben weiteren Gesellschaften, sogenannten Zwischenholdings. Zu diesen zählen die Monack-Realbau und die Pfannenschmied GmbH. Und da drunter hängen die Gesellschaften mit den eigentlichen Werten. Neben vielen anderen sind das auch die vier operativen Gesellschaften der Pfannenschmied-Gruppe und die Weissmoor-Projektbau-GmbH. Diese Weissmoor-Firma hat die Grundstücke in Bogenhausen erworben, hat die erforderlichen Genehmigungen beschafft, Planung und Konzeption erstellt, hat mit dem Bau begonnen. Geschäftsführer und Alleingesellschafter war ein Herr Rainer Weissmoor. Aus heiterem Himmel überträgt er alles an die Firma Monack-Realbau. Jede Wette, dass das nicht ganz freiwillig geschehen ist. Nach euren Recherchen hatten sowohl Achreuther als auch Lünkow bei dieser Delikatessen-Firma beratende Funktionen inne. Sie haben sich am Vermögen der Firma, ihrer Mandantin bereichert. Astreiner Mandantenverrat und Mandantenbetrug."

Ich stieß einen Pfiff aus. „Saubande, elendige!"

Bentje setzte hinzu: „Fürs Erste interessiert uns vermutlich dieser Rainer Weissmoor."

Elkofer nickte. „Die Kontaktdaten hab ich euch rausgeschrieben."

Treffpunkt war in einem Café in Neuhausen. Ich hatte einen hemdsärmeligen Baulöwen oder eine gesetzte Unternehmerpersönlichkeit erwartet, nicht den sportlichen Jungspund, der zu Bentje und mir an den Tisch trat. Er war nicht viel älter als dreißig, braungebrannt, modisch gekleidet, Designerhaarschnitt.

Wir schilderten, dass wir Unregelmäßigkeiten beim Projekt *Cosima-Residenz* untersuchten, dass uns insbesondere die Vorgänge um die Übertragung der Eigentümergesellschaft interessierten. Er wartete mit seiner Antwort, bis sein Tee gekommen war. Umständlich drückte er ein paar Tropfen Zitrone hinein. Versenkte Kandiszucker. Rührte um.

Ich argwöhnte, er wolle Zeit schinden, um sich eine Geschichte zurechtzulegen. Doch bei genauem Hinsehen schien der Bursche eher gelangweilt. „Und was wollen Sie da von mir?"

Bentje schaltete sich ein. „Soweit wir informiert sind, waren Sie es, der das Projekt ursprünglich auf den Weg gebracht hat."

„Und? Ist das verboten?" Er gähnte und prüfte seine Fingernägel.

Oha, der wollte uns querkommen.

„Dummheit sollte verboten sein!", sagte ich leise.

„Wollen Sie mich beleidigen?" Er brauste auf, hatte die Stimme erhoben.

„Fühlen Sie sich denn betroffen?"

Er rümpfte die Nase. „Sagen Sie einfach, was Sie wollen. Und dann ziehen Sie gefälligst Leine."

Der Mensch war sowas von … blasiert. Wenn die Dinge lagen, wie wir vermuteten, hatte der Kamerad wenig Grund, auf dem hohen Ross zu sitzen. Hier war Schonung fehl am Platz.

„Lassen Sie mich eine kleine Geschichte erzählen", schlug ich boshaft vor. „Da ist der Herr Gscheidhaferl. Der hat ein Riesenprojekt im Sinn. Nennen wir es Cosima-Residenz. Er hat geplant, Genehmigungen eingeholt, Kredite aufgenommen, hat Grund erworben, eine Altlastenprüfung durchgeführt, hat mit dem Bau begonnen. Dann erscheint der Herr Kuffwitz vom Umweltamt und verfügt die Baueinstellung wegen Altlastenfunden. Ein unabhängiger Sachverständiger bestätigt das Ergebnis der amtlichen Untersuchung. Womöglich wurde dem Herrn Gscheidhaferl dieser Spezialist von seinem Steuerberater Achreuther eingeredet."

Mit offenem Mund starrte mich der junge Mann an. Seine Miene war finster wie eine Gewitterfront. „Und wenn es so wäre? Was geht das Sie an?"

„War es denn so?"

Noch immer versuchte er, den souveränen Maxe zu geben. „Ich habe mir nichts vorzuwerfen. Erst recht habe ich nichts Unlauteres getan."

„Das behauptet auch kein Mensch." Ich lachte ihn fröhlich an. „Geschädigt haben Sie nur einen, und der sind Sie selbst. Aber das ganz gehörig. Warum erzählen Sie nicht einfach, was da abgelaufen ist. Ob Sie es glauben oder nicht, wir spielen auf derselben Seite."

Er warf mir einen feindseligen Blick zu. Rührte unsinnig in seinem Tee herum. Nahm einen winzigen Schluck. Rührte wieder. Schließlich seufzte er und begann.

„Zur Zeit der Baueinstellung hatte ich knappe hundert Millionen verbraten. Für die Grundstücke, für die Planung, für den Bau. Die Beseitigung der Altlasten sollte weitere dreißig Millionen kosten – günstig geschätzt. Die waren nicht eingeplant und hätten die gesamte Kalkulation gesprengt. Also stand der Bau still. Meine Banken wurden nervös, Vertragspartner sprangen ab, andere drohten mit der Presse. Mein Anwalt und mein Steuerberater plädierten für einen Verkauf mit Schaden. Sie müssen verstehen, ich war zu diesem Zeitpunkt heilfroh, dass sie mir einen Interessenten anschleppten, der meine Firma übernehmen wollte. Mein Eigenkapital war weg, zudem musste ich noch fünf Millionen nachschießen. Wichtig war, dass die ganze Chose nicht in die Zeitung gelangte, dass mein Ruf gewahrt blieb. Das gibt mir die Chance, jetzt ein neues Projekt aufzuziehen und meine Schulden abzustottern."

„Ist Ihnen nie die Idee gekommen, dass man Sie über den Tisch gezogen hat?"

„Mich? Über den Tisch gezogen?" Er zog verächtlich die Mundwinkel nach unten. „Die Altlasten waren Pech. Da war nichts zu machen. Mein Anwalt hat das bestätigt. Der hat alle Möglichkeiten auf Herz und Nieren geprüft."

„Das war nicht zufällig ein Dr. Lutz Lünkow von Hatchinson, Dubb & Miller?"

Er verschränkte die Arme. „Und wenn schon?"

Wie es schien, kapierte der Mensch immer noch nicht, was Sache war. Dem musste ich endgültig auf die Sprünge helfen.

„Dass die Monack den Bau ohne Zögern fertigstellt und erfolgreich vermarktet, hat Sie nicht stutzig gemacht?"

„Die haben einen fertig geplanten Bau zum Vorzugspreis bekommen. Da war das Geld für die Altlastenbeseitigung locker drin."

„Sind Sie sicher?"

„Na klar. Sonst wäre denen doch der Bau eingestellt worden."

Er machte der Bedienung ein Zeichen, zog aus einer goldenen Geldscheinklammer einen Fünfer und legte ihn auf den Tisch. „Jetzt entschuldigen Sie mich. Ich habe Wichtigeres zu tun. Mit meiner Vergangenheit bin ich im Reinen, jetzt muss ich mich um die Zukunft kümmern." Er stand auf, legte zwei Finger an die Schläfe und wandte sich zum Gehen.

Ich wartete, bis er drei Schritte entfernt war. „Und wenn es nie Altlasten gegeben hat?" Nicht laut, aber sehr deutlich.

Er blieb stehen und drehte sich langsam um. So sieht einer aus, der vom Donner gerührt ist. Sein Gesicht war weiß wie die Wand hinter ihm. „Das ist … das kann …" Er holte Luft. „Das glaube ich nicht. Völlig ausgeschlossen!" Zögerlich kam er zurück und ließ sich auf seinen noch warmen Sitzplatz fallen. Wir ließen ihm Zeit, seiner Fassungslosigkeit Herr zu werden.

Schließlich richtete er sich auf und fuchtelte mit beiden Händen erregt durch die Luft. „Die knöpf ich mir vor. Die mach ich fertig. Jeden einzelnen von denen! Mit dem Achreuther fang ich an."

„Das ist jetzt blöd", fuhr es mir heraus. „Just der ist vor ein paar Tagen umgebracht worden."

„Umgebracht?" Er ließ die Arme sinken. „Von wem?"

„Das versuchen wir rauszufinden. Bis zur Klärung des Mordes sollten Sie allerdings die Füße stillhalten."

Er schaute mich an, als sei ich nicht richtig im Kopf. „Wie bitte? Erst erzählen Sie mir, wie die mich … und jetzt soll ich … Die haben mich aufs Kreuz gelegt! Dagegen muss ich mich wehren. Das können Sie mir nicht verbieten. Ich muss auf der Stelle alle Hebel in Bewegung setzen …"

„Da hat einer den Achreuther totgestochen. Solange wir nicht wissen, wer das war und warum, könnten Sie leicht den falschen Hebel erwischen. Verstehen Sie das?"

Er rümpfte wieder die Nase und presste trotzig die Lippen zusammen. Überzeugt sah der nicht aus. Ich konnte nur hoffen, er machte keinen Blödsinn.

Bentje hatte noch etwas auf dem Herzen. „Nur zur Vollständigkeit: Könnten Sie uns bitte sagen, wo sie den vergangenen Montagabend verbracht haben?"

Er schnappte empört nach Luft. „Was soll das heißen? Sie glauben doch nicht etwa, dass ich …?"

„Wir glauben gar nichts. Wir fragen nur."

„Montag?" Er überlegte aufgeregt. „Das war der 3. Dezember?"

„Der 4. Dezember."

„Natürlich." Erleichtert atmete er auf. „Da war ich im *Schmetterling*. Mit meiner Schwiegermutter. Meiner Frau ging es nämlich nicht so gut an dem Abend. Das war eine Ballettaufführung im Nationaltheater."

Wie üblich reichte ich ihm zum Abschied meine Karte. „Wenn Ihnen noch was einfällt, rufen Sie mich an. Wir halten Sie auf dem Laufenden."

Wir sehen uns vor Gericht

Eigentlich hätte ich jetzt zu gerne den eifrigen Dr. Lünkow besucht. Aber nach dem Rüffel durch Dr. Hirschbichl wollte ich mir hierzu vorsichtshalber die Rückendeckung durch den Dichau einholen. Und der hatte im Moment eigene Probleme.

„Hat sich selber grad einen Einlauf vom Kriminaloberrat abgeholt", verriet mir Theresia Englmeng, „wegen seinem abgemurksten B-Promi."

„Wir haben noch andere Namen ohne Gesicht, mit denen wir uns vergnügen können", erinnerte Bentje Schammach. „Hasso Stanczek und Altin Ferjupi zum Beispiel, der dritte Gesellschafter und der Geschäftsführer der Holding. Ich seh zu, ob ich zu denen was im Netz finde. Wollen wir vorher eine Kleinigkeit essen?"

„Kleinigkeit ist recht. Ich plädiere für eine warme Leberkässemmel von der Metzgerzeile."

Wir schlenderten mit unseren Semmeln über den Viktualienmarkt, der neuerdings versuchte, mit ein paar zusätzlichen Buden eine Art Weihnachtsmarkt darzustellen. Dafür hatten wir jedoch im Moment keinen Blick.

„Da haben wir kistenweise Erkenntnisse über die üblen Geschäftspraktiken unseres Achreuthers und seiner Freunde. Und was hilft uns das?", schimpfte ich. „Wer ihn auf dem Gewissen hat, wissen wir immer noch nicht. Es kommen nur immer mehr Verdächtige ins Spiel."

„Was ist mit dem Tischlinger?", schlug Bentje vor. „Vielleicht wollte der die Rolle von Achreuther bei der Lüstach einnehmen. Wäre aus meiner Sicht eines der stärksten Motive."

„Möglich." Ich beugte mich vor, damit mir der Senf nicht auf die Jeans tropfte. „Fragt sich nur, ob die anderen Beteiligten damit einverstanden gewesen wären."

„Vielleicht waren die selber des Achreuthers überdrüssig. Wollten nicht länger mit ihm teilen."

Ich schüttelte entschieden den Kopf. „Nach allem, was wir bisher herausgefunden haben, war der Achreuther der Einfädler der Schweinereien. Der zog neue Opfer an Land. Der hatte die Ideen, war das Hirn der ganzen Chose. Da muss schon viel passieren, dass man so einen absägt."

„Also eines der Opfer", schlug Bentje vor.

„Schon eher. Neben dem Pfannenschmied und dem Weissmoor muss es weitere Geschädigte geben. Leute mit einem abgrundtiefen Zorn. Die überzeugt sind, dass sie nach der Abzocke durch Achreuther und Konsorten eh nichts mehr zu verlieren haben. Was wiederum bedeuten würde, dass auch der Lünkow und dieser Stanczek ihres Lebens nicht sicher sind. Ich sag's doch: Je mehr wir herausfinden, desto verzwickter wird das Ganze."

Bentje schob sich den letzten Bissen ihrer Semmel in den Mund. Schmatzend brachte sie heraus: „Kann das sein, dass wir unterbesetzt sind?"

„Und wie! Ich fürchte, ich muss dem Dichau mal gehörig auf die Füße steigen. Es wird höchste Zeit, dass wir die Freunde gepflegter Altlasten ein bisserl aus der Reserve locken. Da ist dieser Promi-Mord doch ein Klacks dagegen."

Zurück im Büro fand ich eine Liste auf meinem Schreibtisch. Karl Elkofer hatte eine Reihe von Personen mit Anschrift und Telefonnummer aufgeführt, deren Firmen in den letzten beiden Jahren im Lüstach-Konzern aufgegangen waren. Und er hatte irgendwo den Gesellschaftsvertrag der Oberholding aufgetrieben. Anders als bei der Steuerkanzlei gab es hier eine Klausel, die regelte, dass im Falle des Tods oder Ausstiegs eines Gesellschafters dessen Anteile den verbleibenden Gesellschaftern zufielen. Ein Ausgleich an die Erben war nicht vorgesehen.

Ich schob den Zettel meiner Kollegin hinüber. „Da hast du was für dein Whiteboard."

„Wenn wir die alle auf Herz und Nieren prüfen wollen",

stöhnte Bentje, „sind wir bis Ostern beschäftigt. Zu zweit, ohne Hilfe schaffen wir das nicht."

„Bin ja schon unterwegs! Eine alte Frau ist kein Schnellzug."

Ohne anzuklopfen, rauschte ich ins Büro von unserem Chef. Leer. Dann eben auf ins Besprechungszimmer.

Die Luft war zum Schneiden. Außer Dichau, Pollmoos und Pierstling war ein gutes Dutzend weiterer Kolleginnen und Kollegen versammelt. Erzürnt über die Störung schaute Dichau zu mir auf.

Er wollte zu einem Tadel ausholen, doch ich war schneller: „Ich weiß, ihr habt zu tun, ich weiß, euch sitzt die Presse im Nacken, die Anwälte, der Hirschbichl, der Hund vom Hausmeister. Aber fünf Minuten brauch ich trotzdem."

„Nicht jetzt!" Kurz, knapp, kompromisslos.

„Doch, gerade jetzt!"

Pierstling stöhnte. „Was ist an *Nicht jetzt* so schwer zu verstehen?"

Ich ignorierte den Idioten. „Bei uns braut sich was zusammen, das wir zu zweit nicht mehr stemmen. Wenn uns das um die Ohren fliegt, ist dagegen euer B-Promi-Mord ein Kindergeburtstag mit Topfklopfen."

Pollmoos musste auch seinen Senf ablassen: „Geh woanders spielen. Die Erwachsenen haben zu tun."

„Arschloch!" In meinem Bauch wuchs ein gehöriger Wutklumpen.

Der Chef warf mir einen drohenden Blick zu.

Ich bückte mich gerade rechtzeitig – der Blick zerklatschte hinter mir an der Wand und hinterließ einen hässlichen Fleck auf der Tapete.

Stille.

Ich knallte die Tür hinter mir zu, dass die Bilder an den Wänden wackelten.

Mit Schaum vorm Mund setzte ich mich an meinen Rechner und verfasste eine E-Mail an Dichau.

1. *Joachim Achreuther war Drahtzieher einer Serie von Wirt schaftsbetrügereien.*
2. *Schadenssumme insgesamt im Milliardenbereich.*
3. *Zahl der Geschädigten und der Mittäter steigt explosionsartig.*
4. *Das geht nicht mit zwei Hanseln.*
5. *Dichau, dafür bist du zuständig!*

Kurz, knapp, kompromisslos. Senden.

Hatte ich übertrieben? Ach woher!

Die E-Mail war keine Minute draußen, schon klingelte mein Telefon. Na bitte. Geht doch.

War aber gar nicht der Dichau. War der Weissmoor. Der Mann war restlos damit überfordert, unsere Mitteilung von heute Vormittag zu verdauen. Es gab Gesprächsbedarf. Um drei im Präsidium? Passt.

Auch Bentje nickte und gab prompt einen Zwischenbericht über ihre Recherchen im Netz. „Dieser Mensch ist ein Phantom. Hasso Stanczek. Es gibt zwar eine Adresse, aber keine Telefonnummer. Bestimmt ist die Adresse nur ein Briefkasten. Stanczek ist weder in unseren Dateien noch sonst in irgendwelchen Systemen enthalten. Für einen millionenschweren Wirtschaftsboss versteht er es verdammt gut, unsichtbar zu sein. Da ist meine Großmutter eine öffentlichere Person. Und die geht nur zweimal am Tag mit dem Hund um ihr Häuschen."

„Und der Geschäftsführer? Dieser Altin Ferjupi?"

„Einen Ferjupi gibt es in München dreimal und in Freising und Augsburg je zweimal. Ist aber kein Altin dabei."

„Da war doch noch dieser Schulz."

„Von dem die Bettori erzählt hat? Angeblich der große Macker, der sagt, was läuft. Der *anschafft*, wie ihr das hier nennt. Aber such du mal einen Schulz, von dem du noch nicht einmal einen Vornamen hast."

Die verschwundene Bettori, ja.

Noch einmal griff ich zum Telefon. Wieder ohne Erfolg.

Das fühlte sich gar nicht gut an.

Der verhinderte Immobilienmogul Weissmoor trudelte zehn Minuten vor der vereinbarten Zeit ein. Als hätte sie es gerochen, brachte Theresia Englmeng einen Augenblick später frischen Kaffee und eine zusätzliche Tasse. Ich bat unseren Wirtschaftsspezialisten Karl Elkofer ebenfalls zu unserer Runde.

„So geht das nicht", empörte sich unser Gast, als alle versammelt waren. „Ich kann nicht meine Hände in den Schoß legen und so tun, als sei nichts passiert. Und diese Schweine lachen sich ins Fäustchen, freuen sich über meine Blödheit und streichen die Gewinne ein, die eigentlich mir zustehen."

Bentje nickte verständnisvoll. „Ich verstehe Ihre Erregung. Sie sollen ja nicht für alle Zeiten stillhalten. Nur solange ein Mörder frei herumläuft. Denn es ist möglich, dass der vor weiteren Bluttaten nicht zurückschreckt."

Er blies seine Backen auf. Mit gestrecktem Zeigefinger zielte er auf meine Kollegin. „Ihnen ist wohl nicht klar, was das für mich bedeutet. Die haben mich verarscht. Haben mir mein Geld gestohlen. Meinen guten Ruf! Meine Ideen! Meine Träume!" Die letzten Worte schrie er fast.

„Deshalb müssen Sie hier nicht laut werden."

Er blickte uns völlig verständnislos an. „Muss ich nicht? Sie haben doch keine Ahnung! Aber eins ist klar: Mir kann niemand verwehren, vor Gericht mein gutes Recht zu suchen. Nicht einmal die Polizei!"

Während Kollege Elkofer weiter zu besänftigen versuchte, kam ich ins Grübeln. Vielleicht hatte Weissmoor recht. Vielleicht war das sogar die Lösung. Wenn wir Glück hatten, brachte sein Aktionismus frischen Schwung in unsere Ermittlungen.

Ich hob beschwichtigend die offenen Handflächen. „Vorschlag zur Güte: Sie rufen bei dem Anwalt Lünkow an und sagen, Sie haben einen Auftrag für ihn."

Er tat entsetzt. „Den Lünkow zeige ich maximal an. Mit dem Widerling will ich sonst nichts mehr zu tun haben!"

Elkofer lehnte sich zurück und grinste breit. „Sollten Sie aber." Er hatte sofort kapiert, worauf ich hinauswollte. „Sie wissen, dass der Kerl Sie hintergangen hat. Aber er weiß nicht, dass Sie das wissen. Und das muss auch so bleiben. Bitte notieren Sie, was ich Ihnen jetzt sage."

Ich schob Weissmoor einen Block über den Tisch, aber da hatte der schon ein Notizbüchlein aus der einen Sakkotasche gezaubert, einen Füllfederhalter aus der anderen.

Elkofer dachte kurz nach. „Sie rufen ihn an und geben ihm den Auftrag, gegen die Monack-Realbau Klage einzureichen. Anfechtung des Kaufvertrags und der Firmenübertragung wegen arglistiger Täuschung. Schadensersatz wegen vorsätzlicher sittenwidriger Schädigung. Gleichzeitig soll der Lünkow Strafanzeige stellen. Wegen Betrugs. Und zwar gegen die Geschäftsführung der Monack-Realbau, gegen das Bayerische Landesamt für Umwelt, gegen den Gutachter und gegen Unbekannt."

„Das macht der nie im Leben!", beharrte Weissmoor. „Der hat schon einmal behauptet, alle rechtlichen Möglichkeiten seien ausgeschöpft. Jeder weitere Schritt brächte nichts außer Kosten und einer Blamage vor Gericht. Er sei anwaltlich verpflichtet, mich als Mandanten auf die Aussichtslosigkeit eines Rechtsstreits hinzuweisen."

„Wenn der Ihnen diesmal wieder so kommt, sagen Sie ihm, es gäbe auch andere Anwälte. Sie hätten schon einen Termin bei Nöck & Rodberg. Die kennt der bestimmt. Renommierte Spezialkanzlei für Wirtschaftsstrafrecht."

Unser Gast zeigte sich ähnlich begriffsstutzig wie bei unserem Vormittagstermin. „Mag sein, dass der die kennt. Aber ich kenn sie nicht. Und Termin hab ich auch keinen."

Elkofer schien kurz davor, sich die Haare zu raufen. „Das weiß aber der Lünkow nicht. Der wird denken, Sie sind wild entschlossen, die Monack-Realbau vor Gericht zu zerren und einen gewaltigen Wirbel loszutreten. Das wird er um jeden Preis verhindern wollen."

Weissmoor blickte unseren Kollegen eine ganze Weile entgeistert an. Schließlich hellte sich seine Miene auf. Er nickte. „Verstanden. Okay, ich mach das. Wann soll ich anrufen? Jetzt gleich?"

Ich rechnete. „Versuchen Sie es kurz vor Feierabend, 18 Uhr. Passt das?"

Blick in die Runde. Der Baumensch und auch meine Kollegen nickten.

„Anschließend geben Sie mir durch, wie es gelaufen ist. Meine Handynummer haben Sie?"

Erneut nickte Weissmoor.

Gediegenes Ambiente

19 Uhr. Seit einer Stunde saßen wir zu dritt im immer noch dreckstarrenden Polo am Karl-Scharnagel-Ring vor dem mondänen Bürobau, in dem die Kanzlei Hatchinson, Dubb & Miller drei Etagen belegte.

Weissmoor hatte telefonisch durchgegeben, dass Lünkow erwartungsgemäß versucht hatte, ihm die Klagen und Strafanzeigen auszureden. Die Vertragslage sei ungünstig. Für ein unlauteres Handeln der Monack-Realbau fehlten Beweise. Als Weissmoor die Konkurrenzkanzlei mit Nachdruck ins Spiel brachte, sei der Lünkow ins Stottern gekommen. Habe versprochen, die rechtlichen Aussichten nochmals auf Herz und Nieren zu prüfen. Einen Vorgang dieser Größenordnung müsse er aber mindestens mit einem Seniorpartner seiner Kanzlei abstimmen. Zunächst wolle er versuchen, ob am Verhandlungsweg eine Nachzahlung von der Monack-Realbau erlangt werden könne. Er würde sich Anfang nächster Woche wieder melden.

Keine Frage, der Anwalt wollte auf Zeit spielen. Diesen Spaß hatte Weissmoor ihm mit der Behauptung verdorben, seinen Termin bei Nöck & Rodberg habe er bereits morgen Mittag. Jetzt würde sich zeigen, ob es uns gelungen war, die Kameraden aufzuschrecken.

Im Bürohaus gab es ein eifriges Kommen und Gehen. Schon wieder verließen einige Aktenkofferträger das Gebäude. Bentje verglich sie mit dem Foto Lünkows, das wir von der Homepage der Kanzlei heruntergeladen hatten. „Bingo."

Kein Zweifel, diesmal war unser Mann dabei.

Elkofer stieg aus und folgte dem Anwalt zu Fuß, während Bentje einen Moment wartete und dann langsam den Wagen in Bewegung setzte. In der St.-Anna-Straße verschwand Lünkow im Abgang zur U-Bahn. Unser Kollege war ihm dicht auf den Fersen. Wir konnten nichts weiter tun, als abzuwarten, wohin die Fahrt ging.

Elkofer hielt uns über Handy auf dem Laufenden. „U5 Richtung Laimer Platz." – „Umgestiegen am Odeonsplatz. U6 Richtung Süden."

Bentje gab Gas.

„Marienplatz. Sendlinger Tor", informierte Elkofer.

Zweimal verloren wir an Ampeln Zeit, doch jedes Mal holte Bentje mit dynamischer Fahrweise wieder auf.

„Der Mensch macht sich bereit zum Aussteigen", berichtete Elkofer. „Poccistraße ist die nächste Haltestelle. Wie weit seid ihr noch weg?"

„Goetheplatz", gab ich zurück. „Gleich da."

Der Kollege lotste uns zu einem Lokal in der Zenettistraße. *Chez Colette.* Offensichtlich ein Restaurant der gehobenen Preisklasse. Bentje fand wenige Meter entfernt einen Parkplatz.

Wir beratschlagten noch, wer von uns das Lokal betreten und sich zu Karl gesellen sollte, da wurde uns die Entscheidung abgenommen. Ein schneeweißer BMW-SUV stellte sich direkt vor dem Lokal auf den Gehsteig. Der Fahrer war unser

Freund vom Flughafen, der Mann mit Pferdeschwanz, flotten Schritts betrat er das Restaurant. Da er Bentje und mich am Flughafen mit der Zeugin Bettori gesehen hatte, musste unser Wirtschaftsspezialist die Ermittlung im *Chez Colette* allein übernehmen.

Nach kaum fünf Minuten kam Elkofer schon wieder heraus. „Sie sind zu fünft. Außer dem Anwalt und dem mit dem Pferdeschwanz sind da noch ein blasses Grischberl, ein südländischer Schönling und ein bulliger Klotz. Allesamt keine Leute, denen ich einen gebrauchten Bleistiftspitzer abkaufen würde. Das Lokal ist bumsvoll, kein Platz in Horchweite frei. Wär eh nicht unsere Preisklasse. Sehr gediegenes Ambiente. Wenigstens konnte ich unbemerkt ein paar Fotos schießen, von der ganzen Gruppe und von jedem einzelnen. Für mich sah's aus, als würden die sich da drinnen häuslich einrichten. Sind erst bei der Weinkarte und das ist hier kein Schnellimbiss. Was jetzt?"

„Wir warten", bestimmte ich. „Vielleicht haben wir Glück und die Herren Stanczek und Ferjupi sind mit von der Partie. Wenn sie rauskommen, folgen wir ihnen. Wir teilen uns auf. Um den Anwalt kümmern wir uns ein anderes Mal, da haben wir die Adresse, den finden wir schnell wieder. Bentje, du übernimmst den BMW. Bei den anderen dreien müssen wir sehen, wie es sich ergibt."

Mehr als zwei Stunden tat sich gar nichts. Mir knurrte der Magen, während die sich da drinnen den Wanst mit in Auerochsenfett gebratenen Schweinskaldaunen mit Honig vollstopften.

Kurz vor zehn verließen alle fünf gleichzeitig das Lokal. Lünkow stieg mit dem Schönling in den BMW, der Pferdeschwanz hielt sich zurück. Schon waren Elkofer und ich aus dem Polo geklettert und hatten uns in einen dunklen Hauseingang geduckt. Der BMW fuhr los in Richtung Lindwurmstraße. Bentje nahm mit einigem Abstand die Verfolgung auf.

Die drei verbliebenen Gestalten wechselten noch einige Worte. Dann löste sich einer, eine dünne, fadenscheinige Figur, von den anderen beiden, überquerte die Straße und wandte sich mit langsamen Schritten nach Osten. Er war noch nicht sehr weit gekommen, da ging ihm der Klotz, eine wirklich wuchtige, grobe Erscheinung, im gleichen Tempo hinterher. Der Pferdeschwanz entfernte sich in entgegengesetzter Richtung.

„Du den einen, ich die beiden", raunte ich Elkofer zu. Er nickte und folgte seinem Mann. Ich ließ meinen beiden Opfern einen gehörigen Vorsprung, dann schlenderte ich gemächlich los.

So trotteten wir hintereinander her durch das nächtliche Schlachthofviertel. Vorneweg der Fadenscheinige. Dreißig Meter dahinter der Grobe. Wieder dreißig Meter dahinter ich selber. Eine Frau beim Abendspaziergang. Blieb bei jedem Geschäft für einen Moment stehen und musterte die Auslage – auch wenn es sich nur um einen Zeitungskiosk oder eine Metzgerei handelte.

Dienstag, 12. Dezember

Hopsgenommen

Bisher war es mir nie passiert, dass mich ein Ermordeter bis in meine Träume verfolgte. Der fadenscheinige Cognac-Vernichter namens Krautkrämer war jetzt schon der zweite in kurzer Zeit, der mir im Schlaf erschienen war. Zum Glück nicht allzu lang. Drei Stunden unruhig herumgewälzt, schon klingelte der Wecker. Nach dem Auffinden der Leiche war die kurze Nacht mein geringstes Problem.

Die Routinen waren abgelaufen wie stets. Jost Katzenreuth und seine Kollegen vom Erkennungsdienst hatten den Tatort und die Wohnung des Toten unter die Lupe genommen. Gerichtsmediziner, Leichenabtransport, Befragung der Anwohner. Kaum waren Valentin Dichau und weitere Kollegen vor Ort, eilte ich zurück zu *Emil's Pilsparadies*. Irgendwer musste mir doch etwas über den angeblichen LKA-Menschen mit dem fantasievollen Namen Werner Schmied sagen können, der mich von dort weggeholt hatte. Aber der Laden hatte schon geschlossen. Als Bentje mit dem Polo eintraf, lotste ich sie zum Perlacher Forst. Auch hier hatten wir kein Glück. Von den beiden Streifenpolizisten keine Spur.

Wenigstens hatten wir unseren Chef wieder mit im Boot. Bei der Morgenbesprechung in verkleinerter Runde ging es ausschließlich um den Mordfall Krautkrämer.

Der Tote hatte seinen Lebensunterhalt als Gutachter für Altlastenfälle verdient. Noch in der Nacht hatten wir von den Herren Weissmoor und Pfannenschmied die Bestätigung erhalten, dass in ihren beiden Fällen der Krautkrämer auf Anraten des Anwalts Lünkow hinzugezogen worden war und die vom Umweltamt beanstandete Verseuchung der Grundstücke bestätigt hatte. Kein Zweifel, der Bursche hatte den Drahtziehern der dreckigen Geschäfte als Unsicherheitsfaktor gegolten und war deshalb zum Schweigen gebracht worden.

Bentje war dem BMW inklusive Schönling und Anwalt am Abend vorher zu einem Appartementhaus in Schwabing gefolgt. Die beiden hatten das Gebäude betreten und bis zu meinem Anruf bei der Kollegin nicht verlassen. Trotz der kurzen Nacht hatte meine Partnerin es irgendwie geschafft, sich am frühen Morgen in ihre nächste Recherche zu stürzen. Hatte sie überhaupt geschlafen? Ich warf ihr einen prüfenden Blick zu. Sah auf suspekte Weise frisch aus.

Zum Schönling musste sie passen, nach aktuellem Stand keine Informationen aufzutreiben. Aber im Schwabinger Appartementblock bewohnte Dr. Lutz Lünkow eine Penthousewohnung im obersten Stock. Der weiße BMW-SUV mit dem Kennzeichen M-LL-1000 war ebenfalls auf den Anwalt zugelassen.

Elkofer war bei seiner Verfolgung des Pferdeschwanzes weniger erfolgreich gewesen. Der Mensch war ein paar hundert Meter weiter in einen geparkten Mercedes gestiegen und hatte sich in den Verkehr eingereiht. In seiner Not hatte der Kollege versucht, die Verfolgung per Taxi aufzunehmen. Zunächst funktionierte das erstaunlich tadellos. Der Fahrer war Feuer und Flamme, musste immer wieder ermahnt werden, nicht zu dicht aufzufahren. Es ging wohl gemächlich dahin, an der Theresienwiese vorbei ins Westend, dann die Landsberger Straße Richtung Westen. Von einer Sekunde auf die andere hatte der Pferdeschwanz einen waghalsigen U-Turn hingelegt, bevor er in einem Affenzahn zurückgebraust war. Der Taxler wollte hinterher, tat auch sein Bestes, aber ein Linienbus bremste ihn aus. Hatte der Pferdeschwanz Wind von der Verfolgung bekommen? Oder gab es einen anderen Grund für seinen plötzlichen Richtungswechsel?

Natürlich hatte Elkofer die Nummer des Wagens überprüft. Der Mercedes war auf eine Mietwagenfirma zugelassen.

Wie sich herausstellte war er unter falschem Namen mit gefälschten Papieren angemietet worden.

Mit neuem Schwung machten wir uns an die Arbeit. Während unser Hawaiihemdenträger nach weiteren Lüstach-Geschädigten forschte, während Bentje die Fotos aus dem Restaurant in der Zenettistraße auswertete und durch unsere Systeme jagte, während sich Dichau bemühte, der Spurensicherung und der Gerichtsmedizin Feuer unterm Hintern zu machen, konzentrierte ich mich auf die beiden Streifenwagenleute. Mit ein bisschen Glück hatten sie noch keinen Dunst davon, wie tief sie im Dreck steckten.

Beide Dienstausweise in der Hand rief ich kurzerhand auf ihrem Revier an und verlangte, Polizeihauptmeister Holtmann zu sprechen.

„Der hat erst um 13 Uhr Dienstantritt."

„In Ordnung." Ich spähte noch einmal auf die Ausweise. „Dann den Kollegen Wagner."

„Das ist der Partner vom Holtmann, der kommt genauso um eins."

Ich bat, ihnen auszurichten, dass ihr Streifenwagen mitsamt ihren Dienstwaffen letzte Nacht gefunden worden war und im Präsidium zur Abholung bereitstehe.

Elkofer streckte seinen Kopf zur Tür rein und verkündete begeistert, dass die Herren Achreuther, Lünkow und Stanczek neben der Altlastenmasche noch ganz andere Betrugsmodelle gefahren hatten. Vor einem Jahr zum Beispiel, da hatte der Lüstach-Konzern eine Kunsthandlung Renner GmbH übernommen. Der damalige Geschäftsführer Samuel Renner sei schon auf dem Weg ins Präsidium.

Eine halbe Stunde später saßen wir in unserem Büro mit einem gebrechlichen Männchen und einer robusten jungen Frau beisammen. Samuel Renner und Tochter Mirjam. Wieder handelte es sich um ein traditionsreiches Familienunternehmen.

Sie hatten Filialen in München, Augsburg und Ingolstadt. Aus heiterem Himmel hatte es eine Anzeige wegen gewerbsmäßiger Hehlerei gegeben. Bei einer Durchsuchung der Geschäftsräume seien dann zwölf Bilder sichergestellt worden, die der Polizei zufolge aus mehreren Einbruchdiebstählen stammten. Sogar das Landeskriminalamt war in die Untersuchung eingebunden.

„Woher hatten Sie die Bilder?", wollte Elkofer von dem Kunsthändler wissen.

„Aus verschiedenen Haushaltsauflösungen", gab die Tochter Auskunft. „Uns wurde immer versichert, die Bilder hätten sich seit Jahrzehnten im Besitz der Verstorbenen befunden."

„Wertvoll?", fragte Bentje.

„Das kann man wohl sagen", hustete der alte Mann. „475.000 Euro hat uns der Ankauf insgesamt gekostet. Und der tatsächliche Wert beträgt ein Mehrfaches!"

„Wie ging die Sache weiter?"

Die Tochter zog eine missmutige Miene. „Wir sind aus allen Wolken gefallen und haben unseren Anwalt eingeschaltet."

„Herrn Dr. Lünkow?"

Überrascht schauten mich beide an. „Richtig. So hieß der. Woher wissen Sie?"

„Ist eine lange Geschichte. Und der riet Ihnen, es nicht auf ein Gerichtsverfahren ankommen zu lassen?"

„So war es. Die Beweise würden gegen uns sprechen und wenn der Vorfall in die Presse käme, wäre unser Geschäft ruiniert. Es ist ihm dann tatsächlich gelungen, mit der Strafverfolgungsbehörde einen Deal auszuhandeln. Wenn wir ein Geständnis ablegten, könnten wir mit einem blauen Auge davonkommen. Allerdings müssten wir unser Geschäft aufgeben, um der Wiederholungsgefahr vorzubeugen."

„Heilige Wattwurmscheiße", fuhr es Bentje heraus.

„Ich war eigentlich dagegen", betonte die junge Frau. „Aber mein Vater hatte kurz zuvor einen Herzinfarkt, jede weitere

Aufregung hätte sein Ende sein können. Das hat auch der Dr. Lünkow als Argument gebracht, fast flehentlich."

Elkofer knirschte mit den Zähnen. „Ich vermute, viel ist Ihnen nach dem Firmenverkauf nicht geblieben."

„Der Kaufpreis war lächerlich", japste der Alte. „Und dann kam dieser LKA-Beamte und hat das Geld beschlagnahmt. Zur Entschädigung der Einbruchsopfer."

„Und Ihr Anwalt hat alles abgesegnet?"

„Nur so könne ein hässliches Strafverfahren vermieden werden, hat er gesagt. Und eine langjährige Gefängnisstrafe." Die Tochter schnäuzte sich. „Wir hatten Rücklagen, ein Haus. Das wenigstens ist uns geblieben."

Ich holte einen Ausdruck vom Foto des angeblichen LKA-Beamten Schmied aus der Schreibtischschublade, das Kollege Elkofer im *Chez Colette* geknipst hatte, dazu die Ausweise der Streifenleute Holtmann und Wagner. „Sind das die Herrschaften, die bei Ihnen das Diebesgut sichergestellt haben?"

Der Alte setzte seine Brille ab, seine Tochter holte eine Lesebrille aus ihrer Handtasche. Eine Weile betrachteten sie die Bilder. Schließlich räusperte sich Mirjam Renner. „Ich würde sagen, das sind sie. Was meinst du, Vater?"

Er nickte. „Überhaupt kein Zweifel!"

„Vielen Dank. Sie haben uns sehr geholfen. Mit etwas Glück gelingt es vielleicht, den Schaden, den Sie erlitten haben, zu reduzieren."

Den Wachhabenden an der Pforte hatten wir instruiert, uns Bescheid zu geben, wenn die Streifenleute Holtmann und Wagner einträfen. Kurz vor zwei kam der Anruf. Wir baten, die beiden in unseren Besprechungsraum zu schicken.

Dichau und Bentje empfingen sie, während ich mich hinter der angelehnten Tür postierte. Sie waren geradezu erstaunlich arglos.

„PHM Holtmann und POM Wagner", stellten der Jüngere sich und seinen Partner vor. „Ihr habt also unseren Schlitten aufgegabelt? Gibt es eine Spur von der Schlampe, die die Karre geklaut hat?" Der Ton war ebenso nassforsch wie am Abend zuvor.

Unser Chef bat die beiden, Platz zu nehmen. „Mein Name ist Dichau, Erster Kriminalhauptkommissar. Das ist Kriminalkommissarin Schammach. Meine Herren, wir nehmen Sie hiermit vorläufig fest wegen des Verdachts auf fortgesetzten Betrug, Freiheitsberaubung, Bestechlichkeit im Amt, Amtsmissbrauch und einer Reihe weiterer Straftaten. Sie haben das Recht zu schweigen und einen Anwalt hinzuzuziehen. Alles, was sie sagen, kann gegen Sie ... Ach, Sie kennen den Quatsch ja selber zur Genüge."

„Was soll der Scheiß?", fuhr ihn Wagner unwillig an. „Wenn das ein Witz sein soll, ist er sowas von in die Hose gegangen."

„Was für ein Irrenhaus ist das hier?", höhnte Holtmann. „Wen sollen wir denn freiheitsberaubt haben?"

Das war mein Stichwort. Ich trat in den Raum. „Mich zum Beispiel."

Entsetzt starrten sie mich an.

„Traxl der Name, Kriminalhauptkommissarin. Nur der Vollständigkeit halber: Wir ermitteln gegen Sie vor allem wegen des Verdachts auf Beihilfe zum Mord."

Es dauerte eine Weile, bis sie ihre Sprache wiedergefunden hatten. „Das wird euch noch leidtun", brummte der Ältere grimmig. „Ihr wisst gar nicht, mit wem ihr euch anlegt."

Gelassen schenkte ich ihm ein breites Grinsen. „Aber Sie sollten langsam kapieren, mit wem Sie sich angelegt haben."

„Wir informieren umgehend Ihre Dienststelle", erklärte Dichau. „Glauben Sie mir, da kommt Übles auf Sie zu. Sie können Ihre traurige Lage nur verbessern, wenn Sie unsere Ermittlungen unterstützen."

Genug gegrinst. Ich senkte meine Stimme zu einem Flüstern. „Wie Sie unschwer leugnen können, wurden Sie gestern Abend zu einer Kneipe in der Reifenstuelstraße gerufen. Wer war der Herr, der mich an Sie beide übergeben hat?"

„Kenn ich nicht", maulte Wagner.

„Hat seinen Namen nicht genannt", murrte Holtmann.

„Und überhaupt: Ohne Anwalt sage ich gar nichts mehr."

„Und ich sag schon zweimal nichts", brummte Wagner.

Dichau zuckte mit den Schultern. „Ihre Entscheidung. Natürlich haben Sie jeder einen Anruf frei." Er winkte zwei uniformierten Kollegen, die mit den beiden abzogen.

Um sechs Uhr lud Dichau nochmals zu einer gemeinsamen Besprechung. Erste Ergebnisse der Gerichtsmedizin und der Spurensicherung lagen vor. Wie es aussah, war der Gutachter gegen 23.15 Uhr, nur wenige Minuten vor meinem Eintreffen, getötet worden. Keinerlei verwertbare Spuren an der Leiche – wie bei Joachim Achreuther. Ob die Abdrücke rings um den Fundort etwas hergaben, blieb abzuwarten.

Mittlerweile hatten wir fast sämtliche ehemaligen Inhaber der Firmen, die sich die Lüstach unter den Nagel gerissen hatte, aufgespürt. In den meisten Fällen war die Masche mit den Altlasten, seltener eine kreativere Variante angewendet worden. Jedes Mal waren die Herren Achreuther und Lünkow die steuerlichen und rechtlichen Berater der Opfer gewesen. In zwei Fällen hatten die Opfer auf die Baueinstellungsverfügung des Umweltamts nicht reagiert. Beide Male waren die Polizisten Holtmann und Wagner aufgetreten, um die Verfügung durchzusetzen.

Die Fotos, die Elkofer bei *Chez Colette* geschossen hatte, brachten uns im Moment nicht weiter. Weder der Schönling noch der Grobe waren in unseren Systemen aufzufinden.

„Was machen wir jetzt mit dem Lünkow?", gab Elkofer zu überlegen.

„Wenn wir zu früh zuschlagen, schrecken wir die Haupttäter auf", mahnte der Chef. „Dieses südländische Fotomodell und den angeblichen LKA-Menschen. Das dürften die Herren Stanczek und Ferjupi sein."

Mir machte etwas anderes Bauchschmerzen. „Vor allem sollten wir uns schnellstens um den Kuffwitz vom Umweltamt kümmern. Der ist womöglich genauso in Gefahr wie der Krautkrämer."

„Wissen wir, wo der wohnt?", fragte Bentje besorgt.

Elkofer kannte sich aus. „In oder um Hof. Dort ist die für Altlasten zuständige Dienststelle des Bayerischen Landesamts für Umwelt."

„Könnten wir den Kuffwitz unter Polizeischutz stellen?", schlug Bentje vor.

Dichau blickte auf die Uhr. „Ich ruf die Kollegen in Hof an. Die sollen sich unauffällig um ihn kümmern."

Wieder musste ich an die schöne Andrea Bettori denken, die ich immer noch nicht erreicht hatte. Hatte sie das gleiche Schicksal wie den Altlastengutachter ereilt?

War eine wilde Zeit

Kaum waren wir zurück in unserem Büro, klingelte mein Handy. Paul Kaps, soeben von seiner Dienstreise zurückgekehrt. Den hatte ich ganz vergessen. Ich brauchte einige Augenblicke, um mich zu erinnern, was ich eigentlich von ihm gewollt hatte. Ja, richtig. Die Fotos aus Joachims Zimmer. Vor allem das mit den beiden fehlenden Köpfen. Angesichts des gewaltigen Betrugskonstrukts maß ich der Sache keine große Bedeutung mehr bei. Andererseits wollte ich einem Zeugen, wenn er sich schon brav und pünktlich meldete, nicht das Gefühl geben, wir behelligten die Leute aus Jux und Tollerei. „Klasse, dass Sie sich rühren", log ich also. „Es geht um die Personen auf den Fotos aus Achreuthers Wohnung. Wann könnten wir uns die gemeinsam vornehmen?"

„Morgen hab ich den ganzen Tag Besprechungen. Und am Donnerstag und Freitag bin ich schon wieder unterwegs. In Thüringen." Er zögerte. „Wie wär's gleich heute Abend?"

Ich unterdrückte einen Fluch. Ich hatte noch allerlei auf meinem Erledigungszettel. Zudem hatte ich gehofft, nach der kurzen letzten Nacht mal früh ins Bett zu kommen.

Ich rang mir ein wackliges „Prima!" heraus und hoffte, dass es nicht zu kümmerlich klang. Schließlich wollte ich etwas von ihm und nicht umgekehrt. „Wann und wo würde es Ihnen passen?"

„Ich bin grad auf dem Weg in die Innenstadt. Hab noch ein Treffen mit einem Auftraggeber. Keine große Sache. Wenn es recht ist, komm ich anschließend zu Ihnen ins Büro. Präsidium in der Ettstraße? Um halb neun könnte ich da sein. Oder ist das zu spät?"

„Melden Sie sich an der Pforte. Da hol ich Sie ab."

Bentje hatte meinem Gespräch gelauscht. „Hast du noch eine andere Spur?"

„Nicht wirklich. Aber ich wollte dem freundlichen Menschen auch nicht absagen. Einer von den Zeugen vom Fest im Moosbüffelheim. Viel verspreche ich mir nicht davon. Willst du dabei sein?"

„Sonst gern. Aber heut muss ich auf die Jagd."

„Was jagst du denn?"

„Geschirr. Stühle. Und ein Sofa. Da gibt es einen Laden namens *Kare*?"

„Sendlinger Straße. Die haben ganz witzige Sachen. Weidmanns Heil!"

„Weidmanns Dank!"

Von dem freundlichen Herrn Kaps hatte ich kein Bild mehr vor Augen gehabt. Kein Wunder bei dem Durcheinander am Abend des Achreuther-Mordes. Mir war gar nicht aufgefallen, wie skurril der Mensch aussah. Die Gestalt hager, fast knochig. Das schmale Gesicht kantig mit vorstehendem Kinn. Die Nase noch schiefer als meine eigene. Obwohl er in etwa mein Alter haben mochte, waren die millimeterkurzen Haare grau wie frisch gesägter Schiefer. Grau auch die Bartstoppeln an Wangen und Hals, dazwischen Adern, kräftig wie Ringelnattern. Faszinierend waren die Augen des Manns, grün-grau, auf anheimelnde Art schelmisch. Die passten zu den ausgeprägten Lachfalten um den Mund. In Widerspruch zu seiner dürren Figur standen die Hände, groß und schwer. Man sah ihnen an, dass sie zupacken mussten und konnten. Er trug einen zerknitterten dunkelblauen Anzug, in dem er sich sichtlich unwohl fühlte.

Ich bot ihm ein Wasser an. Dann legte ich die Ausdrucke der Fotografien auf den Tisch.

Mit kindlicher Begeisterung ging er die Bilder durch, wusste zu fast jedem Ort und Anlass. Jetzt fiel mir auch auf, bei wie vielen der Aufnahmen er selber mit abgebildet war. Er nannte mir unzählige Namen, die ich eifrig notierte.

Für den Schluss hatte ich mir das Foto mit den fehlenden Gesichtern aufgehoben. Er blickte es einen Moment forschend an. „Das muss 2007 gewesen sein. Der Lange in der zweiten Reihe ist Ende des Jahres nach Australien gegangen. Die meisten anderen hab ich auch aus den Augen verloren. Bei den kopflosen Grazien bin ich leider überfragt. Der Rothaarige vorne links, das ist der Sigi Resch. Wohnt in Daglfing. Und daneben, die dünne Blondine, das ist die Dagi. Dagmar Fabrowski hieß die damals. Hat kurz danach geheiratet. Moment." Er blätterte im Stapel der anderen Bilder, zog eines hervor und deutete auf einen Lulatsch mit wallender Mähne. „Der Hajo Rießberg. Den hat die Dagi geheiratet. Keine Ahnung, ob die noch zusammen sind. Seine Eltern hatten eine Metzgerei in der Gotthardstraße, da haben wir immer unsere Brotzeit gekauft. Das ist mehr als fünfzehn Jahre her. Aber wenn ich an die Fleischpflanzerl mit Kartoffelsalat denk, läuft mir heut noch das Wasser im Mund zusammen. Ich glaub, der Hajo hat später das Geschäft übernommen."

Wieder schaute er eine Weile auf das Foto. „Nein, sonst fällt mir nichts mehr dazu ein." Er wirkte aufrichtig betrübt.

„Das war schon eine ganze Menge", tröstete ich und ließ den Blick über die ausgebreiteten Bilder schweifen. „War eine wilde Zeit damals, oder?"

„Allerdings. Der Joachim hat immer gesagt, fad können wir sein, wenn wir tot sind. Hat dauernd was auf die Beine gestellt. Feste, Ausflüge, Fahrten durch ganz Europa. Konnte nie allein sein. Musste immer eine Horde von Leuten um sich haben."

„Eine Horde von Bewunderern?"

Er zögerte einen Augenblick. Dann nickte er ernst. „Sie haben recht. Von Bewunderern. Da hab ich noch nie drüber nachgedacht, aber genauso war es." Jetzt grinste er wieder. „Und gesoffen hat der. Haben wir alle. Als ob es kein Morgen gäbe."

„Drogen?"

„Nicht dass ich wüsste. Bier in rauen Mengen, ab und zu mal einen Schnaps. Das hat gereicht. Die meisten haben irgendwann den Absprung gekriegt. Sind seriös geworden. Familie mit Kindern, ordentlicher Beruf. Nur der Joachim wollte nie älter werden. Musste immer noch einen draufsetzen. Deshalb hat ihm das Moosbüffelheim so getaugt, weil da immer neue Wilde dahergekommen sind, mit denen er feiern konnte. Und immer neue, immer jüngere Frauen."

Das passte haargenau zu dem Bild, dass ich mir von dem Toten gemacht hatte.

„Herr Kaps, eine letzte Frage. Zum Abend des Fests im Moosbüffelheim. Ist Ihnen da zufällig eine von diesen Personen untergekommen?" Ich legte die Bilder der fünf Herren vom zweiten Mordabend auf den Tisch.

Krautkrämer, Lünkow und den Groben schob er sofort zur Seite. Nach einigem Zögern auch den Pferdeschwanz. Die Aufnahmen vom Schönling betrachtete er eine ganze Weile. „Mag sein, dass ich den schon gesehen habe. Aber nicht am Abend im Moosbüffelheim. Keinen von den fünfen. Doch das muss nicht viel heißen, da war ein dauerndes Kommen und Gehen. Viele bekannte und noch mehr unbekannte Gesichter.

Und ich bin ohnehin einer, der sich eine entspannte Ecke sucht und froh ist, wenn er seine Ruhe hat. Das dauernde Rumziehen durch die Wohnungen, wie das manche bei diesen Festen treiben, war nie mein Ding."

„Vielen Dank, dass Sie sich für mich Zeit genommen haben."

„Herzlich gern. Für Sie nehm ich mir immer Zeit."

Ich hoffte, dass ich nicht zu sehr errötete. „Ich bring Sie nach unten."

Armer Teufel

Weil es auf meinem Weg lag, stattete ich dem Nobelrestaurant *Chez Colette* einen Besuch ab. Der Geschäftsführer und die beiden Oberkellner hatten auch am Vorabend Dienst geschoben. Sie sahen sich in Ruhe meine Aufnahmen an. Natürlich, die fünf Herren waren gestern am Abend da. Nein, keinen davon hätten sie zuvor jemals gesehen. Ganz sicher. Der Tisch war auf den Namen *Schulz* reserviert gewesen.

Um halb zehn betrat ich erneut *Emil's Pilsparadies*. Die Szenerie war die gleiche wie am Abend zuvor. Die beiden weißhaarigen Oldtimer auf der einen Seite, daneben die Jugendlichen an den Spielautomaten, hinter dem Tresen der tätowierte Wirt. Als mich der erkannte, verfinsterte sich seine Miene. „Der Krautkrämer ist nicht da."

„Ich weiß. Der wird auch nicht mehr kommen."

„Oh, eine kleine Hellseherin."

„Eher eine kleine Mordermittlerin." Ich knallte meine Marke auf den Tresen. „Traxl, Kripo München. Ich ermittle im Mordfall Harald Krautkrämer."

Sein hämisches Grinsen gefror. „Und warum kommen Sie da zu mir?"

„Weil Sie vermutlich der Letzte sind, der ihn lebend gesehen hat."

Er schluckte. „Woher wollen Sie das wissen?"

„Gestern am Abend saß er bei Ihnen in der Ecke. Da war er bezecht, aber durchaus noch lebendig. Kurz nachdem ich hinauskomplimentiert wurde, hat einer dem armen Kerl die Kehle durchgeschnitten. Was ist passiert, nachdem ich weg war?"

„Keine Ahnung. Ich hab nicht aufgepasst."

Ich blickte ihn finster an. Legte das Foto des LKA-Schmied auf den Tresen. „Dieser Zeitgenosse war hier. Kennen Sie den Mann?"

Er warf einen kurzen Blick auf das Bild. „Gestern zum ersten Mal gesehen."

„Und?"

„Das müssten Sie am besten wissen, Sie sind mit ihm raus."

„Ist er danach nochmal zurückgekommen?"

„Kann mich nicht erinnern." Er wendete sich ab und tat, als gäbe es im Gläserregal unaufschiebbare Sortierungsarbeiten vorzunehmen.

Ich räusperte mich. „Hören Sie, ich hab volles Verständnis, dass Sie bei dem Trubel, der in Ihrer Kneipe herrscht, bei den hunderten von Gästen, die permanent rein- und rausströmen, schnell mal den Überblick verlieren. Daher würde ich voschlagen, wir probieren aus, ob Sie sich in der abgeschirmten Stille unseres Präsidiums besser konzentrieren können als hier."

Er drehte sich ganz langsam zu mir um. „Wie war die Frage?"

„Ist der Mensch von dem Foto gestern noch einmal zurückgekommen?"

Er schüttelte den Kopf. „Ist er nicht. Der Krautkrämer ist noch eine Weile gesessen. Dann hatte er kein Geld dabei und wollte die Zeche heute bezahlen."

„Wann ist er aufgebrochen?"

„11 Uhr rum, würd ich sagen."

Ich drehte mich zum Gastraum um. Die beiden weißhaarigen Männer hatten wortlos zugehört. Wie auch die Automatenzocker. „Stimmt das?"

Alle nickten. „Wie es der Emil gesagt hat", setzte der eine Zocker hinzu.

„Zehn nach elf, würd ich sagen", ließ sich ein Oldtimer heiser vernehmen.

Ich nickte und kletterte auf den Barhocker, auf dem der Tote am vorherigen Abend gesessen hatte. „Ein Weißbier. Bitte."

Diesmal schenkte er mir wirklich ein Weißbier ein, noch dazu ein Schneider. Geht doch. Ich nahm einen tiefen Zug.

„Der Krautkrämer war Stammgast bei Ihnen?"

„Hier gibt es nur Stammgäste. Der wohnt ... wohnte ja gleich um die Ecke. Schaute zwei-, dreimal die Woche herein."

„Auch mal in Begleitung? Hatte er Kontakt zu anderen Gästen?"

„Der? Nee. Immer allein. Blieb auch nie den ganzen Abend, jedes Mal um die zwei Stunden. In der Zeit hat er aber ein halbes Dutzend Pils verdrückt. Manchmal auch mehr. Immer mit Leichenbittermiene. Ich hab gedacht, wahrscheinlich hat er ein böses Weib zuhause."

„Armer Teufel", entfuhr es mir. „Nein, Frau hatte der keine. Wie es aussieht, auch sonst keine Menschenseele."

Ich trank mein Glas leer und sprach noch einmal zur ganzen Boazn. „Wenn ich mir Ihre Namen notieren dürfte. Nur für alle Fälle. Ich glaube nicht, dass wir Sie noch einmal behelligen müssen."

Bereitwillig nannten mir alle Namen und Adressen.

Der eine Oldtimer hatte noch was auf dem Herzen. „Wissen Sie, wann die Beerdigung ist? Wir würden gerne ... Sie wissen schon."

„Ich gebe Ihnen Bescheid."

Von der Reifenstuelstraße waren es nur ein paar Minuten zu Fuß zu meiner Wohnung. Die kühle Nachtluft tat mir gut. Ich dachte an die beiden Toten. Unterschiedlicher konnten zwei Menschen nicht sein. Der in lustiger Runde feiernde Achreuther, der in großem Stil Menschen ausnahm, die ihm in ihren Steuerfragen das Vertrauen geschenkt hatten. Und der verbitterte Krautkrämer, der sich einsam die Birne vollknallte. Was hatte den dazu getrieben, an den Betrügereien mitzumachen? Reich schien er damit nicht geworden zu sein. Wurde auch er mit Fotos aus dem *Munich Garden Hotel* erpresst?

Erst in meiner Wohnung wurde mir bewusst, wie hungrig ich war. Heute war nicht nur das Mittag-, sondern auch das Abendessen ausgefallen. In der Kammer stieß ich auf eine Dose Gulaschsuppe. Die machte ich mir warm und aß ein Butterbrot dazu. Und noch immer keine Schokolade im Haus.

Arschkarte gezogen

Bei der Morgenbesprechung waren auch die Kollegen Poll-moos und Pierstling wieder mit von der Partie. Ihnen war in der vergangenen Nacht in ihrem Promifall ein Durchbruch gelungen. Sie hatten zwei mutmaßliche Täter verhaftet, von denen einer ein umfassendes Geständnis abgelegt hatte.

Für unseren Fall gab im Moment unser notorischer Hawaiihemdträger die nächsten Schritte vor. „Das Bild von diesem Lüstach-Konzern nimmt immer genauere Konturen an. Wir kennen die meisten Konten – nicht nur bei der Süd-deutschen Kredit-und-Hypothekenbank, auch bei anderen Instituten. Mit einem Zugriff warten wir noch, damit wir niemand voreilig aufschrecken. Die Geschäftsadresse ist unter Garantie getürkt, da gibt es nicht viel mehr als einen windigen Briefkasten. Im Moment steht die Überprüfung der operativen Firmen an. Deren Geschäftsführer sind ver-mutlich Leute, die in der jeweiligen Branche beschlagen sind. Kaum denkbar, dass das alles Menschen mit kriminellem Hintergrund sein sollen. Vielleicht kommen wir über die an die Hinterleute."

„Klingt gut", lobte Dichau. „Das übernehmen Pollmoos und Pierstling. Ihr besucht die Herrschaften und macht ordent-lich Druck. Elkofer wertet weiter die Daten der Unternehmen aus. Schammach kümmert sich um das Umfeld von dem Kraut-krämer. Familie, Freunde, Bekannte, Kollegen. Seine Wohnung war recht ärmlich, keinerlei Unterlagen über seine Arbeit. Hatte der irgendwo Bankkonten oder Vermögenswerte? Gibt es ein Büro, womöglich ein Schließfach, in dem belastendes Material gebunkert ist? Handy, Notebook sind schon bei den Kollegen von der Technik."

Pollmoos meldete sich zu Wort. „Was ist eigentlich aus unseren ursprünglichen Verdächtigen geworden? Dem Bruder vom Achreuther? Der Lebensgefährtin? Dem Partner in der Steuerkanzlei? Sind die jetzt völlig außen vor?"

Dichau schüttelte den Kopf. „Dafür war bei dem Personalengpass in den letzten Tagen keine Zeit. Aber jetzt haken wir nach. Traxl übernimmt das. Was wird aus dieser Bauunternehmung in Cham? Gibt es ein Testament von dem Achreuther oder nicht? Was ist dran an den Vorwürfen des Bruders gegen den Tischlinger und die Koeberg?"

Toll! Hatte ich wieder die Arschkarte gezogen. Die anderen durften den heißen Spuren nachgehen und dafür die Lorbeeren ernten. Und ich musste die abgefieselten Sackgassen aufräumen. Ich warf meinem Chef einen forschenden Blick zu. Machte der Mann das mit Fleiß? Wollte der mich kaltstellen? Fast sah es so aus. War der immer noch sauer wegen meines unrühmlichen Abgangs letztens?

Ich beschloss, meine Energie erst einmal auf die wichtigen Dinge des Lebens zu lenken. Während alle anderen in ihre Büros eilten, führte mich mein Weg in die Maffeistaße zum Schokoladengeschäft *Elly Seidl*. Ich kaufte fünf exquisite Tafeln Kakaoerzeugnis und ein halbes Kilo gemischte Pralinen. Gleich ging es mir besser.

Da meine Chauffeurin Schammach im Moment anderweitig beschäftigt war, fuhr ich mit den Öffentlichen in die Agricolastraße zur Steuerkanzlei Tischlinger. In einer alten Sporttasche hatte ich die drei Personalordner dabei.

Die wohlriechende Dame an der Rezeption empfing mich wie eine alte Bekannte. Ich überreichte ihr die Ordner. Strahlend teilte sie mir mit, dass Herr Tischlinger zu sprechen sei.

„Das kann warten", sagte ich mit Verschwörermiene. „Zunächst würde ich Ihnen gern ein paar Fragen stellen."

„Mir? Aber ich weiß doch gar nichts."

„Oho, da stapeln Sie aber tief. Jede Wette, Ihnen bleibt nicht leicht was verborgen. Haben Sie einen dieser Herren schon einmal gesehen?" Mit diesen Worten breitete ich die Bilder des Schönlings, des Groben und des Pferdeschwanzes vor ihr aus.

Sie betrachtete die Parade eine Weile versonnen. Dann meinte sie zögernd: „Also, ich weiß nicht, ob ich Ihnen das sagen darf. Mir wird immer wieder eingeschärft, ich sei ebenso an das Steuergeheimnis gebunden wie unsere Steuerberater."

„Das weiß ich, Frau Hesselfurth. Und ich will Sie nicht in Schwierigkeiten bringen. Aber diese Herren sind doch wohl keine Mandanten. Die standen in freundschaftlicher Beziehung zu Herrn Achreuther. Oder irre ich mich?"

„Nein, nein, Sie haben völlig recht."

„Also kennen Sie die Herren?"

„Kennen ist zu viel gesagt. Den da habe ich öfters bei Herrn Achreuther gesehen." Sie zeigte auf das Bild des Schönlings. „Das ist Herr Schulz. Vorname weiß ich leider nicht. Ein paar Mal wurde er von den beiden anderen begleitet."

„Waren die Herren auch mit Herrn Tischlinger bekannt?"

„Mag sein, vom Sehen eher. Aber sie waren bestimmt nicht befreundet."

„Vielen Dank. Wenn Sie mich jetzt bitte bei Herrn Tischlinger melden könnten."

Der Mensch sah aus, als habe er seit drei Nächten nicht geschlafen. Das Gesicht schimmerte grau, die Wangen waren schlaff und faltig. Ich fiel sofort mit der Tür ins Haus. „Wir sind auf der Suche nach Herrn Schulz. Es wäre reizend, wenn Sie uns dabei unterstützen könnten."

„Schulz? Wer soll das sein?" Wenigstens machte er den Mund auf.

„Ein Geschäftsfreund Ihres verstorbenen Partners."

„Was der Achreuther außerhalb der Kanzlei noch an Geschäften betrieben hat, interessiert mich nicht."

„Auch nicht, wenn dabei Mandanten der Kanzlei geschädigt wurden?", fragte ich lauernd.

„Unsere Mandanten sind erwachsene Menschen. Die müssen selber zusehen, dass ihnen keiner die Butter vom Brot nimmt. War's das?"

„Herr Benedikt Achreuther erhebt Vorwürfe gegen Sie. Sie würden versuchen, ihn um sein Erbe zu bringen."

„Herr Benedikt Achreuther ist ein Schwachkopf. Wenn Sie das noch nicht gemerkt haben, haben Sie den falschen Beruf. Sonst noch was?"

„Ihre Beziehung zu Herrn Dr. Lünkow?"

„Wer ist Herr Dr. Lünkow?"

„Rechtsanwalt bei Hatchinson, Dubb & Miller. Sie haben mich wegen meiner Vorwürfe gegen diese Kanzlei bei meinem Chef verpetzt."

War das der Hauch eines Grinsens auf seinem fahlen Gesicht? „Deshalb muss ich doch nicht jeden Anwalt dort kennen. Diese großen Lawfirms haben viele hundert Mitarbeiter. War's das jetzt endlich?"

„Wer ist der Mann mit dem Pferdeschwanz und dem Spinnen-Tattoo am Hals."

„Müsste ich den kennen?"

„Herr Benedikt Achreuther sagt, er habe Sie mit dem Mann zusammen gesehen."

„Herr Benedikt Achreuther ist immer noch ein Schwachkopf. Wenn Sie mich jetzt entschuldigen, ich hab zu tun."

Als ich auf der Straße stand, fasste ich gedanklich zusammen. Tischlinger hatte entschieden mehr geredet als bei unserem letzten Treffen. Aber gebracht hatte mir das gar nichts. Von dem konnte sich jeder Aal noch eine Scheibe abschneiden.

Ein Auto, das ein paar Meter entfernt parkte, erregte meine Aufmerksamkeit. Ein weißer SUV, Marke BMW. So einen hatte ich doch unlängst gesehen. M-LL 1000, der Wagen des Lünkow. Der Pferdeschwanz hatte ihn gefahren, später Lünkow selbst mit dem Schönling. Jetzt war von einem möglichen Fahrer weit und breit nichts zu sehen.

Es hatte den Anschein, als wäre unser Freund Tischlinger noch nicht ganz aus dem Rennen. Für einen Moment überlegte ich, ob ich mich auf die Lauer legen sollte. Und was dann? Selbst wenn der Schönling oder der Pferdeschwanz um die Ecke kämen – ohne eigenen Wagen brauchte ich eine Observierung gar nicht erst zu versuchen. Und meine Zeit verplempern konnte ich sinnvoller.

Benedikt Achreuther war nach dem ersten Klingeln am Apparat. Er ließ mich gar nicht zu Wort kommen, sondern sprudelte sofort los: „Gut, dass Sie anrufen. Es hat sich viel getan. Bei der Baufirma gibt es einen neuen Geschäftsführer. Einen Albaner. Den soll mein Bruder kurz vor seinem Tod eingesetzt haben. Glaubt natürlich kein Mensch. Jede Wette, da steckt der Tischlinger dahinter.

Die Koeberg hat ein Testament von meinem Bruder aus dem Hut gezaubert. Plumpe Fälschung. Ich habe eine Graphologin eingeschaltet, die das entlarvt. Das kommt die Koeberg teuer zu stehen. Am besten schick ich Ihnen eine Kopie von dem Pamphlet.

Die Bewohner vom Moosbüffelheim haben jetzt einen Berater. Der sagt, die sollen eine Genossenschaft bilden und das Haus alle gemeinsam kaufen. Vor mir aus. Wenn der Preis stimmt, hab ich nichts dagegen. Besser so, als wenn ich mich für alle Zeit mit dieser Horde von Habenichtsen herumärgern muss.

Wegen der Beerdigung vom Joachim gibt es Ärger. Der muss natürlich in unser Familiengrab in Cham. Davon will die Koeberg aber nichts wissen. Die sagt, der Joachim wollte am Münchner Waldfriedhof zum Liegen kommen. Das hat die sogar in das gefälschte Testament reingeschrieben.

Und noch was. Stellen Sie sich vor! Bis jetzt haben sich drei Frauen mit kleinen Kindern gemeldet, die behaupten, Joachim sei der Erzeuger. Und ihre Schratzen wären gesetzliche Erben.

Zum Glück kann die Wissenschaft solche Lügen heute schnell widerlegen.

Eh ich's vergesse, irgendwo muss es noch Immobilienwerte und Unternehmensbeteiligungen von meinem Bruder geben. Der Tischlinger weiß da drüber mehr als er zugibt. Die glauben wohl, ich komm ihnen nicht auf die Schliche! Aber da haben sie sich geschnitten. Mich führt man nicht so leicht hinters Licht."

Er holte kurz Luft. „Und was gibt es bei Ihnen Neues? Haben Sie den Mörder endlich geschnappt? Wenn Sie mich fragen, ich tippe immer noch auf den Tischlinger. Warum rufen Sie mich eigentlich an?"

„Hat sich erledigt", stammelte ich und legte auf.

Eins musste man dem Kerl lassen, er ließ einen großzügig an seinem Gedankenleben teilhaben. Die Sache mit dem neuen albanischen Geschäftsführer war immerhin interessant. Konnte das dieser Ferjupi sein? Eine Aufgabe für den Kollegen Elkofer. Kurzentschlossen schickte ich ihm eine SMS mit der Bitte um Überprüfung, wer bei Achreuther-Bau jetzt das Sagen hatte.

Blieb noch die Koeberg. Wenn ich es recht bedachte, hatte ich mit der noch nicht das Vergnügen des direkten persönlichen Austauschs gehabt. Das ließ sich ändern. Sie war mittlerweile wieder in die Wohnung in der Flotowstraße zurückgezogen. Da ich eh in der Nähe war, probierte ich es auf gut Glück.

Sie war auf dem Sprung. Wollte zum Frisörtermin in die Stadt. Mit den Öffentlichen. Ich zeigte meine Marke und erinnerte daran, dass wir uns unlängst im Büro Tischlinger begegnet waren. Ob ich ihr nicht am Weg zur U-Bahn ein paar Fragen stellen könne. Warum nicht. Sie tat gnädig.

Plappernd trippelten wir die Fürstenrieder Straße entlang.

„Hab gehört, es ist ein Testament von dem Joachim Achreuther aufgetaucht", versuchte ich als Einstieg.

„Das war eine obermegageile Aktion", strahlte sie mich an. „Dabei hatte ich die Hoffnung schon aufgegeben. Aber die Freunde aus dem Haus haben sich um Joachims Vinylplatten geprügelt, bis nur noch eine übrig war, die keiner haben wollte. Schostakowitsch."

„Joachim stand auf Schostakowitsch?", fragte ich verblüfft.

„Das war mir auch neu", erklärte sie. „Natürlich kam mir die Sache komisch vor. Wie ich die Platte aus dem Cover ziehe, fallen ein paar geheftete Blätter heraus. Sein Testament. Exakt mit dem Inhalt, den er angekündigt hatte."

„Sie erben das Haus?"

„Bingo!"

Ich verlangsamte meinen Schritt. „Es heißt, die Mieter wollen zusammenlegen und das Haus kaufen?"

„Ich hab einen Anwalt gefragt. Man kann das Haus in Wohnungseigentum umwandeln und dann die Wohnungen einzeln verkaufen. Das bringt mehr, als wenn ich es im Stück losschlage. Und meine eigene Wohnung behalt ich natürlich."

„Natürlich." Ich blickte ihr nachdenklich ins Gesicht. Wie eine trauernde Witwe kam sie nicht gerade rüber.

„Es ist ja schön und gut, wenn man erbt", sinnierte ich laut, „das Dumme ist nur, dass dafür ein Mensch, der einem nahe steht, sterben muss."

Mit hochgezogenen Augenbrauen schaute sie zurück. „Na klar. So ist das halt. Keiner lebt ewig. Immer noch besser, es stirbt einer und man hat was davon, als es stirbt einer und man geht leer aus."

Die war mir ja ein Herzchen.

„In dem Testament ist wohl auch der Herr Tischlinger bedacht?"

„Aber hallo! Der Tischlinger bekommt die Anteile an der Kanzlei", verkündete sie gut gelaunt, „und den Rest von der Baufirma. Dafür krieg ich das Auto."

„Den Ferrari?"

„Bingo!" Schon wieder strahlte sie über das ganze Gesicht.

„Und der Benedikt?" Jetzt war ich neugierig.

„Da hat sich Joachim nicht lumpen lassen." Sie gluckste.

„Sein Bruder bekommt die Schostakowitsch-Platte und das Kaffeeservice von ihrer Großmutter."

Ich verkniff mir einen Kommentar.

Wir waren am Laimer Platz angekommen. Einen Blick auf die Fotos von den fünf Herren wollte ich sie schon noch werfen lassen. Sie brauchte nur wenige Sekunden. Nie gesehen. Keinen einzigen von denen. Ganz sicher. Der Krautkrämer erinnerte sie an ihren Religionslehrer in der Realschule. Aber er war es natürlich nicht.

Ich gab vor, ich müsse mir noch eine Streifenkarte besorgen. Sie eilte zur U-Bahn, die am Bahnsteig bereitstand.

Dem Paradies ganz nah

Mit der U-Bahn hatte ich es nicht gar so eilig. Wenn ich schon einmal in dieser Ecke Münchens war, gab es noch allerlei zu tun. Als Nächstes in die Gotthardstraße. Die Metzgerei Rießberg war nicht schwer zu finden. Soeben hatte es zwölf geläutet. Zeit für eine anständige Brotzeit.

Im Geschäft stand eine lange Schlange von Kundinnen an. Geduldig reihte ich mich ein. Fünf Frauen bedienten freundlich und routiniert. Außer mir wurde jede mit Namen angesprochen, Kinder erhielten das obligatorische Radl Gelbwurst. Als die Reihe an mir war, verlangte ich ein Fleischpflanzerl mit Kartoffelsalat. Damit stellte ich mich an eines der Stehtischchen in der Ecke. Paul Kaps hatte nicht zu viel versprochen. Das Zeug war schlicht genial. Nach einer Gabel vom selbstgemachten Kartoffelsalat begann ich zu schweben. Und nach einem Bissen vom Pflanzerl war ich dem Paradies ganz nah. Verfressen wie ich war, holte ich mir eine zweite Portion, gab zwei Euro Trinkgeld und fragte nach dem Chef.

„Kommt gleich!", lautete der Bescheid.

Ich kratzte gerade meinen Teller leer, da trat ein Berg von

einem Mann an meinem Tisch. Es dauerte einen Moment, bis ich den Glatzkopf mit Spitzbauch und Speckbacken mit dem langmähnigen Lulatsch von der alten Fotografie in Einklang brachte. „Es hat geheißen, Sie wollen mich sprechen?"

„Danke, ja." Ich zückte meinen Dienstausweis. „Traxl, Kripo München."

„Oha!" Er griff nach dem Kärtchen und studierte es aufmerksam. „Wegen dem Joachim? Ich hab's schon gehört ..."

„Genau wegen dem. Sie haben früher auch in dem Haus in der Flotowstraße gewohnt?"

„Ich nicht. Nur meine Frau."

„Dagmar, geborene Fabrowski?"

Er nickte. „Wir waren beide nicht auf dem Fest, bei dem ..." Er zögerte. „Bei dem sein letztes Stündchen geschlagen hat. Wir waren auf einer Innungsfeier."

„Es geht mir nicht um den Abend." Ich legte einen Ausdruck des Fotos mit den fehlenden Köpfen vor ihn hin. „Ich suche jemand, der mir die Personen auf diesem Bild benennen kann. Vorne, die zweite von links ist Ihre Frau. Hinten in der Mitte der Joachim. Aber wer sind die anderen?"

Er studierte die Aufnahme eine Weile. Dann kratzte er sich am Hinterkopf. „Lang her. Ein paar bring ich zur Not z'samm. Trotzdem sollten Sie lieber mit meiner Frau reden. Sie ist grad unterwegs, bringt unsere Jungs zum Fußballtraining."

„Dann lass ich das Foto da. Am besten wär, wenn sie jemand weiß, der das komplette Bild hat, mit allen Köpfen drauf. Hier, meine Karte."

„Ich sag's ihr." Er streckte mir seine gewaltige Pranke entgegen. Ich schüttelte sie, so gut es ging.

„Übrigens." Ich machte eine Kunstpause. „Ihre Fleischpflanzerl sind der helle Wahnsinn!"

Um zwei war ich wieder im Büro. Bentje war ausgeflogen, dafür schneite Dichau herein und fragte nach meinen Ergebnissen. Ich grinste ihn breit an. „Bei den Erben geht's gehörig zur Sache."

„Mehrere? Ich denk, der Bruder erbt alles."

„Denken ist Glückssache. Schon gleich in Fällen wie diesem. Da ist nicht nur ein Testament zugunsten von Koeberg und Tischlinger aufgetaucht, sondern zu allem Überfluss noch eine Schar kleiner Joachims."

Er stöhnte. „Uns bleibt auch nichts erspart."

„Noch was." Ich zögerte einen Moment, um seine Neugier zu erhöhen. „Vor der Kanzlei, die jetzt allein dem Tischlinger gehört, war heute das Auto von dem Lünkow geparkt. Außerdem behauptet der Benedikt, er habe den Tischlinger zusammen mit unserem Pferdeschwanz gesehen. Dabei will der Tischlinger uns weismachen, er habe von den Gschäfterln von seinem toten Partner keinen Dunst. Wer's glaubt wird selig!"

„Sieht ganz so aus, als will der Herr Steuerberater die Rolle des Verstorbenen bei der Lüstach übernehmen."

„Das kommt mir auch so vor. Gibt's bei den Kollegen was Neues?"

„Die Schammach hat das Büro von dem Krautkrämer aufgestöbert. Leider zu spät. Da ist uns jemand zuvorgekommen und hat die Schränke leergeräumt." Wir seufzten gemeinsam. „Eins steht fest: Das sind keine Anfänger."

Kaum war er weg, guckte ich meine E-Mails durch. Elkofer teilte mit knappen Worten mit, dass es bei der Geschäftsführung der Achreuther-Bau keine Veränderungen gegeben habe. Die Firmenleitung lag nach wie vor bei den zwei Herrn, die diesen Job seit über zehn Jahren machten. Beides gestandene Oberpfälzer. Von einem Albaner keine Spur.

Benedikt Achreuther hatte mir eine Kopie von dem jüngst aufgetauchten Testament geschickt. Ich druckte es aus, drei eng beschriebene Seiten. Der Joachim, oder wer immer das Pamphlet in seinem Namen verfasst hatte, hatte eine rechte Sauklaue. Trotzdem schienen, soweit ich erkennen konnte, alle Formalien erfüllt. Handschriftlich verfasst, vollständige Unterschrift drunter, korrekt mit Ort und Datum: 22. November, gerade mal zwölf Tage vor seinem Tod. Das hinterließ einen blöden Beigeschmack. Der Text entsprach dem, was mir die Koeberg beschrieben hatte. Ich legte die Blätter meiner Kollegin auf den Schreibtisch.

Gerade wollte ich mir einen Kaffee holen, da klingelte mein Handy. Es war die Metzgersgattin. Sie kam sogleich zur Sache. „Mein Mann hat mir das Foto gezeigt. Ich hab ein paar Namen und Nummern für Sie. Haben Sie was zum Schreiben?"

Ich bejahte.

„Vordere Reihe von links nach rechts: der Sigi Resch, ich, der Winni Baur, der Roli Buschle, zwei, die ich nicht kenn. Hintere Reihe, wieder von links: die Mandi Stiegler, die zwei ohne Kopf weiß ich nicht, dann natürlich der Joachim, der Armin Kostreiner und die Silvie Schaffbecker. Die heißt heute Busold. Das Foto muss von 2006 oder 2007 sein. Wanderausflug ins Zillertal. Der Armin ist bald danach nach Australien gegangen. Die Mandi ist vor ein paar Jahren gestorben. Ich glaub, beim Bergsteigen abgestürzt. Aktuelle Telefonnummern hab ich vom Sigi, vom Roli und von der Silvie. Die könnte auch noch zu anderen Kontakt haben."

Ich notierte mir die Nummern und dankte ganz sakrisch.

Dann wählte ich.

Bei dem Resch ging keiner hin.

Der Buschle unterbrach mich nach wenigen Worten. „Ein Foto. Von vor wie viel Jahren, mehr als fünfzehn? Woher soll ich wissen, ob ich das hab. Fünf Umzüge, zwei Scheidungen. Wenn Sie Lust haben, können Sie auf meinem Dachboden stöbern, da stehen noch ein Dutzend unausgepackte Umzugskisten. Ich wohn in Bielefeld."

Bei der letzten Nummer hatte ich mehr Glück. Die Frau war freundlich und versprach, in ihren Fotoalben zu forschen. „Ich erinner mich, damals hat es jede Menge von diesen Gruppenbildern gegeben. Hat fast alle der Sigi Resch gemacht, oft mit Selbstauslöser. Ich such die mal raus. Das von der Wanderung im Zillertal müsste dabei sein."

„Sie leben hoffentlich nicht auch in Bielefeld?"

„Keine Angst. Wir wohnen in Berg am Laim. Ich melde mich."

Neugierig geworden blätterte ich nochmal meinen ganzen Bilderstapel durch. Silvie Schaffbecker konnte ich auf nicht weniger als zehn Aufnahmen entdecken. Das war vielversprechend.

Plötzlich fasste ich mir an den Kopf. Was tat ich hier eigentlich? Während meine Kollegen handfesten Spuren und zwielichtigen Ganoven hinterherjagten, vertrödelte ich meine Zeit mit einem Foto, steigerte mich in die Suche hinein – aber zu welchem Zweck? Nichts wies auf eine tiefere Bedeutung hin, als dass ein, zwei alte Frauengeschichten vom Achreuther unglücklich ausgegangen waren, worauf der die entsprechenden Damen geköpft hatte. Ich war auch schon kurz davor gewesen, meinen Ex aus dem ein oder anderen Foto zu tilgen.

Unwillkürlich musste ich an meinen Sohn Korbi denken. Wenn der als Fünfjähriger seinen Willen nicht bekam, holte er zu wahnwitzigen Trotzreaktionen aus, bei denen er sich regelmäßig selber mehr Schaden zufügte als allen anderen. Sein Kinderzimmer verwüstete. Sein Gewand zerfetzte. Seine Spielsachen atomisierte. So ähnlich fühlte ich mich im Moment auch. Weder das dämliche Testament noch die Ausflüge von Achreuthers alter Clique würden uns einen Meter weiterbringen.

Bei den echten Ermittlungen wollte mich der Dichau nicht mitspielen lassen. Selber schuld. Dann durfte er sich auch nicht wundern, wenn ich so tat, als sei der Fall in den Händen der Kollegen bestens aufgehoben.

Ich räumte meinen Schreibtisch auf und machte mich auf den Weg nach Hause. In der U-Bahn überlegte ich kurz, ob es nicht hilfreich wäre, meine Fortschritte rund um das Foto mit dem fröhlichen Paul Kaps durchzusprechen. Aber dann fiel mir ein, dass er gesagt hatte, er habe diese Woche keine Zeit mehr.

Beruferaten

Obwohl es empfindlich kühl geworden war, schmiss ich mich daheim in die Laufklamotten, um meine übliche Runde an der Isar zu drehen. Ich war eine halbe Stunde unterwegs, als ich hinter mir Radler kommen hörte. Ich hielt mich am Rand des Weges, um ihnen Gelegenheit zu geben, zu überholen. Doch die Knallköpfe dachten gar nicht daran. Fuhren penetrant im gleichen Tempo hinter mir her.

Ein flüchtiger Blick über die Schulter. Zwei junge Burschen waren das, Trainingsanzüge aus Ballonseide, Stirnbänder um die fettigen Haare. Der eine führte an der Leine einen Hund, der neben ihm her trabte. Ein Weimaraner oder was anderes, das trotz Fell ganz nackert ausschaute.

Ich verlangsamte meinen Schritt, da wurden auch die Radfahrer langsamer. Ich lief schneller, gleich legten auch sie im Tempo zu. Das hatte mir gerade noch gefehlt, dass zwei so notgeile Sackgesichter ihre Spielchen mit mir trieben. Kurzerhand blieb ich stehen und bückte mich, als müsse ich mir das Schuhband neu binden. Mit hämischem Lachen fuhren sie an mir vorbei. Ich wartete, bis sie hinter der nächsten Biegung verschwunden waren, dann lief ich wieder los.

Keine hundert Meter weiter schwenkten sie von der Seite ein und waren von Neuem hinter mir.

„Was soll der Scheiß?", keuchte ich. „Fahrt endlich vorbei."

„Keine Lust", höhnte der eine. „Das ist ein freies Land. Da dürfen wir fahren, wie es uns gefällt."

Der Affenarsch sollte mich kennenlernen. Ich setzte zu einem Sprint an. Sie gaben gleichfalls Gas. Abrupt sprang ich zur Seite.

Und während sie mit dummen Gesichtern nach der Bremse suchten, gab ich dem neben mir einen leichten Stoß, der völlig ausreichte, dass er gegen seinen Kumpan knallte, worauf beide mitsamt den Rädern über die Böschung und nach unten Richtung Isar krachten. Der Hund riss sich los und hetzte mit fliegender Leine querfeldein.

Mit grimmigem Lächeln drehte ich um und rannte in der entgegengesetzten Richtung davon. Die Lust aufs Joggen war mir vergangen. Ich hoffte inständig, dass den Ballonseide-Idioten auch das ein oder andere vergangen war.

Nach dem Duschen schenkte ich mir daheim ein Schneider Weiß ein und legte eine Platte von Giora Feidman auf. Klezmer, die klassische jüdische Volksmusik. Der rasche Wechsel von todtraurigen und ausgelassen fröhlichen Motiven vertrieb Zorn und trübe Gedanken. Ich wurde locker und entspannt. Fünf Minuten später war ich eingenickt.

Das Klingeln meines Handys riss mich aus dem Schlummer. Verwirrt schaute ich auf die Uhr. Gerade mal kurz nach acht.

„Traxl", meldete ich mich unwirsch.

Bentjes Stimme klang ausgesprochen unternehmungslustig: „Wo bleibst du denn?"

„Wieso wo bleib ich denn?"

„Na, kommst du nicht zu unserem Treffen?"

„Wer trifft sich wo mit wem?" Keinen Dunst, wovon die redete.

„Im *Augustiner*. In der Fußgängerzone. Dichau ist da, Pollmoos und Pierstling, auch der Elkofer. Nur du nicht."

„Mir hat keine Sau was gesagt."

„Echt nicht?" Das kam ziemlich ungläubig daher.

„Echt nicht!", giftete ich und legte auf.

Wenn die mich nicht dabeihaben wollten, musste ich mich nicht aufdrängen. Selber schuld.

Auf einen Schlag verspürte ich ein Grummeln in der Magengegend. Vermutlich ein Mordshunger. Doch mir fehlte die Lust, schon wieder eine Konservendose aufzumachen. Erst recht hatte ich keinen Antrieb, jetzt noch einmal aus dem Haus zu gehen. Und am Ende war das gar kein Hunger. Wenn ich ehrlich war, war mir der Anruf der Kollegin gehörig auf den Magen geschlagen. Diese Vollpfosten. Was bildeten die sich ein. Täten feiern wollen ohne mich. War ich einem mehr als sonst auf die Zehen gestiegen? Womöglich gar dem sauberen Herrn Chef? Quatschiger Quatsch! Andersherum wurde ein Schuh draus. Der hatte doch mich rausgedrückt aus den eigentlichen Ermittlungen. Zeigten die sauberen Kollegen jetzt ihr wahres Gesicht? Hatten sie mich bisher nur geschont, weil mir der Frauenneuhartinger die Stange gehalten hatte?

Während ich noch sinnlos in meinem Wohnzimmer herumstand, hörte ich ein eigenartiges Scharren. Wo kam das her? Ich lauschte angestrengt. Das kam von der Wohnungstür. Ich konnte das Geräusch nicht einordnen. Sicherheitshalber griff ich mir die Knarre, bevor ich die Tür aufriss.

Draußen kniete meine Nachbarin, das alte Mädchen, auf meinem Fußabstreifer und mühte sich vergeblich, wieder auf die Beine zu kommen. Dabei hatte sie mit den Fingernägeln in meinem Türblatt Halt gesucht. Verschämt steckte ich die Waffe weg. Dann griff ich sie unter den Achseln und stellte sie auf ihre Füße. Die ganze schmächtige Person wog kaum mehr als ein Spatz. Bekleidet war sie mit einem bodenlangen Nachthemd mit Blümchenmuster und einer gestrickten Nachthaube.

Weil ich fürchtete, sie würde ohne meine Stütze wieder zu Boden gehen, führte ich sie in meine Küche und platzierte sie auf der Eckbank. Sie verzog den Mund zu einem zittrigen Lächeln. „Das ist mir jetzt arg, dass ich Sie hab bemühen müssen. Liebe Frau Traxl, vielen Dank für Ihre Hilfe."

„Was in aller Welt ist denn passiert", brüllte ich sie eingedenk ihrer Harthörigkeit an.

„Sie brauchen nicht so zu brüllen." Stolz deutete sie mit

beiden Zeigefingern auf ihre Ohren. „Ich hab jetzt Hörgeräte. Nigelnagelneu."

„Gratuliere!" Ich senkte die Stimme. „Aber warum in aller Welt krabbeln Sie vor meiner Tür herum?"

Sie verdrehte die Augen und schüttelte den Kopf. „Da war dieser Zettel. Den mir die Wackerbauer aus dem ersten Stock unter der Tür durchgeschoben hat. Weil der Postbote meinen bestellten Lockenstab bei ihr abgegeben hat. Den wollte ich abholen. Hab mir eigens einen Euro rausgesucht, als Trinkgeld für ihre Freundlichkeit. Wie ich aus der Wohnung geh, rutscht mir der Euro aus der Hand. Wie ich mich danach bück, fällt die Türe ins Schloss. Und der Schlüssel ist drin. Den Euro hab ich zwar wieder gefunden, aber das Aufstehen hab ich allein nicht mehr geschafft. Jetzt kennen Sie mein ganzes Elend."

Ich strich ihr tröstend über den Arm. „Das werden wir gleich haben. Sie bleiben hier sitzen. Und ich hol geschwind Ihren Lockenstab."

„Vergessen Sie den Euro nicht!" Sie reichte mir die Münze. Drei Minuten später hatte ich die frischgebackene Lockenstabbesitzerin mitsamt ihrer Beute in der passenden Nachbarwohnung abgeliefert und mit Wünschen zum guten Abend zurückgelassen.

Ich war gerade zurück in meiner Küche, da läutete es. „Was denn noch?", brummte ich und eilte wieder zur Tür.

Draußen stand Bentje Schammach und strahlte mich über beide Backen an. „Wenn die dich nicht dabeihaben wollen, dann haben sie auch meine Gesellschaft nicht verdient."

Wenn ich nicht von jeher eine knallharte Kämpfernatur gewesen wäre, hätte ich jetzt bestimmt vor lauter Rührung etwas Feuchtes in die Augen bekommen. Aber vermutlich bot ich auch so einen wenig geistreichen Gesichtsausdruck, denn die Kollegin fing an, schallend zu lachen. „Los, zieh dir was an. Wir gießen jetzt gemeinsam einen hinter die Binde."

Bevor ich richtig zu mir kam, standen wir auf der Straße.

„Wohin?", wollte Bentje wissen.

„Keine Ahnung", stammelte ich. „Doch, ich weiß was. Das *Siebzehnfünf.* Gleich um die Ecke."

Wieder wurde ich beim Eintreten vom Hund des Schankkellners begrüßt. Das Lokal war gut besetzt, aber bei Weitem nicht so voll wie bei meinem letzten Besuch. Wie aus dem Boden gewachsen stand die spindeldürre Bedienung mit den Mäuseschwänzen vor uns. „Zwei Plätze?"

Wir nickten.

Sie führte uns an einen Tisch in der Ecke, an dem gerade eine Runde von älteren Frauen aufgestanden war. „Ein Weißbier, ein Pils?", fragte die Schmächtige.

Verblüfft nickten wir erneut.

Gleich darauf standen die Getränke auf dem Tisch. Zum Essen bestellte Bentje einen Salat mit Quietschkäse, für mich mussten es sauer angemachte Knödel sein. Beide waren wir mit unserer Wahl sehr zufrieden.

Natürlich hätte es für die Kollegin und mich reichlich aktuellen Gesprächsstoff gegeben. Über die Arbeit. Über die Kollegen. Und über die miese Stimmung im Team. Doch wie schon bei unserer ersten Begegnung in Kneipen-Atmosphäre sparten wir diese Themen geflissentlich aus.

Bentje erzählte von ihrer Oma, bei der sie als Kind ein paar Jahre gelebt hatte. Die alte Dame betrieb immer noch im Alten Land in Niedersachsen Obstanbau. Ihre ganze Leidenschaft gehörte der Pflege von alten Apfelsorten. Die Namen dieser Sorten klangen für meine süddeutschen Ohren äußerst abenteuerlich. Vom Finkenwerder Herbstprinz hatte ich schon gehört. Aber da gab es noch eine Agathe von Klanxbüll, den Altländer Pfannenkuchenapfel, die Berliner Schafsnase und Weigelts Zinszahler. Und Bentje erzählte von Friesland. Und das mit einer Begeisterung, die selbst einer eingefleischten Südländerin wie mir deutlichen Appetit auf das Land an der Nordsee machte. Zur Illustration des dortigen Menschenschlags nannte sie deren jahrhundertealten Wahlspruch: *Lever duad as Slav.*

„Lieber tot als Sklave?", vergewisserte ich mich. „Das passt in diese Kneipe wie angegossen."

„Wie das denn?"

„Der Name des Lokals. Weißt du, worauf sich die Zahl bezieht?"

„Hausnummer? Postleitzahl? Geburtstag des Besitzers?"

„Guter Versuch, aber dreimal daneben. Im Jahr 1705 gab es einen Aufstand, Bevölkerung des baierischen Oberlands gegen kaiserlich-österreichische Besatzung. Die hatten damals den Spruch: *Lieber bairisch sterben als kaiserlich verderben.* Dieses Schicksal hat sie dann auch ereilt. Am Weihnachtstag 1705 wurden in der Sendlinger Bauernschlacht tausende schlecht bewaffnete Bauern von den Österreichern niedergemetzelt. Gleich hier um die Ecke, keine hundert Meter entfernt."

Um ein Haar hätte ich zu weiteren Geschichten ausgeholt, die ich von meiner Großmama gehört hatte. Zum Glück wurde ich unterbrochen. Die Bedienung setzte zwei Typen an unseren Tisch dazu, der eine klein und verhuscht, der andere ein Bär von einem Mann. Der Zwerg quatschte uns sofort an. „Ich kann nämlich Sternzeichen erraten." Er legte mir die Hand auf die Schulter, schaute mir für einen Moment eindringlich in die Augen. „Kein Zweifel, Waage."

„Wow!", staunte ich.

Jetzt wiederholte er bei Bentje seine Prozedur. „Bei dir ist es verteufelt schwer. Vermutlich wegen deinem Aszendenten. Ich schätze Skorpion."

Die Kollegin wechselte einen raschen Blick mit mir. „Wie machst du das?", fragte sie mit gespielter Begeisterung.

„Es ist eine Gabe", warf sich der Typ in die Brust. „Ich empfange Signale von den Seelen meiner Probanden."

Der Hüne blickte uns zweifelnd ins Gesicht. „Wenn ihr weiter so lügt, hört der Leo gar nicht mehr auf mit seinem Schmarrn."

„Was soll das, Gustl?", beschwerte sich Leo und boxte seinen Kumpel in die Seite. „Du kannst mir doch nicht so in den Rücken fallen." Dann wandte er sich zu uns. „Also, was?"

„Zwilling", sagte Bentje kleinlaut.

„Steinbock", grinste ich.

Der Kleinwüchsige nahm seinen Misserfolg sportlich. „Dann rat ich jetzt, was ihr beruflich macht. Dafür hab ich ein Händchen. Da lieg ich nie daneben."

„Wenn ihr erlaubt, rate ich auch", sagte der Riese fast schüchtern.

Wir zuckten mit den Schultern und tranken von unserem Bier.

Leo musterte uns aufmerksam von Kopf bis Fuß. Erst deutete er auf Bentje. „Du hast so etwas Fröhliches, Positives. Du bist Kinderärztin. Und du!" Damit nahm er mich ins Visier. „Du wirkst eher verkniffen. Finanzbeamtin."

„Noch nix verraten!" Jetzt kam Gustl dran. „Wie heißt du? Bentje. Du bist Managerin bei einer Eventagentur. Und dein Name? Pia. Du bist Gymnasiallehrerin für Sport und Geschichte."

„Das war aber jetzt ganz verteufelt knapp", lobte meine Kollegin. „Wir arbeiten beide im Nagelstudio Hella in der Lindwurmstraße. Wenn ihr mal eine gepflegte Maniküre braucht, kriegt ihr Freundschaftsrabatt."

Ich hatte den Eindruck, Bentje wäre gerne noch geblieben. Aber mich drängte es nach Hause.

Zugegeben, der Abend war noch recht nett geworden. Aber die Bauchschmerzen, die ich wegen der schlechten Stimmung im Team empfand, waren nicht verschwunden. Also bezahlten wir unsere Zeche, verabschiedeten uns von den beiden eifrigen Ratefüchsen und suchten das Weite.

Drei Braten in der Röhre

Aus den Zeitungen war der Mord am Krautkrämer schnell wieder herausgefallen. Irgendwie war es gelungen, dass die Verbindung zum Ableben des Achreuther bisher nicht zur Presse durchgesickert war. Gut so.

Weil unsere Vorzimmerfee wegen eines Handwerkerbesuchs den Vormittag frei genommen hatte, fiel das Kaffeekochen für die Morgenrunde aus. Kein Wunder, dass alle mit mürrischen Gesichtern um den Besprechungstisch saßen. Außer den Mitgliedern des Kommissariats hatte sich, wie neuerdings üblich, Karl Elkofer eingefunden.

Die anderen redeten viel, aber ich hörte dabei nichts, was uns weitergebracht hätte. Pollmoos und Pierstling hatten ein halbes Dutzend Geschädigte getroffen, doch keiner konnte oder wollte etwas Brauchbares für unsere Untersuchung beisteuern. Manche hatten sich trotzig in Schweigen gehüllt. Zwei hatten wenigstens den Krautkrämer und den Lünkow auf den Bildern identifiziert. Wie es schien, waren weder der Schulz noch der Schmied oder der Pferdeschwanz ihnen gegenüber in Erscheinung getreten. Der Name Ferjupi war jedem geläufig, ohne dass ihn auch nur einer persönlich getroffen hätte.

Elkofer war bei der angeblichen Firmenadresse der Lüstach gewesen. Altbau in Milbertshofen. Nicht gerade eine Adresse, an der man eine noble Konzernfiliale vermuten würde. Auf sein Klingeln machte keiner auf. Ein Antrag auf Durchsuchung der Büroräume lag beim zuständigen Richter. Aber große Hoffnungen machte unser Kollege sich nicht, dass dort mehr zu finden war als ein paar leere Aktenschränke.

Zusammen mit seinem Dezernatskollegen Hintsberg hatte Elkofer sogar einen Besuch bei der Geschäftsführung der

Monack-Realbau unternommen. „Zwei Jungdynamiker, beides aalglatte Schweinehunde", stöhnte er. „Behaupten allen Ernstes, sie hätten die Anteile an der Weissmoor GmbH legal zum Marktpreis erworben, von Altlasten sei ihnen nichts bekannt. Ihres Wissens gab es für den Verkauf der Weissmoor GmbH nur einen einzigen Grund, und zwar weil der Weissmoor erkannt hatte, dass das ganze Projekt eine Nummer zu groß für ihn war. Mit internen Details über die Lüstach-Holding konnten sie nicht dienen. Das seien seriöse Finanzinvestoren … die hätten eine reine Anlagebeteiligung ohne Einfluss auf das operative Geschäft … Bliblablupp."

Bentje hatte bei ihren Ermittlungen im Krautkrämer-Umfeld gleichfalls wenig Glück gehabt. Aufgewachsen war er in Friedberg, hatte in Augsburg Ingenieurwesen studiert. Beide Eltern waren vor Langem gestorben. Keine Verwandten, keine Freunde. Die Nachbarn in der Dreimühlenstraße kannten ihn nur vom flüchtigen Sehen im Treppenhaus. Weder der Vermieter seiner Wohnung noch die Hausverwaltung seines Büroraums konnten sich an den Mann erinnern. Seine Miete war stets pünktlich überwiesen worden. Auf seinem Konto bei der Stadtsparkasse hatten nur wenige Bewegungen stattgefunden. Er hatte immer gerade so viel eingezahlt, dass es für Miete, Strom und Telefon reichte. Keine sonstigen Abbuchungen, weder für Vereinsbeiträge noch für Unterhalt oder anderes.

Zudem hatte die Kollegin Schammach noch daran gedacht, mit unseren Verdächtigen-Fotos im *Munich Garden Superior* nachzufragen. Alle fünf Herren waren dort vom Sehen bekannt, ohne dass einer der Angestellten sich an ihre Namen erinnerte oder gar wusste, wo sie zu erreichen wären.

Ich berichtete mit wenigen Worten von dem Testament und den angeblichen Kindern des Achreuther.

Dichau machte keinen Hehl daraus, dass er von den Ergebnissen unserer Arbeit enttäuscht war. „Leute, das kann nicht sein, dass da diese Altlastenärsche ein gigantisches Ding drehen, dass wir so viele Details wissen und trotzdem keinen Schritt weiterkommen."

Elkofer fühlte sich angesprochen. „Mit mehr Manpower und rascheren Gerichtsbeschlüssen könnten wir sicher was ausrichten. Akten konfiszieren, Konten einfrieren, Telefone überwachen. Aber ihr seid hier die Mordkommission. Euer Hauptziel ist es nicht, die Schweinereien in diesen Firmen aufzudecken, sondern den Mörder vom Achreuther zu fangen. Und es besteht immer die Gefahr, dass wir schlafende Hunde wecken, wenn wir zu tief im Lüstach-Dreck wühlen."

Was konnte unser Chef dagegen schon sagen. „Ich weiß, wir bräuchten mehr Leute. Eine Soko mit zwanzig Hanseln wäre das Mindeste. Hab ich auch längst angefordert, aber der Hirschbichl legt sich quer. Drum müssen wir uns selber reinhängen, bis es wehtut. Wir dürfen keinen unserer Hauptverdächtigen alarmieren, bevor wir die ganze Bande am Wickel haben." Er klopfte auf den kleinen Stapel mit den Fotos unserer fünf *Chez Colette*-Herren, von denen einer schon nicht mehr unter uns weilte. „Beweise braucht's, und zwar zweifelsfreie. Im Moment scheint die einzige Möglichkeit weiterzukommen, den Lünkow und die bekannten Adressen rund um die Uhr zu überwachen. Aber da muss noch mehr gehen. Lasst euch was einfallen. Seid verdammt noch mal ein wenig kreativ. Wenn ihr nicht bis heute Abend einen ordentlichen Zahn zulegt, brauchen wir uns erst gar nicht wieder zusammensetzen. Jeder arbeitet an dem weiter, wo er stecken geblieben ist. Aber mit mehr Dampf, wenn ich bitten darf. Wir treffen uns um sechs."

Bentje zog ein missmutiges Gesicht, als wir uns an unseren Schreibtischen gegenübersaßen.

„Das wird schon", versuchte ich zu trösten. „Wir fangen gerade erst an. Die Schweinehunde haben jahrelang Zeit gehabt und viel Aufwand betrieben, um ihre Spuren im Verborgenen zu halten. Das geht nicht von heute auf morgen, dass man denen in die Karten schaut."

„Ich weiß noch nicht einmal", begann sie mit Grabesmiene, „ob ich mir wünschen soll, dass wir einen finden, der uns weiterhelfen kann. Wie wir das letzte Mal so einen hatten, musste der ins Gras beißen. Und davor? Das war doch kein Leben, was die arme Sau geführt hat."

Was sollte ich da drauf erwidern. Zum Glück wurde ich einer Antwort enthoben, weil mein Handy klingelte. Am Apparat war Silvie Schaffbecker, verheiratete Busold. Sie habe das Foto von der Wanderung im Zillertal gefunden. Das war im Oktober 2007. Sie würde es einscannen und mir zumailen.

Ich nannte ihr die Mail-Adresse. Ob sie mir auch etwas zu den beiden Frauen in der hinteren Reihe links sagen könne? Leider nein. Ich schluckte die Enttäuschung runter. Dann musste ich eben nochmals die Metzgersgattin behelligen oder meine Allzweckwaffe Paul Kaps. Wenn ich ehrlich war, kam es mir gar nicht so ungelegen, dass ich wieder einen Grund hatte, den vielbeschäftigten Transportunternehmer anzusprechen.

Meine Kollegin blickte mich fragend an. „Was Neues?"

„Nicht wirklich", meinte ich ausweichend, „mehr eine brotlose Spinnerei. Wie geht es bei dir weiter?"

„Wenn ich das wüsste", seufzte sie. „Jeder arbeitet an seiner Aufgabe weiter, hat der Dichau gesagt, aber mit Dampf! Der redet sich leicht. Was soll ich denn machen? Der Krautkrämer ist ausgelutscht. Da war nichts, da ist nichts und mehr kann ich nicht draus machen." Sie grübelte. „Meinst du, es bringt was, wenn wir uns diesen Lünkow doch einzeln vorknöpfen? Oder lieber diesen Kuffwitz beim Umweltamt in Hof?"

Verlockende Vorstellung. Aber wir hatten klar vereinbart zu warten, bis wir genug Material zusammen hätten, um gegen alle Verdächtigen gleichzeitig loszuschlagen.

„Dann lass mich bei dem Testament und den außerehelichen Kinners helfen."

Ich zuckte die Schultern. „Mach dir keine Hoffnungen. Das ist fad und bringt nichts."

„Vielleicht brauchst du nur eine neue Sichtweise auf die Sache. Meine zum Beispiel." Unternehmungslustig stellte sie sich neben ihr geliebtes Whiteboard. „Was ist mit diesen Kindern? Haben wir Namen und Anschriften von den Müttern? Wir könnten die Freunde vom Joachim befragen, ob sie die Frauen kennen. Ob deren Behauptungen plausibel sind."

„Am besten fangen wir bei der Koeberg an. Die hat ein ureigenes Interesse daran, der Sache auf den Grund zu gehen. Eine Brut von leiblichen Kindern hätte Anspruch auf den gesetzlichen Pflichtteil vom Erbe." Schon hatte ich zum Handy gegriffen und wählte die Nummer der fröhlichen Witwe.

Punkt 11 Uhr betraten Bentje und ich das *Café Schwertschlager* in der Fürstenrieder Straße. Grausame Einrichtung mit wenig Geschmack und viel Plastik. Hildegard Koeberg erwartete uns an einem Tischchen im hintersten Eck. Wir bestellten am Tresen je ein Haferl Cappuccino und eine Käsesahne.

Die Gabeln steckten noch nicht im Kuchen, da kam die junge Frau sogleich zur Sache. „Das ist eine vollendete Schweinerei mit diesen falschen Erben", zeterte sie. „Aasgeier sind das. Gemeine Leichenfledderer von der übelsten Sorte. Aber damit kommen die nicht durch."

Bentje hatte ihren Notizblock gezückt und gab sich sachlich. „Sie kennen die Damen? Können Sie uns Namen und Anschriften geben?"

„Das sind keine Damen!", japste die Koeberg schnippisch. „Natürlich kenn ich die, haben alle im Moosbüffelheim gewohnt. Noch vor meiner Zeit. Dicke Freundinnen, alle drei. Hier, ich hab sie Ihnen notiert."

Meine Kollegin nahm den Zettel mit den Adressen in Empfang. „Also, die Kinder gibt es wohl tatsächlich?", fragte sie. „Wie alt?"

„Klar gibt's die. Alle drei um die sechs Jahre alt. Ich geb zu, von der Zeit her würde das passen. Damals hatten die Mütter zum Joachim … Kontakt. Aber es stimmt nicht, dass der Joachim der Vater ist!"

„Was macht Sie so sicher?"

„Wenn die Kinder so dermaßen gleich alt sind, hätte der Joachim mit allen drei Müttern gleichzeitig eine Affäre haben müssen. Gut, geschenkt, der Joachim war kein Kostverächter. Und monogam war der noch nie, das weiß niemand so gut wie ich. Aber erstens sind die drei Weibsen gar nicht sein Typ. Zweitens macht es keinen Sinn, dass die so dick miteinander tun, wenn der Joachim eine mit der anderen betrogen hätte. Drittens frag ich mich, warum die keinen Ton von ihren Bälgern gesagt haben, solange der Joachim noch gelebt hat. Und überhaupt." Sie griff geziert nach ihrer Kaffeetasse und nahm einen winzigen Schluck. „Der Joachim konnte gar keine Kinder kriegen."

„Wie bitte?" Um ein Haar kippte mir die Käsesahne aus dem Mund.

Sie verzog das Gesicht zu einer hässlichen Fratze. „Der Mann war zeugungsunfähig. Das ist amtlich. Vielleicht einer der Gründe, warum er es ungeniert so wild getrieben hat. Er musste ja mit keinen unliebsamen Folgen rechnen. Was weiß denn ich, von wem sich die drei Schreckschrauben einen Braten in die Röhre haben schieben lassen. Vom Joachim jedenfalls nicht. Aber der ist mit seinem Defekt natürlich nicht hausieren gegangen. Ich glaube, außer mir hat das keiner gewusst."

„Keiner? Aber Sie meinten doch, das wäre amtlich?", hakte Bentje nach.

„Es gibt da ein medizinisches Gutachten. Von irgendsoeinem Professor. Muss zuhause noch rumliegen. Da schick ich Ihnen eine Kopie."

Da wir gerade erst Süßes gehabt hatten, begnügten wir uns zum Mittagessen mit einer Currywurst.

„Wenigstens können wir dem Dichau ein kleines Ergebnis

melden", grinste ich mit vollen Backen. „Was uns natürlich in unseren Mordfällen keinen Schritt weiterbringt."

Bentje nickte nachdenklich. „Darf ich dich mal was fragen? Täusch ich mich oder ist diese ganze Erben- und Testamentskiste nur eine Beschäftigungstherapie vom Dichau für dich?" Sie blickte mich von unten argwöhnisch an.

Ich zog die Stirn in Falten. „Kann schon sein."

„Warum macht der das, der Chef. Wir sind es schließlich gewesen, die diese ganze Schweinerei mit der Lüstach und ihren schmutzigen Machenschaften aufgedeckt haben. Und jetzt dürfen die Kollegen unsere Spuren verfolgen und wir räumen den überflüssigen Kleinkram auf?"

„Womöglich meint er, dass man den harten Jungs besser mit gestandenen Mannsbildern beikommt. Wir beide sind neu als Team und müssen uns erst beweisen."

„Als ob wir das in der letzten Woche nicht schon hinreichend getan hätten." Sie war ernsthaft angefressen, fuchtelte sogar erregt mit den Fäusten durch die Luft. „Das Mannsbild will ich sehen, das dir oder mir das Wasser reichen kann. Also Pollmoos und Pierstling auf jeden Fall mal nicht."

Ihre Empörung rührte mich. „Wahrscheinlich ist es was anderes. Ich hab dem Herrn Chef einfach das Kraut ausgeschüttet."

Sie schaute mich fassungslos an. „Du hast ihm …? Beim Mittagessen? Auf die Hose, oder was? So eine Lappalie! Und das lässt er dich im Dienst büßen? Geht's noch?" Sie war in heller Aufregung.

Ob ich wollte oder nicht, ich musste lauthals lachen. „Nein, nein. Das ist nur eine Redewendung. Jemandem das Kraut ausschütten, das bedeutet, ihm auf die Zehen treten. Ihn verärgern." Weil sie noch immer eine Schnute zog, setzte ich tröstend hinzu: „Lass gut sein, Mädel. Die kommen früh genug angekrochen und jammern, dass sie unsere Hilfe brauchen. Und dann ist es gut, wenn wir erholt und ausgeruht sind. Wir könnten uns heute Nachmittag dem Testament widmen. Der Benedikt Achreuther hat ein graphologisches Gutachten in Auftrag gegeben. Mal sehen, ob er schon ein Ergebnis hat."

Ich stellte meine Pappschale mit den kläglichen Resten von Curry-Soße weg und wählte die Nummer vom jüngeren Achreuther. Nach meinen bisherigen Erfahrungen mit dem verhinderten Erben machte ich mich auf einen ausufernden Wortschwall gefasst, doch dieses Mal gab er sich sehr einsilbig.

„Das Gutachten? Ja, hab ich."

„Und?"

„Nur warme Luft", grunzte er missmutig in die Leitung.

„Was heißt das konkret?"

„Kann der Joachim geschrieben haben. Oder auch nicht."

„Und jetzt?"

„Geh ich zum Anwalt. Und hol mir ein zweites Gutachten." Ohne Gruß legte er auf.

Toll! Aber im Grunde vollkommen egal.

„Nix Gwieß woaß ma ned!", erklärte ich meiner Kollegin.

„Hä?"

„Es gibt keine gerichtlich belastbaren Erkenntnisse", übersetzte ich. „Alter Spruch vom Finessensepperl, einem bekannten Münchner Original und Liebesbriefpostboten. Da fällt mir ein, ich hab noch gar nicht gefragt, wie du dich in deiner neuen Bude eingelebt hast?"

„Die Wohnung ist große Klasse. Aber du kennst sie ja. Sowie ich die Möbel und den restlichen Plünnkram drin hab, steigt ein Einweihungsfest. Vorhänge muss ich noch besorgen. Das Ledersofa liefern sie erst in vier Wochen. Zum Glück hab ich eine aufblasbare Matratze."

„Was die Kneipen im Umkreis angeht, kann ich dich fachkundig beraten. Hab ich mit dem FNH alle durchprobiert."

Ex-Freund der Nichte der Freundin der Gattin

Im Büro fanden wir unseren Hawaiihemdenträger, wie er in einem Berg von Papier wühlte. „Jahres- und Geschäftsberichte der Lüstach-Firmen. Liest sich wie die Märchensammlung der Gebrüder Grimm. Alleine dafür gebührten denen ein paar Jahre Knast."

„Immer noch keine Hinweise, wo die Kameraden zu finden sind?"

„Das nicht. Aber sonst sind die Dinge in Bewegung gekommen. Der Pollmoos hat jetzt vier Geschädigte beisammen, die die Übertragungen ihrer Firmen an den Lüstach-Konzern gerichtlich anfechten wollen. Und dann dieser Weissmoor. Der hat sich tatsächlich einen neuen Anwalt genommen. Nöck & Rodberg, unsere Empfehlung. Egal, ob wir dem Stanczek und dem Lünkow die zwei Morde nachweisen können oder nicht – an ihrem zusammengerafften Konzern werden sie nicht mehr lange Freude haben."

Englmeng streckte den Kopf zur Tür herein. „Der Dichau hat die Besprechung auf fünf Uhr vorgezogen. Die PePes wissen Bescheid."

Bis dahin waren es noch fast drei Stunden.

Bentje war wieder einmal in die Betrachtung ihrer Wandtafel versunken, die immer beachtlichere Formen annahm. Dutzende Namen von Firmen und Personen, dazu Pfeile und Kreise, Kreuze und Kommentare, garniert mit einer Vielzahl von Fotos. Ich verkniff mir meine spöttischen Bemerkungen. Vielleicht brachte sie die optische Darstellung des Beziehungsgeflechts tatsächlich auf neue Ideen.

Ein zaghaftes Klopfen an der Bürotür riss mich aus meinen Gedanken. „Herein!"

Nichts tat sich.

Also stand ich auf und guckte nach, wer da war.

Der Mensch war lilafarben. Lila Anzug, lila Hemd, lila Ein-
stecktuch, lila Krawatte, sogar die Schuhe lila. Jede Wette, dass
auch die Unterhose lila war, oder zumindest mauve. Blasses,
glattrasiertes Gesicht, kragenlanges Haar, ausgesprochen statt-
liche Figur. Mühsam verbiss ich mir eine schmutzige Bemerkung und fragte, ob ich ihm helfen könne.

„In Ihre Hilfe setze ich alle meine Hoffnung." Die dünne
Stimme passte so gar nicht zu dem großen, dicken Mann.

„Zu wem wollen Sie denn?"

„Bitte sehr, gibt es hier eine Frau Traxler? Der Herr Hauptkommissar Pollmoos schickt mich."

„Traxl! Mein Name ist Traxl. Was kann ich für Sie tun?"

„Ich will eine Zeugenaussage machen. Im Fall Achreuther.
Der Herr Hauptkommissar Pollmoos ließ mich wissen, dafür
wären Sie die zuständige Sachbearbeiterin."

Auf den Schlag begannen in meinem Schädel alle Alarm-
glocken zu lärmen. Wenn der Pollmoos einen Zeugen freiwillig
weiterreichte, dann war mit dem Zeugen etwas faul. Und zwar
ganz gehörig oberfaul. Um nicht auch noch den Elkofer und die
Schammach reinzureiten, zog ich die Bürotür von außen zu und
bat die seltsame Gestalt, mir in ein freies Vernehmungszimmer
zu folgen.

Dort forderte ich ihn auf, mir zu sagen, was ihn hergeführt
hätte. „Mein Name ist Melchior Melchmayr. Ich kenne den
Joachim Achreuther seit der Schulzeit."

Wie der Verstorbene stammte auch der Zeuge aus Cham.
Er war der Dritte im Bunde, der zusammen mit Achreuther
und Tischlinger in die allererste Studentenwohnung in der
Flotowstraße eingezogen war. Hatte anders als seine WG-
Freunde die Steuerlaufbahn abgebrochen und sich stattdessen
auf ein Kunst- und Graphikdesign-Studium gestürzt. War heute
für mehrere internationale Großverlage in freier Mitarbeit als
Graphiker und Illustrator tätig. Dazu schob er mir eine Visitenkarte über den Tisch, die gestaltet war wie ein Hundert-

dollarschein im Kleinformat. Er wies auf die aufgedruckte New Yorker Adresse und meinte entschuldigend, er sei vor zwei Tagen nach Deutschland gekommen und habe erst jetzt von dem schrecklichen Tod des Jugendfreundes erfahren.

„Zur Sache!", forderte ich ihn auf.

„Aber natürlich. Deshalb bin ich da. Also, die Sache ist die …" Und dann legte er los mit einer Räuberpistole, die so abenteuerlich war, dass ich vor lauter Bestürzung vergaß, mir Notizen zu machen. Der Zeuge war mit einer jungen Frau verlobt gewesen, als er zum Studieren nach München und da in die Laimer WG zog. Das Mädel besuchte ihn regelmäßig und fing hinter dem Rücken des Melchmayr eine Liaison mit dem Joachim Achreuther an. Das Studium war erfolgreich beendet und die Hochzeitseinladungen gerade verschickt, als der gehörnte Bräutigam endlich Wind von der Untreue seiner Angebeteten bekam. Es folgte eine Trennung mit allerlei Scherben und Tränen. Aber auch Joachim hatte das Interesse an der Frau bald verloren. Nicht so der dritte Mitbewohner Tischlinger, der als frischgebackener Teilhaber in Achreuthers Steuerkanzlei seiner neuen Flamme eine Stelle als Sekretärin verschaffte. Doch das Verhältnis mit dem Tischlinger währte nicht lange. Ein Mandant der Kanzlei, ein stinkreicher Autohändler, versprach der jungen Frau eine goldene Zukunft und fing schon mal mit einem goldenen Ehering an.

An dieser Stelle der Erzählung fragte ich besorgt, ob ich wohl noch mit etwas Handfestem rechnen könne, das einen Bezug zu unserem Mordfall habe.

„Nur Geduld!", versprach mein Besucher. „Sie werden staunen."

Der Autohändler legte nicht allzu lange nach der Vermählung eine bildsaubere Insolvenz hin. Um seine privaten Vermögenswerte dem Zugriff seiner Gläubiger zu entziehen, übertrug er die wertvollsten Teile auf Menschen, die er für hinreichend vertrauenswürdig hielt. Im Zuge dessen wurde auch Joachim

Achreuther stolzer Besitzer einer prächtigen Segeljacht, die er als Treuhänder für den Mann seiner Ex-Freundin hielt. Keine sechs Monate später starb der Autohändler standesgemäß bei einem Autounfall. Er war mit einem Maserati nachts mit 350 Sachen in eine unzureichend beleuchtete Baustelle gerauscht. Ein Fest für all diejenigen, die die treuhalber übertragenen Vermögenswerte des Verblichenen nun als die Ihren ansahen. Dazu gehörte nicht nur Jachtbesitzer Achreuther, sondern auch eine Tante der trauernden Witwe, die auf diese Weise eine umfangreiche Sammlung an Goldmünzen und Goldbarren erlangt hatte. Sie machte das Gold flüssig und erstand von dem Erlös einen Frisörsalon in bester Lage in der Münchner Innenstadt.

Mein erneuter Hinweis, dass ich mich freuen würde, wenn die Geschichte zügig auf unseren akuten Fall zuliefe, wurde mit höflichem Lächeln quittiert.

„Sogleich. Sie werden Augen machen."

Es war ein paar Jahre nach der Eröffnung des Salons. Die Frau eines Stadtrats, zugleich Busenfreundin der Salon-Chefin, wollte sich für den anstehenden Oktoberfest-Anstich aufbrezeln lassen und begab sich zu diesem Zweck zum professionellen Frisieren. Aus Gründen, die nie aufgeklärt wurden, rastete eine bis dahin untadelige Angestellte des Salons aus und schor der prominenten Kundin einen Kahlkopf. Der Mann des bedauerlichen Opfers machte – nicht unmittelbar und aufgrund der Glatze, sondern deutlich später – in seiner neuen Funktion als Abgeordneter im bayerischen Landtag Schlagzeilen, als er beträchtliche Geldbeträge seiner Partei veruntreute und mit seiner zwanzigjährigen Sekretärin in die Karibik durchbrannte. Bemerkenswert war, dass die zurückgelassene Gattin, nun wieder im Vollbesitz ihrer Haarpracht, in flammender Wut die Scheidung einreichte und sich bei der nächsten Wahl erfolgreich um das verwaiste Landtagsmandat ihres untreuen Gatten bewarb. Sie heiratete in zweiter Ehe den Inhaber einer großen Geflügelfarm aus dem Thüringischen und bezog mit ihm eine Villa am Ammersee.

Längst hatte ich alle Hoffnung aufgegeben, dass mir die Geschichte einen hilfreichen Hinweis für den Mordfall Achreuther bescheren könnte. Zum wiederholten Mal fragte ich mich, wie schnell wohl der gewitzte Kollege Pollmoos erkannt hatte, worauf das hinauslief, und beschlossen hatte, mir das lilafarbene Kuckucksei ins Nest zu legen.

Doch mein Besucher kam jetzt erst richtig in Fahrt. „Sie werden nicht für möglich halten, was dann passiert ist. Der Geflügelmassenmäster wurde in einen deutschlandweiten Lebensmittelskandal verwickelt, machte ebenfalls Pleite und kam auf die gleiche glorreiche Idee wie der Autohausbesitzer vor ihm. Er brachte sein Vermögen auf die Seite und parkte die wertvollsten Teile bei Dritten. Jetzt kommt der Clou. Auch er hatte eine Segeljacht. Und für die wählte er als Treuhänder ausgerechnet den Ex-Freund der Nichte der Freundin seiner Gattin aus, keinen anderen also als Klaus-Dieter Tischlinger. Die Täuschung der Gläubiger ging so weit, dass sogar der Pachtvertrag für das Bootshaus auf den Tischlinger umgeschrieben wurde. Was sagen Sie jetzt?"

Der Lilagewandete strahlte mich erwartungsfroh an.

Ich fühlte mich von der langen, verwickelten Erzählung erschöpft, ausgelaugt und desolat. „Und was hat das verdammt nochmal mit meinem Fall zu tun?"

„Der Tischlinger", sagte er und hob mahnend den Zeigefinger. „Auf den müssen Sie achten. Bei dem schlägt der Täter als Nächstes zu. Und dann, zack, schnappen Sie ihn."

Ich spürte förmlich, wie mir vollkommenes Unverständnis auf die Stirn geschrieben war.

„Das ist doch sonnenklar", belehrte mich mein seltsamer Zeuge. „Erst wohnte der Achreuther in der Flotowstraße, hernach wohnte dort auch der Tischlinger. Erst hatte nur der Achreuther eine Steuerkanzlei, dann war auch der Tischlinger

Partner. Erst hatte der Achreuther ein Verhältnis mit meiner früheren Braut, wenig später hatte das auch der Tischlinger. Erst wurde der Achreuther treuhänderischer Besitzer einer Segeljacht, später passierte das Gleiche dem Tischlinger. Und unlängst wurde der Achreuther abgestochen. Dieses Schicksal blüht jetzt natürlich auch dem Tischlinger. Das ist Ihre Chance!"

An dieser Stelle warf sich für mich die Frage auf, ob ich diesen Melchior Melchmayr einfach gehen lassen konnte oder ob zum Schutz der Öffentlichkeit die Einweisung in eine geschlossene Anstalt angesagt war. Da ich mit dem Unfug schon viel zu viel Zeit vertan hatte, entschied ich mich für erstere Variante.

Dem Falschen hinterher

Eigentlich hatte ich erwartet, dass uns der Chef bei der abendlichen Besprechung einen ordentlichen Einlauf verpassen würde, weil wir den Gesuchten noch immer keine Adressen zuordnen konnten. Weit gefehlt. Er war äußerst zahm.

„Es ist dieser Kuffwitz. In Hof. Der Umweltmensch." Umständlich zog er ein Taschentuch aus der Hosentasche und schnäuzte sich. „Der hat sich in Luft ausgelöst. Hat sich gestern früh bei seiner Dienststelle krankgemeldet. Wurde seitdem nicht mehr gesehen."

Pollmoos sprach aus, was uns allen durch den Kopf ging. „Sollten den Kuffwitz nicht die Kollegen vor Ort überwachen?"

Dichau nickte heftig. „Jawohl, das sollten sie. Damit er nicht durchbrennt. Damit ihm keiner an die Gurgel geht. Und was machen diese Neandertaler?" Er haute mit der flachen Hand auf die Tischplatte. „Die hängen sich an den Falschen. Observieren einen vollen Tag lang einen Versicherungsvertreter, der zufällig im gleichen Haus wohnt. Wundern sich nicht, dass der in einer Neubausiedlung zum Klinkenputzen geht."

Pierstling musste auch seinen Kommentar dazu grunzen: „Solche gehirnamputierten Flachwichser!"

„Was ist mit der Wohnung vom Kuffwitz?", wollte ich wissen.

„Der Hausmeister hat einen Zweitschlüssel. Kein Kuffwitz, weder tot noch lebendig. Schon gar nicht krank." Dichau blickte mit müder Miene in die Runde. „Folgendes: Schammach, du fährst noch heute nach Hof und machst den Schlafmützen dort oben Feuer unterm Arsch. Die Englmeng bucht dir ein Hotel. Alle anderen legen eine gehörige Schippe drauf. Morgen früh hab ich die Papiere für eine Durchsuchung der Geschäftsräume von diesem seltsamen Konzern. Das übernimmt der Elkofer. Pollmoos und Pierstling, ihr beschattet den Lünkow. Gnade ihm Gott, wenn der uns nicht endlich zu seinen Komplizen führt. Traxl, wie weit bist du mit dem Bruder und dem Partner in der Steuerkanzlei? Sieh zu, dass diese Baustelle endlich beseitigt wird."

Ohne Gruß verließ er den Besprechungsraum.

Na toll. Motivierende Mitarbeiterführung sieht anders aus.

Bentje hatte es jetzt eilig, musste für ihre Dienstreise noch ein paar Dinge einpacken. Auch die anderen Kollegen waren ausgeschwärmt. Da wollte ich die Hände nicht faul in den Schoß legen und gab mir selber einen dienstlichen Auftrag.

Bewaffnet mit dem Bild des Schönlings Stanczek machte ich mich auf zu dem Appartementkomplex mit der Penthousewohnung in Schwabing. Dass der Lünkow dort logierte, war uns bekannt. Aber wer sagte, dass sich nicht auch von seinem gutaussehenden Kumpan eine Spur finden ließ? Neben der Haustür waren acht Reihen mit Namen aufgeführt, jede Reihe hatte etwa ein Dutzend Klingelknöpfe. Ich konnte weder einen Stanczek noch einen Schulz finden. Das musste aber nichts heißen.

Während ich noch das Klingelbrett studierte, näherte sich ein Männchen im Blaumann mit einem Werkzeugkasten in der Hand. Schmächtige Statur, schwarze Haare, schwarze Augen, braune Zähne, Kippe im Mundwinkel. Argwöhnisch musterte er mich von Kopf bis Fuß.

Ich schenkte ihm ein breites Lächeln. „Kennen Sie sich hier aus?"

„Wer will das wissen?"

„Entschuldigung, Sie haben natürlich recht." Ich zeigte ihm meine Marke. „Traxl, Kripo München."

Seine bisher recht finstere Miene wurde eine Nuance freundlicher.

„Ich bin auf der Suche nach einem Herrn Stanczek."

„Stanczek? Nie gehört. Und ich kenn hier jeden, bin schließlich der Hausmeister."

„Moment, ich habe ein Foto." Ich kramte das Bild aus meiner Tasche.

Er warf nur einen kurzen Blick darauf. „Der? Wohnt hier nicht. Ist aber oft zu Besuch."

„Wohl bei dem Dr. Lünkow?"

„Lünkow? Davon weiß ich nichts. Nee, der Kerl auf dem Bild besucht die junge Frau im achten Stock. Arantxa Gonzales."

Ich wollte ihm danken, doch da hatte er sich schon umgedreht und und wackelte davon. Als er ums Eck gebogen war, klingelte ich bei Gonzales. Ihr Namensschild befand sich in der obersten Reihe, genau wie das von dem Lünkow. Es tat sich gar nichts. Ich klingelte hartnäckiger. Wieder ohne Erfolg.

Ich wartete geduldig. Als ein junges Pärchen das Haus verließ, schlüpfte ich durch die Tür und fuhr mit dem Lift in den achten Stock. Hier ging es reichlich gediegen zu. Marmorne Wandeinfassungen, gepflegter Teppichboden, goldfarbene Türklinken. Gonzales und Lünkow wohnten gerade mal drei Türen auseinander. Noch einmal versuchte ich mein Glück bei der jungen Frau, bearbeitete intensiv ihre Türklingel. Keine Reaktion. Ich lauschte, ob aus der Wohnung Geräusche zu hören waren. Nichts.

Wie ich im Erdgeschoß aus dem Lift stieg und zur Haustür ging, fiel mein Blick auf eine Überwachungskamera. Das war eine Chance, die ich mir nicht entgehen lassen konnte. Es kostete mich volle zwanzig Minuten, bis ich erneut den rührigen Hausmeister aufgestöbert hatte. Er saß in einem winzigen Kabuff im unteren von zwei Tiefgaragengeschoßen in einem Verhau von zerlegten Computern, Küchenmaschinen und sonstigem Elektroschrott und bastelte fröhlich pfeifend daran herum. Ich meinte, sogar ein paar alte Röhrenfernseher zu erkennen.

„Die Überwachungskamera?" Er reagierte auf meine Frage seltsam verlegen. „Nein, da können Sie keine Aufnahmen einsehen."

„Ein Gerichtsbeschluss ist schnell besorgt."

Er drückte seine Kippe aus und steckte sich sogleich ein neue an. „Ich fürchte, das wird Ihnen auch nichts helfen."

„Und warum nicht?", fragte ich doch einigermaßen verblüfft.

„Kein Chip drin. Keine Datenerfassung. Keine Aufnahmen. Ein paar Eigentümer forderten eine Videoüberwachung des Eingangsbereichs. Von wegen Sicherheit. Andere waren strikt dagegen. Von wegen Privatsphäre. Also hat die Hausverwaltung einen Kompromiss gemacht und die Fake-Kamera aufgehängt. Damit sind anscheinend alle zufrieden."

Als ich nochmal auf einen Sprung im Büro vorbeiguckte, lief ich dem Pollmoos in die Arme. Er wirkte erschöpft und deprimiert. Konnte sich nicht einmal zu einem dummen Spruch oder einer abfälligen Bemerkung aufraffen. Ein bedenkliches Zeichen. Ich gab mir einen Ruck und berichtete ihm von der Wohnung der Arantxa Gonzales, in der unser gesuchter Schönling gelegentlich einkehrte. Der Kollege versprach, ein Auge auf die Dame und mögliche Besucher ihres Penthouses zu haben.

Ein letzter Blick in den Computer. Das Foto mit den bisher fehlenden Köpfen war angekommen. Ich druckte mir eine Vergrößerung aus. Zwei junge Frauen. So ähnlich, wie sie sich sahen, könnten es Schwestern sein. Ich beugte mich näher über das Bild. Drehte ich jetzt durch oder hatte ich die auch früher schon mal gesehen? Zumindest die Ältere kam mir bekannt vor. Sie stand direkt neben Joachim Achreuther. Er hatte den Arm um sie gelegt.

Das war ein Fall für Paul Kaps. Ich schickte ihm eine SMS und bat, mich nach seiner Rückkehr nach München anzurufen.

Dann prüfte ich, ob die beiden Frauen auch auf anderen Fotos zu finden waren. Fehlanzeige. Weder auf den früheren noch auf denen aus jüngerer Zeit konnte ich auch nur eine Spur von ihnen entdecken. Vermutlich hätte der Joachim auch auf anderen Fotos ihre Gesichter entfernt. Dabei hatte ich immer noch keinen Dunst, was ihn zu dieser unfreundlichen Maßnahme getrieben hatte.

Am Weg zur U-Bahn vibrierte mein Smartphone. Meine Kartenfreundin Liesl hatte Kummer und benötigte dringend meine fachliche Unterstützung. „Wo brennt's denn?"

„Da war dieser Typ auf dem Engerlfest. Ich glaub, in den hab ich mich verknallt."

„Du redest aber nicht von dem narrischen Christbaum?"

„Genau von dem. Rainhard."

„Und was kann ich da tun?"

Es dauerte eine Weile, bis sie mit der Sprache rausrückte. „Der Typ ist ein Megaknaller. Du weißt, ich bin anspruchsvoll. Aber der ist einfach sensationell. Wir hatten uns an dem Abend gleich noch einmal verabredet. Wollten uns gestern wieder treffen. Im *Havana Club*. Wer nicht da war, war der Rainhard. Jetzt hab ich Angst, dass ihm was zugestoßen ist."

„Und ich soll den jetzt suchen gehen, oder was?"

„Bitte, bitte, bitte! Das ist ein Klacks für dich. Sowas ist doch dein täglich Brot."

Ja super. Als ob ich sonst keine Sorgen hätte. Auf die Idee, dass der Kerl es bei einem One-Night-Stand belassen wollte, schien die Gute gar nicht zu kommen. Aber was blieb mir übrig? Wenn eine Freundin in Not ist, muss man helfen. Auch wenn die Not vermutlich nur eingebildet war.

„Was gibt es für Anhaltspunkte?", fragte ich sachlich.

„Ich hab einen Teil von seiner Autonummer."

Einen Teil? Das konnte ja heiter werden. „Lass hören."

„M-RG. Und dann eine 2, eine 4, vielleicht eine 7. Insgesamt waren es vier Zahlen."

„Wagentyp? Farbe?"

„VW-Bus. Den braucht er fürs Geschäft, hat er gesagt. Die Farbe ist dunkel, blau oder anthrazit. Du musst ihn finden. Unbedingt! Sonst dreh ich noch durch."

Ich grunzte. „Mal gucken, was da zu machen ist."

„Du bist die Größte. Bitte mach schnell."

Grußlos drückte ich das Gespräch weg.

Daheim schnappte ich mir mein Geraffel fürs Boxtraining. Es war wie so oft. Je weniger ich in der Arbeit auf die Reihe bekam, desto mehr drängte es mich, mich im Training vollständig zu verausgaben, bis an meine Grenzen zu gehen und darüber hinaus.

Der Schweiß lief mir in Sturzbächen vom Körper. Ich japste und keuchte und quälte mich, bis es wehtat. Machte weiter, bis ich den Schmerz gar nicht mehr mitbekam. Und ich fühlte mich saugut dabei.

Beim Sparring traf ich auf Gerwin. Zehn Jahre jünger, fünfzig Pfund schwerer, einen Kopf größer als ich. Normalerweise hatte ich gegen diesen Brocken nicht den Hauch einer Chance. Doch heute trieb ich ihn durch den Ring, dass er gar nicht mehr wusste, wie ihm geschah.

Märchenstunde

Nach dem Training hatte ich geschlafen wie ein Baby. War frisch und erholt vor dem Weckerläuten aufgewacht. Hatte mir die Zeit für ein fürstliches Frühstück gegönnt. Mit Eiern und Speck und Honig und Orangensaft. Wenn man ein paar lästige Dinge wie die Arbeit und den einen oder anderen unguten Zeitgenossen verdrängte, konnte die Welt wunderschön sein – schon gleich an einem Freitag, wo doch die Freitage von jeher meine Glückstage sind, sogar dann, wenn sie nicht auf einen 13. fallen.

Wild entschlossen, mir meine gute Laune durch nichts und niemanden verderben zu lassen, trudelte ich pünktlich mit dem Acht-Uhr-Läuten im Besprechungszimmer ein. Bentje war in Hof, das wusste ich. Aber auch Dichau und Pierstling glänzten durch Abwesenheit.

Pollmoos grinste. „Der Chef darf sich den nächsten Rüffel vom Hirschbichl abholen. Irgendein Lamettaträger aus Hof hat sich beschwert, dass sich der Dichau gegenüber den dortigen Kollegen im Ton vergriffen hätte."

„Und der Pierstling?"

„Beschattet den Lünkow. Ich muss auch gleich weg, es gibt einem Hinweis von einer der Lüstach-Firmen. Ein Prokurist behauptet, er hat heut um zehn eine Besprechung mit dem Altin Ferjupi. Das lass ich mir natürlich nicht entgehen. Übrigens, die Genehmigung für die Durchsuchung der Lüstach-Geschäftsräume liegt vor. Elkofer, das ist deine Baustelle. Viel auf einmal, ich weiß. Aber wir sollen bald Unterstützung aus anderen Dezernaten bekommen. Man sieht sich." Schon war er zur Türe hinaus.

Das Hawaiihemd zuckte mit den Schultern, legte zwei Finger an die Schläfe und eilte hinterher.

Fantastisch! Jeder hatte eine Aufgabe, nur ich nicht. Um ein Haar hätte ich mich geärgert. Zum Glück dachte ich rechtzeitig daran, dass das ja heute ein Supertag werden würde. Mein Blick fiel auf die Kaffeekanne. Randvoll. Geht doch.

Ich schenkte mir ein Haferl ein, legte meine Füße auf den Tisch und guckte im Handy nach, ob es interessante Nachrichten gäbe. Die gab es allerdings. Paul Kaps hatte geschrieben, dass er um 20.15 Uhr am Flughafen landete. Anschließend Treffen im *Airbräu*? Rasch bestätigte ich den Termin und merkte deutlich, wie meine Stimmung von sehr gut auf wundervoll stieg.

Ich war gerade bei meinem zweiten Haferl angelangt, als die Tür aufflog. Mit rotem Schädel stampfte Dichau herein. „Wo sind alle?", keifte er mürrisch. Wie es schien, hatte ihm der Kriminaloberrat gehörig den Marsch geblasen.

„Nimm's nicht so schwer, Chef. Jede Wette, den Hirschbichl kriegen wir auch noch dran, mit so viel Blödheit kann der nicht ewig durchkommen. Merk dir meine Worte."

Er schnaubte wie ein asthmakrankes Nilpferd. „Ja ja, geschenkt. Ich will wissen, wo alle sind."

„Schammach hast du nach Hof abbeordert. Elkofer durchsucht die Lüstach-Räume. Der Pierstling folgt dem Lünkow. Der Pollmoos ist hinter dem Ferjupi her. Was gibt's für mich?"

„Was es gibt? Einer von diesen beiden korrupten Bullen will auspacken. Hast du Zeit?"

„Für sowas immer. Ist der noch in U-Haft in Stadelheim?"

„Der wird gerade hergebracht."

Eine halbe Stunde später saß uns in einem Verhörraum Polizeihauptmeister Holtmann, der ältere der beiden inhaftierten Streifenbeamten, gegenüber. Er hatte seine Uniform gegen Alltagsklamotten getauscht. So schweigsam er bei unserem letzten Treffen gewesen war, so redselig gab er sich heute. Nur leider war sein wortreicher Sermon nicht das Schwarze unter dem Fingernagel wert.

Holtmann und sein Partner seien vom Landeskriminalamt regelmäßig für Sonderaufgaben zugezogen worden. Ihr Kontaktmann dort sei Kriminaloberkommissar Schmied. Von ihm hätten sie ihre Aufträge erhalten und diese nach bestem Wissen und Gewissen durchgeführt. Woher hätten sie wissen sollen, dass mit dem Beamten was nicht in Ordnung war, dass der seine Kompetenzen überschritt?

Dichau nickte mit gespieltem Verständnis. „Wie haben Sie mit dem Mann Kontakt gehalten? Haben Sie eine Nummer bei seiner Dienststelle?"

„Das war gar nicht nötig. Wenn es einen Auftrag ab, hat er sich bei uns gemeldet."

„Wie haben Sie den Oberkommissar kennengelernt? Hatten Sie eine dienstliche Anordnung? Suchte der Sie in Ihrem Revier auf? Wurden Sie von Ihrem Dienststellenleiter oder einem sonstigen Vorgesetzten an Herrn Schmied verwiesen?"

„Natürlich nicht." Holtmann senkte die Stimme. „Das waren vertrauliche Vorgänge, in die nur wir eingebunden wurden. Nur wir!", betonte er mit krächzender Stimme. „Die waren nicht für jedermanns Ohren bestimmt."

„Glauben Sie eigentlich an den Weihnachtsmann?" Dichau funkelte den Hauptmeister an. „Ende der Märchenstunde!"

Mein Chef und ich standen gleichzeitig auf und verließen ohne weiteres Wort den Raum. „Zurück nach Stadelheim", befahl Dichau den Leuten, die den Häftling hergebracht hatten.

Am Weg zu unseren Büros klingelte Dichaus Handy. Es war Bentje. Von dem Beamten des Umweltamts gab es immer noch keine Spur. In seiner Wohnung deutete nichts auf eine Gewalttat hin, aber die Krankmeldung war definitiv eine Finte. Der Kühlschrank war leergeräumt und abgeschaltet. Die Zeitung war abbestellt. Am Briefkasten klebte ein Zettel, die Post bei der Nachbarin einzuwerfen. Der Stellplatz in der Tiefgarage war leer, das Fahrzeug des Umweltbeamten, ein 15 Jahre alter VW-Jetta, fehlte. Wenn den Kuffwitz wirklich einer entführt oder entleibt haben sollte, musste der äußerst gewitzt vorgegangen sein.

Dichau dankte für die Informationen und wies die Kollegin an, zurück nach München zu kommen.

„Wie weit bist du mit Benedikt und Koeberg?", brummte er dann an mich gerichtet. Er war noch immer übellaunig.

Ich ging auf seine Frage nicht ein, sondern erwähnte, dass es in dem Appartementhaus in Schwabing möglicherweise einen Hinweis auf den Stanczek gab.

„Sag das dem Pollmoos. Ich will von dir wissen, wie weit du mit dem jüngeren Achreuther und der Koeberg bist?"

Ich blickte meinen Vorgesetzten argwöhnisch an. „Sag mal, was soll der Scheiß? Willst du mich partout aus den Ermittlungen raushalten? Dann sag das laut und deutlich. Bentje und ich haben die Spur zur Lüstach aufgebracht. Wieso willst du mich jetzt nicht dabeihaben?"

Unwillig schüttelte er den Kopf. „Zum letzten Mal: Wie weit bist du mit dem Benedikt und der Koeberg?" Er hatte seine Stimme deutlich erhoben.

„Wie weit soll ich denn sein?" Auch ich war laut geworden.

„Stell dich nicht blöder als du bist. Können wir die endlich von unserer Liste streichen?", polterte er.

„Dass die beiden ein Alibi haben, wissen wir seit dem ersten Tag!"

Er wollte noch etwas erwidern, aber ich ließ ihn einfach stehen. Der würde mir nicht den schönen Tag verderben. Nicht der.

Ein Schäufelchen voll Erde

An meinem Schreibtisch fiel mir eine Notiz in die Hand, die ich vor zwei Tagen verfasst hatte. Heute um 15 Uhr war am Ostfriedhof die Beerdigung vom Krautkrämer. Ein Blick in den Spiegel. Schwarze Jeans, schwarze Lederjacke? Passte. Ich musste nicht einmal heim, mich umziehen.

Von der U-Bahn Silberhornstraße aus ging ich zu Fuß. Vor der Aussegnungshalle stand ein klägliches Häuflein von Männern. Ich begrüßte den Kneipenwirt Emil und seine beiden weißhaarigen Stammgäste. Vierter im Bunde war ein langes Elend in einer orangefarbenen Montur, wie sie die Müllleute trugen. Er stellte sich in gebrochenem Deutsch als Wohnungsnachbar des Verstorbenen vor. Zehn nach drei wurden wir von einem jungen Pfarrer begrüßt, der die Veranstaltung wohl nicht nur in Anbetracht des geringen Publikumandrangs knapp hielt. Er sprach drei Sätze über die Liebe des Herrn zu seinen irdischen Kindern. Dann las er einen Psalm und schloss mit einem gemeinsam gebeteten Vaterunser. Zwei schläfrige Totengräber versenkten den Sarg in einer abgelegenen Grabstelle. Keine Blumen, keine Schleifen. Jeder von uns warf ein Schäufelchen voll Erde hinterher.

Am Weg zum Friedhofsausgang sprach mich der Kneipenwirt an. „Wir gehen einen letzten Schluck auf den Krautkrämer trinken. Es würde uns freuen, wenn Sie mitkämen."

Ich nickte zum Zeichen meines Einverständnisses.

Der Müllmann sagte: „Ist gleich um Ecke, *Giesinger Bräu*."

Da saßen wir dann im Bräustüberl von Münchens aufstrebender Kleinbrauerei. Emil hatte ungefragt Bier bestellt, eine Halbe *Erhellung* für jeden von uns. Das naturtrübe Helle war mir jetzt gerade recht.

„Auf den Krautkrämer!", sagte der eine Oldtimer und hob sein Glas.

„Auf den Krautkrämer!", antworteten wir anderen im Chor.

Als wir die Gläser abstellten, waren sie fast leer.

Bei der zweiten Runde tippte mir der orangefarbene Nachbar an den Arm. „War sich Mann mit Schwanz."

Ich zog die Augenbrauen hoch. „Nun ja. Das haben Männer so an sich."

Er fasste sich an den Hinterkopf. „Mann mit Schwanz."

Bei mir fiel der Groschen. „Pferdeschwanz?", fragte ich aufgeregt. „Ein Mann mit einem Pferdeschwanz? War er der Mörder?"

Der Nachbar nickte.

„Haben Sie gesehen, was passiert ist? Haben Sie das den Polizisten gesagt?"

Nicken. Kopfschütteln. Wie sich herausstellte, war der Nachbar bei der Befragung durch die Kollegen außer Haus gewesen und später war nicht mehr bei ihm nachgehakt worden.

Mühsam brachte ich aus ihm heraus, dass er in der fraglichen Nacht unterwegs war, Zigaretten holen. Dabei hatte er beobachtet, wie sein Wohnungsnachbar in Begleitung des Pferdeschwanzes die Straße überquert hatte und auf den Hauseingang zugesteuert war. Nein, er selber war von den beiden nicht bemerkt worden. Er hatte im Schatten eines Lieferwagens gestanden. Doch, die Uhrzeit wisse er genau. Viertel nach elf. Ich notierte mir den Namen und die Telefonnummer des unverhofften Zeugen.

Mein zweites Bier war nicht ganz geleert, da stand schon die dritte Runde auf dem Tisch. Mein erster Impuls war, abzulehnen. Doch dann sagte ich mir, dass mich meine Kollegen ohnehin nicht vermissten. Außerdem hatte ich gerade mehr zur Aufklärung unseres zweiten Mordfalls in Erfahrung gebracht als das gesamte Kommissariat in den letzten vier Tagen. Aufgekratzt bestellte ich eine Brotzeitplatte für fünf Personen mit allen Raffinessen. Hungrig griffen meine Trauerfreunde zu.

Nach dem dritten Bier verabschiedete ich mich und fuhr nach Hause. Ein Stündchen wollte ich mich aufs Ohr legen, damit ich am Abend munter war und meine Sinne beisammenhatte. Doch zuvor musste ich meine neueste Erkenntnis über den Pferdeschwanz an die Kollegen weitergeben. Weil ich mit dem Dichau im Augenblick nicht gerade auf freundschaftlichem Fuß verkehrte, wählte ich die Mobilnummer von Bentje.

Mailbox. Mit einem knappen Satz berichtete ich, dass ein Zeuge den Krautkrämer zusammen mit dem Pferdeschwanz zur Tatzeit am Tatort gesehen hatte.

Schostakowitsch

Airbräu, kurz nach halb neun. Paul Kaps sah müde aus. Seine bei unserer letzten Begegnung so fröhlich leuchtenden Augen waren zu schmalen Schlitzen verengt. Auch seine Kleidung trug zum derangierten Gesamteindruck bei. Arbeitskluft, statt Anzug und Krawatte, von Kopf bis Fuß schmutzverschmiert und mitgenommen. Wie es aussah, schob in seiner Firma der Chef die Dreckarbeit nicht nur anderen zu, sondern machte sich selber die Finger schmutzig.

Ich schüttelte seine Hand, forderte ihn mit einer Geste auf, sich an meinen Tisch zu setzen. „Vielen Dank, dass Sie sich so spät noch die Zeit nehmen. Sie schauen ziemlich geschafft aus."

Er nickte. „War ein harter Tag. Und ein langer. Zu allem Überfluss ist er auch noch mies gelaufen." Plötzlich grinste er. „Es kann nur besser werden. Und das tut es ja gerade."

Ich hoffte, dass die schummrige Beleuchtung verbarg, dass ich rot geworden war. „Sowas hören wir selten von unseren Zeugen." Ich grinste ebenfalls. „Sie haben die Fotografie erhalten? Hier ist ein Ausdruck. Mich interessieren die beiden Frauen in der zweiten Reihe. Können Sie mir zu denen was sagen?"

Er hielt das Foto unter die Leuchte, die in der Tischmitte hing, und studierte es aufmerksam.

Der Ober brachte unsere Getränke. Für mich ein Weißbier, für ihn einen doppelten Espresso.

Wieder widmete sich Kaps dem Ausdruck. „Doch, die sagen mir was." Er dachte angestrengt nach. „Zwei Schwestern. Die ältere hat im Moosbüffelheim gewohnt. Eine Maria oder

Marianne. Da gab es einen gewaltigen Ärger. Ich glaub, der Joachim hatte mit der ein Verhältnis und hat gleichzeitig die kleinere Schwester angebaggert."

„Hat diese Schwester auch in der Flotowstraße gewohnt?"

„Nein, bestimmt nicht." Er schloss die Augen und bot ein Bild höchster Konzentration. Unwillig schüttelte er den Kopf. „Irgendwas ist da passiert. Etwas Tragisches. Aber was?"

„Die Dagmar Fabrowski meinte, die Aufnahme stammt von einem Ausflug ins Zillertal. Die Silvie Schaffbecker datiert sie auf Herbst 2007. Hilft Ihnen das weiter?"

„Tut mir leid. Zu der Zeit war ich für zwei Semester in den USA. Bin erst im Frühjahr zurückgekommen. Aber die Schwestern hatte ich vorher noch kennengelernt."

„Und die Namen?"

„Wie gesagt, Maria oder … Halt, ich hab's. Marina hieß die Ältere und Carina ihre kleine Schwester. Den Nachnamen bring ich nicht mehr zusammen. Aber das werden wir gleich haben."

Schon hatte er sein Smartphone gezückt und eine Nummer gedrückt. „Ich bin's, der Paul. Sag mal, Sigi, da gab's damals im Moosbüffelheim diese Schwestern. Marina und Carina. Weißt du noch, wie die mit Nachnamen geheißen haben? Was ist aus denen eigentlich geworden?"

Er lauschte eine Weile, dann dankte er und legte auf. Mit gerunzelter Stirn blickte er mich an. „Marina und Carina Zollner. Die Jüngere ist bei einem Autounfall ums Leben gekommen. Jetzt erinnere ich mich auch wieder. Da war eine ganze Clique aus der Flotowstraße unterwegs. Sind bei Glatteis von der Straße abgekommen. Das hat arge Wellen geschlagen. Die überlebende Schwester hat dann den Kontakt zum Joachim und allen anderen abgebrochen." Er nahm den letzten Schluck aus seiner Tasse. „Mehr weiß ich leider nicht."

Ich starrte ihn entgeistert an, ohne ihn wirklich wahrzunehmen. Ein Autounfall. Da klingelte etwas bei mir. „Dieser Unfall, war der in der Nähe von Rosenheim?"

„Keine Ahnung. Warum fragen Sie?"

Ich winkte mechanisch ab. „Nur so eine Idee. Hat mich an etwas erinnert. Ist schon wieder vorbei." Ich nahm einen Schluck von meinem Bier und musste prompt husten.

„Jetzt könnte ich auch ein Weißbier vertragen." Er gab dem Ober ein Zeichen. „Darf ich fragen, wie die Ermittlungen sonst laufen?"

„Zäh", seufzte ich. „Allerlei Spuren, kein Ergebnis."

Er druckste etwas herum, bevor er sich einen Ruck gab. „Da hätte ich noch ein kleines Problem. Problemchen. Problemleinchen. Was ist eigentlich aus den privaten Sachen vom Joachim geworden?"

„Das meiste ging an die Koeberg. Etliches haben sich die Leute aus dem Moosbüffelheim unter den Nagel gerissen. Warum?"

„Ich hatte dem Joachim eine Schallplatte geliehen. Eine, die mir am Herzen liegt."

„Jetzt sagen Sie nicht, Schostakowitsch!"

Verblüfft nickte er. „Doch, genau. Woher wissen Sie das?"

„Wann haben Sie ihm die denn gegeben?"

„Bei dem Fest. Keine zwei Stunden, bevor er umgebracht wurde. Er hatte mich kurzfristig drum gebeten. Wollte, glaub ich, einer Mandantin damit imponieren."

„Das ist ja ein Ding."

Dann weihte ich ihn ein, dass just in der Hülle dieser Platte das Testament des toten Achreuther aufgetaucht sein sollte. „Das muss man sich auf der Zunge zergehen lassen", prustete ich. „Zwölf Tage vor seinem Tod, zu einem Zeitpunkt, als der Joachim noch gar nicht wusste, dass er die Platte bekommen würde, soll er nicht nur sein Testament in ihrer Hülle deponiert, sondern genau diese Schostakowitsch-Platte auch noch seinem Bruder Benedikt vermacht haben."

„Benedikt bekommt nur meine Platte?", fragte Paul Kaps kichernd. „Wer soll den Rest erben?"

„Koeberg und Tischlinger. Aber das können die sich abschminken."

„Jetzt erbt der Benedikt alles."

„Nur nicht die Schostakowitsch-Platte. Die kriegen Sie zurück."

Fröhlich stießen wir an.

Er schaute mir tief in die Augen. „Also hab ich mich nicht getäuscht!"

„Womit haben Sie sich nicht getäuscht?"

„Mit meiner Erwartung, dass der Abend mit Ihnen kurzweilig werden würde."

Wieder hielt ich ihm mein Glas hin. „Pia."

Er stieß an. „Paul."

„Prost, Paul."

„Prost, Pia."

Weil bei unserem Aufbruch die letzte S-Bahn schon weg war, brachte mich Paul mit dem Taxi nach Hause.

Das hatte ich doch gleich geahnt, dass dies ein wundervoller Tag werden würde.

Zum Nachtisch Glatteis

Dass Samstag war, galt noch lange nicht als Grund, bis in die Puppen zu schlafen. Aus meinen Kühlschrank-Resten bastelte ich ein Frühstück für Paul und mich. Schwarzbrot, Käse, Marmelade, für jeden ein Spiegelei und einen Joghurt. Dazu leerten wir eine große Kanne Kaffee.

Ein langer Kuss an der Tür. „Bis heute Abend!"

Dann war ich wieder allein. Schnell machte ich meine Übungen, duschte und zog mich an. Der Zug nach Rosenheim ging um kurz nach neun. Von unterwegs meldete ich mich bei der dortigen Polizeiinspektion und kündigte mein Kommen an.

An der Pforte wies man mir den Weg zum Chef vom Dienst. Der weißhaarige Hauptkommissar begrüßte mich freundlicher als unter Kollegen üblich. Er hatte sich allen Ernstes die Mühe gemacht, im Archiv meine alte Personalakte herauszukramen.

„Pia Traxl, Kriminalhauptkommissarin. Von 2006 bis 2008 im Streifendienst bei der PI Rosenheim. Womit kann ich dir helfen?"

„Vielen Dank, dass du dir Zeit nimmst. Wir untersuchen einen Mordfall in München. Viele Spuren, kaum was Konkretes. Vielleicht ist es eine fixe Idee von mir. Aber ich bilde mir ein, ich hätte mit dem Mordopfer in meiner Zeit hier in Rosenheim zu tun gehabt. Verkehrsunfall mit Todesfolge. Ende 2007 oder Anfang 2008. Das Unfallopfer war eine junge Frau."

„Da haben wir Glück. Zu der Zeit haben wir die Fälle schon elektronisch erfasst, da müssen wir nicht ganz so viel Staub schlucken."

„Du willst mir helfen?"

„Heut ist nichts los. Bevor ich zum dritten Mal das Tagblatt von vorne nach hinten durchblättere, helf ich lieber beim Suchen. Was haben wir für Anhaltspunkte?"

„Nicht nur Anhaltspunkte, sondern Namen. Das Unfallopfer hieß Carina Zollner. Einer der Beteiligten Joachim Achreuther."

„Damit lässt sich was anfangen."

Flink flitzten seine Finger über die Tastatur. „Da haben wir es. 20. Dezember 2007. Ein Notruf ging ein um 23.32 Uhr. Zwischen Söchtenau und Prutting, da war ein Wagen bei Glatteis von der Straße abgekommen."

Er überließ mir den Platz am Bildschirm und eilte zu einem der anderen Schreibtische, an dem ein Telefon zu klingeln begonnen hatte.

Nur wenige Minuten, dann hatte ich den Fall wieder vor Augen. Vier junge Leute aus München waren in Amerang beim Abendessen gewesen. Den Rückweg traten sie mit zwei Autos an. Gegen 23.20 Uhr verlor die Fahrerin des hinteren Wagens bei Glatteis die Kontrolle über das Fahrzeug, fuhr in einen Acker, überschlug sich und kollidierte mit einem Baum. Während die beiden anderen Insassen mit Prellungen und Schürfwunden davonkamen, erlitt die Fahrerin einen Milzriss und weitere innere Verletzungen. Als der Rettungsdienst am Unfallort eintraf, waren die Blutungen so stark, dass sie auf dem Weg ins Rosenheimer Klinikum verstarb.

Kurz vorher war ich als junge Polizeimeisterin mit meinem Streifenpartner als Erste am Unfallort angelangt. Zwei der Beteiligten des Unfalls machten einen bezechten Eindruck. Nur mit Mühe konnten wir sie hindern, die Schwerverletzte in das zweite Auto der Gruppe umzuladen, dessen halbwegs nüchterner Fahrer sie selber zum nächsten Krankenhaus transportieren wollte.

So weit, so gut, oder besser so tragisch.

Ich fragte mich, warum mir dieser Routinefall über die ganze lange Zeit im Gedächtnis geblieben war. Da musste noch mehr gewesen sein.

Ich überflog meine damaligen Berichte von der Nacht des Unfalls und von den Tagen danach. Am 21. Dezember hatte sich die Schwester der Toten bei uns gemeldet und die Aussagen der Unfallzeugen als unwahr bezeichnet. Der Aufbruch in Amerang sei nicht wie angegeben gegen 23 Uhr erfolgt, sondern eine Stunde früher. Auch wären bei dem Abendessen nicht vier Leute dabei gewesen, sondern sieben. Der Unfallwagen wäre auch nicht von Carina Zollner gefahren worden, sondern von dem stark betrunkenen Joachim Achreuther. Carina war nachtblind, unfähig, bei Dunkelheit zu fahren.

Wir hatten Joachim Achreuther seinerzeit mit dieser Aussage konfrontiert. Er räumte ein, dass er zunächst tatsächlich habe fahren wollen, dass er aber von Carina, die den Abend über keinen Alkohol konsumiert habe, überredet worden war, sie ans Steuer zu lassen. Der Zeitpunkt des Unfalls sei zweifellos kurz vor halb zwölf gewesen. Unverzüglich danach hätte er den Notruf abgesetzt. Nachdem die Angaben Achreuthers von den anderen Zeugen am Unfallort gestützt wurden, sahen meine Vorgesetzten keine Veranlassung, weitere Nachforschungen zu betreiben.

Die Namen der Beteiligten hatte ich nun wieder alle schwarz auf weiß vor mir. Der zweite Beifahrer im Unfallauto hieß Roli Buschle und lebte heute in Bielefeld. Der Fahrer des zweiten Wagens hieß Klaus-Dieter Tischlinger.

Für eine ganze Weile saß ich verdattert vor dem Bildschirm. Ich hatte die Gesichter plötzlich so deutlich vor Augen, als hätte sich der Unfall gestern zugetragen. Vor allem der junge Joachim Achreuther war mir sehr plastisch gegenwärtig. Überheblich, zynisch. Bezeichnete die Schwester der Toten als rachsüchtige Schlampe, die ihm eins reinwürgen wolle, weil er ihr den längst fälligen Laufpass gegeben habe.

Ich verabschiedete mich von dem freundlichen Kollegen und schlich mit hängenden Schultern zur Bahn.

Auf der Heimfahrt hatte ich reichlich Zeit, über die damaligen Vorgänge nachzugrübeln. Was ich heute in den offiziellen Akten gefunden hatte, war nicht alles gewesen. Da war ich mir sicher. Ich dachte an die kleine, eifrige Polizeimeisterin zurück, die ich damals gewesen war. Erinnerte mich, wie sehr mir solche Fälle an die Nieren gegangen waren. Wie lange es gedauert hatte, bis mir das in meinem Job so wichtige dicke Fell gewachsen war.

Vieles, was mir an den langen Arbeitstagen im Dienst quergekommen war, hatte ich als Ballast mit nach Hause geschleppt. Hatte meinen Frust vor mir hergetragen und an meinem Ehemann ausgelassen. Der hatte mir schließlich den Rat gegeben, ich solle alles, was mich in der Arbeit nervte, niederschreiben, um es endlich loszuwerden. Also hatte ich Tagebuch geführt. Hatte mir einen Schwung Oktavhefte besorgt, in denen ich meinen Ärger und meine Ängste abladen konnte. Und es hatte tatsächlich funktioniert. Hatte mir Distanz zu den niedergelegten Dingen verschafft.

Ich konnte auf Anhieb nicht mehr sagen, wie lange ich das getrieben hatte mit dieser Schreiberei. Auf jeden Fall ein paar Jahre. Irgendwo mussten die alten Notizhefte noch herumliegen, ich konnte mir nicht vorstellen, dass ich die weggeschmissen hatte. Wahrscheinlich steckten sie in dem alten Schrank in meinem Kellerabteil, in den ich nach meiner Scheidung alles verbannt hatte, womit ich mich nicht weiter belasten wollte.

Déjà-vu

Der Zug ratterte über die Gleise kurz hinter dem Ort Grafing Bahnhof. In Grafing hatte ich neun Jahre lang das Gymnasium besucht.

Das Vibrieren des Handys riss mich aus meinen Erinnerungen. Bentje wollte wissen, wo ich war.

„In der Eisenbahn."

„Es gibt Arbeit. Wir sollen die Kollegen beim Observieren von diesem Ferjupi ablösen. Wo kann ich dich aufsammeln?"

„Ostbahnhof. Da bin ich in zwölf Minuten. Treffpunkt Haupteingang Orleansplatz."

Als ich auf den Bahnhofsvorplatz trat, sah ich den Polo schon in zweiter Reihe warten.

Ich hatte die Wagentür noch nicht zugemacht, da gab Bentje Gas. „So eilig?"

„Wir hätten vor einer Viertelstunde dort sein sollen. Dabei hat mich der Dichau erst vor zwanzig Minuten angerufen."

„Gibt es einen Grund für die Hetze?", fragte ich mürrisch.

„Der Pollmoos hat gestern eine Adresse von dem Ferjupi aufgetan. Frag mich nicht, wie genau er das angestellt hat. Pension im Westend. Außerdem gibt es Hinweise, dass die sauberen Freunde heute zusammenkommen."

„Wann und wo?"

„Unklar. Dichau und Elkofer sind deswegen Lünkow auf den Fersen. Pierstling und Pollmoos warten noch vor der Pension von Ferjupi. Aber zwei Kollegen von der Nachtschicht habe Stanczek in dem Appartementhaus in Schwabing gesehen und den wollen die PePes persönlich unter ihre Fittiche nehmen. Deshalb sollen wir sie ablösen und uns um den Ferjupi kümmern."

„Nachtschicht?"

„Oh ja. Wir haben gestern am späten Abend wohl Unterstützung aus anderen Dezernaten bekommen."

Immerhin ein kleiner Lichtblick. Andererseits war es eine saublöde Idee, ausgerechnet mich den Ferjupi beschatten zu lassen. Nach unserer festen Überzeugung war das der angebliche LKA-Mann Schmied, mit dem ich im *Pilsparadies* aneinandergeraten war. Wenn ich mir die Wollmütze tief in die

Stirn zog und den Schal um Mund und Nase schlang, mochte es gehen.

Bentje fuhr gerade die Theresienhöhe entlang, als ein Anruf vom Pollmoos kam. Im Hintergrund laute, fröhliche Stimmen. „Der Ferjupi hat die Pension verlassen. Wir verfolgen ihn zu Fuß. Tollwoodgelände auf der Theresienwiese. Gerade hat er es sich im Fresszelt gemütlich gemacht. Wann seid ihr endlich da?"

Die Kollegin blickte mich fragend an.

„In zehn Minuten", schlug ich vor.

Zum Glück gab es am frühen Nachmittag auf der Festwiese noch vereinzelt freie Parkplätze.

Ich lief vorneweg durch das Gedränge auf dem Festivalgelände. Bentje hechelte hinter mir her, zwischen Glühweinständen und Buden mit afrikanischer Kunst, Gesundheitstees und gedengeltem Modeschmuck. Am Eingang des Zelts mit den Fressständen aus aller Herren und Damen Länder wartete Pierstling. Seine Miene zeigte Ärger und Ungeduld. „Wo bleibt ihr Schnarchnasen? Der Typ ist schon wieder weiter. Pollmoos ist ihm nach. Wir haben ewig gebraucht, bis wir den endlich aufgespürt hatten und ihr setzt alles aufs Spiel, bloß weil ihr nicht in die Gänge kommt!"

Ich blickte auf meine Uhr. Wir hatten es sogar in acht Minuten geschafft. Aber es war müßig, das mit einem solchen Kretin zu diskutieren.

„Und was ist mit dir?" Bentje war rechtschaffen angepisst. „Hältst hier unnötige Volksreden. Komm in die Pötte und sach uns, wo der Kerl lang ist!"

Der Kollege wollte etwas erwidern, doch er besann sich anders, drehte sich um und verschwand im großen Basar-Zelt nebendran. Kopfschüttelnd folgte Bentje. Also sah auch ich zu, dass ich hinterherkam. Pierstling hielt sich während des Laufens das Handy ans Ohr. Offensichtlich bekam er von seinem Partner Hinweise. Zweimal änderten wir die Richtung zwischen den Verkaufsbuden, die in dem hallenartigen Zelt dicht an dicht aufgebaut waren. Schließlich gelangten wir am hinteren Ende wieder ins Freie. Der Kollege zeigte Richtung Norden.

„Da geht's zurück zum Haupteingang des Geländes", rief ich.

„Ihr schneidet ihm den Weg ab", befahl Pierstling. „Wenn ihr nicht wieder trödelt, seid ihr vor ihm dort. Nur observieren, nicht zugreifen, ist das klar?"

Für wie blöd hielt der uns eigentlich. Und wie kam der dazu, mir Befehle zu erteilen? Aber jetzt war nicht der Zeitpunkt für diensthierarchische Grundsatzdebatten.

Vier Minuten später standen wir neben dem Durchgang zur Bahn und zu den Parkplätzen hinter zwei üppigen Fichten und musterten jeden Passanten. Von dem Groben keine Spur.

Dafür kamen jetzt die beiden Kollegen angerannt. „Wo ist er?", herrschte Pollmoos mich an. „Sag bloß, ihr habt ihn entwischen lassen."

Verdattert schüttelte ich den Kopf. „Hier ist er nicht durchgekommen."

„Dämliche Kuh!", zischte Pierstling. „Natürlich ist er hier durch. Er war keine zehn Meter vor uns."

Pollmoos war schon an uns vorbeigestürmt, eilte dem Zugang zur U-Bahn-Station entgegen.

„Ihr wartet hier", rief der Kurze und wollte ebenfalls weiter.

Hastig erwischte ich ihn am Ärmel und korrigierte „Nein, *du* wartest hier!" Dann rannte ich Pollmoos hinterher.

Unter den am Bahnsteig wartenden Fahrgästen hielt ich vergeblich nach dem Gesuchten Ausschau. Anders mein Kollege. Der hatte den Observierten im Handumdrehen erspäht. Er trat ganz dicht neben mich und packte mich am Arm, dass es schmerzte. „So, der ist also nicht durchgekommen?", äffte er mich nach. „Und wer ist das?"

Bei diesen Worten deutete er verstohlen auf einen Mann in einem taubengrauen Ledermantel, der soeben die ausgehängten Fahrpläne studierte.

„Woher soll ich wissen, wer das ist", gab ich zurück. „Ich kann doch nicht jeden Kasperl kennen, der seinen Samstag auf dem Tollwood verbringt."

Mit aufgerissenen Augen starrte Pollmoos mich an. „Hat's dir jetzt endgültig das Gehirn aufgeweicht? Der Ferjupi ist das. Hinter dem sind wir her."

„Dieses windige Gestell?" Trotz der misslichen Lage musste ich lachen. „Mir scheint, bei dir gibt's noch nicht mal was zum Aufweichen. Der Ferjupi ist größer, grimmiger und zehn Jahre jünger."

„Was?" Das übliche selbstherrliche Gehabe des Kollegen begann, sich in warme Luft aufzulösen. „Bist du dir sicher?"

Ich holte das Smartphone aus der Jackentasche und zeigte ihm die Bilder vom Abendessen im *Chez Colette*. „Da, das ist der Mensch, der sich Schmied nennt. Nach unserer Überzeugung Altin Ferjupi, Geschäftsführer der Lüstach-Firmen."

„Scheiße, verdammte!" Pollmoos verzog sein Gesicht zu einer Fratze und hieb sich die flache Hand gegen die Stirn, dass es klatschte.

„Ganz ruhig." Ich legte ihm die Hand auf die Schulter. „Wie seid ihr überhaupt an diesen Menschen hier geraten?" Dabei nickte ich zu dem Ledermantel hinüber.

Er stöhnte. Es brauchte eine ganze Weile, bis er sich zu einer Erklärung durchrang. „Ein Prokurist von einer der operativen Gesellschaften hat von einem Treffen mit dem Ferjupi gefaselt. Ich kannte den Treffpunkt, ein Café in Haidhausen. Zusammen mit Pierstling war ich pünktlich zur Stelle. Sie waren zu dritt. Der Prokurist, dieser Mann im Ledermantel und eine Frau."

Ich heuchelte Verständnis. „Und dann habt ihr gedacht, der Prokurist kann es nicht sein, die Frau kann es nicht sein, also ist es der Dritte. Und dem seid ihr nach. Ja mei, vielleicht täusch ich mich und das ist wirklich der Gesuchte. Noch haben wir keinen Beweis, dass Schmied und Ferjupi dieselbe Person sind."

„Es kommt noch schlimmer." Pollmoos verdrehte die Augen. „Der Typ von deinem Smartphone war auch in dem Café. Saß allein am Nebentisch. Vermutlich haben die sich über die Tische hinweg ausgetauscht, ohne dass das von außerhalb zu erkennen war. Den hätten wir verfolgen sollen."

„Hattest du die Bilder unserer Verdächtigen denn nicht angeschaut?"

„Die Bilder! Die Bilder!" Er schnaubte verächtlich. „Wenn ich das schon höre. Den ganzen Tag haltet ihr mir irgendwelche dämlichen Bilder unter die Nase. Du glaubst doch nicht im Ernst, dass sich das ein Mensch alles merken kann." Böse funkelte er mich an. Die Botschaft war klar zu lesen: Ich allein und keiner sonst trug daran Schuld, dass er die Sache vermasselt hatte. Tröstlich war nur, dass er wieder ganz der Alte war. Ein Pollmoos in selbstkritischer Zerknirschung, den ich soeben um ein Haar erlebt hätte, war eine undenkbare Vorstellung.

Vorsichtig wechselte ich das Thema. „Was geschieht jetzt mit dem Menschen im Ledermantel?"

„Nichts geschieht. Der Pierstling hat ihn fotografiert, schon vorher im Café. Ebenso die Frau. Der Prokurist wird uns gelegentlich sagen müssen, wer die sind und was die für eine Rolle spielen. Jetzt muss ich zusehen, dass ich nach Schwabing komm und die Kollegen ablöse, die den Stanczek beschatten."

Grußlos ließ er mich stehen und rannte zum U-Bahn-Aufgang. Gewissenhaft wie ich nun mal bin, zückte ich erneut mein Smartphone und schickte Pollmoos das Bild des schönen Hasso Stanczek per WhatsApp. „Nur zur Sicherheit! Es soll schon Verwechslungen gegeben haben", lautete mein Kommentar.

Dann schlenderte ich gemächlich zurück zum Tollwood-Haupteingang, wo ich meine Partnerin zurückgelassen hatte, und setzte sie ins Bild.

Bentje grinste. „Dem Falschen hinterher! Haben wir das nicht schon mal erlebt? Das reinste Déjà-vu. Wer hat damals nochmal die Kollegen in Hof als Vollidioten bezeichnet?"

„Der genaue Wortlaut war *gehirnamputierte Flachwichser*", korrigierte ich genüsslich.

Sie brummte. „Die ganze Aktion hätten wir uns schenken können. Da wäre mir was Angenehmeres eingefallen, um meinen Samstag zu verdödeln."

„Was soll's." Ich machte eine wegwerfende Handbewegung. „Wir waren an der frischen Luft und weg von der Straße."

Wenn ich ehrlich war, durfte ich gar nicht meckern. Schließlich hatte ich mich ordentlich echauffiert, weil ich wieder bei der Jagd nach den Lüstach-Leuten mittun wollte. Der Wunsch war mir erfüllt worden. Und im Gegensatz zu den Kollegen hatten wir jetzt frei und mussten uns nicht auch noch den Rest des Tages dienstlich um die Ohren schlagen. Das war gut so, denn es hätte mir sehr leidgetan, meine Verabredung für den Abend abzusagen.

Oktavheft

Kurz nach drei setzte meine Kollegin mich zu Hause ab. Natürlich führte mich der erste Weg in den Keller auf die Suche nach meinen alten Notizheften. Gute Güte, was da alles zum Vorschein kam. Kindergewand vom Korbinian. Briefe von Verflossenen, die meisten von meinem Ex-Mann. Ein Ordner mit meinen alten Schulzeugnissen. Lehrmaterial von der Polizeischule.

Schließlich, am Grund des Schranks, meine Oktavhefte. Eines für jedes Jahr, von 2006 bis 2018. So lang war das also gegangen.

Am Weg zurück in meine Wohnung wurde ich von Frau Schälzka abgefangen, unserer Hausmeisterin. Meinen freundlichen Gruß ignorierte sie und begann in schrillem Ton ihr übliches Lamento. „Frau Traxl, laut Mietvertrag sind Sie zur Einhaltung der Hausordnung verpflichtet."

Das war korrekt. Zaghaft nickte ich.

„Dann wissen Sie auch, dass Ihnen die regelmäßige Säuberung des Treppenhauses auf Ihrer Etage obliegt."

Erneutes Nicken. Bei diesem Thema hatte ich ausnahmsweise ein blütenreines Gewissen, hatte ich doch letzte Woche, als ich an der Reihe war, ausgiebig geschrubbt und gescheuert.

„Frau Traxl, haben Sie sich mal angesehen, in welchem Zustand sich Treppen und Treppenabsatz bei Ihnen im dritten Stock befinden?"

„Da mir heute früh nichts Besonderes aufgefallen ist, kann es nicht so arg sein."

„Nicht arg, sagen Sie! Da habe ich von einem frisch geputzten Treppenhaus eine andere Vorstellung. Staubmäuse in den Ecken, Erdkrumen auf mehreren Stufen, sogar ein Apfelkern liegt da rum."

„Sogar ein Apfelkern. Dann ist es dramatisch. Aber warum sagen Sie das mir? Ich bin diese Woche gar nicht dran."

Sie fletschte die Zähne. „Mitgefangen, mitgehangen, wie man so sagt."

„Quatschiger Quatsch. Diese Woche ist Frau Alt dran. Und den Putzdienst von Frau Alt übernimmt seit Jahren der Herr Gärtner aus dem zweiten Stock."

„Der macht Urlaub in Südfrankreich."

„Für die Zeit springt seine Mutter ein."

„Die hat sich gestern den Knöchel gebrochen."

„Dann werden wir mit den Staubmäusen und dem Apfelkern wohl leben müssen." Raunzte ich und ließ die Schrulle einfach stehen.

Bis in den dritten Stock hinauf konnte ich sie zetern hören. In der Zeit hätte sie den Apfelkern längst schon selber entsorgt.

Mit anhaltend reinstem Putzgewissen und einer Tasse Kaffee machte ich es mir im Wohnzimmer gemütlich. Ich hatte mich nicht getäuscht. Meine Aufzeichnungen über den Unfall im Dezember 2007 hatten es in sich.

Den Vorfall selbst hatte ich knapp geschildert, ähnlich wie er in den offiziellen Akten stand. Dann hatte ich eine Aussage der Unfallärztin festgehalten, wonach die junge Frau mit hoher Wahrscheinlichkeit überlebt hätte, wäre der Rettungsdienst nur zehn Minuten früher eingetroffen. Die Schwester der Getöteten hatte zu Protokoll gegeben, sie seien in Amerang mit zwei Autos aufgebrochen, und zwar um exakt 22 Uhr. Sie selber sei im vorderen Wagen gesessen, gefahren von Tischlinger. Kurz nach dem Start hätte Achreuther, der Fahrer des hinteren Autos, angerufen und mitgeteilt, dass der Beifahrer Buschle sein Handy im Wirtshaus vergessen hätte. Sie wollten zurückfahren und dann nachkommen.

Der erste Wagen war schon kurz vor München, als Achreuther erneut anrief. Es habe einen Unfall gegeben. Tischlinger solle mit dem Wagen zurückkommen, um die Verletzte ins Krankenhaus zu schaffen. Das sei gegen 22.40 Uhr gewesen. Tischlinger setzte seine drei Beifahrer, das waren Marina Zollner, Mandi Stiegler und Sigi Resch, an der nächsten S-Bahn-Station ab, dann fuhr er zurück.

Meine Neugier war angestachelt. Allein und ohne offiziellen Auftrag hatte ich damals den *Wirth von Amerang* besucht und Fragen gestellt. Ja, die Gruppe rund um Joachim Achreuther hatte tatsächlich aus sieben jungen Leuten bestanden. Es stimmte auch, dass sie das Lokal um 22 Uhr verlassen hatten. Das bestätigte die Zollner-Aussage.

Und noch etwas hatte mich stutzig gemacht. Die Unfallmeldung bei der Polizeiinspektion war nicht durch die Unfallbeteiligten erfolgt. Ein vorbeifahrender Passant hatte sie durchgegeben.

Meine Notiz endete mit einem Kommentar über meinen damaligen Streifenpartner. Der hatte meine Forderung, der Sache weiter nachzugehen, rundweg abgelehnt. Seine Begründung: *Wenn wir aus unseren wöchentlichen 15 Überstunden 30 machen, wird die Tote auch nicht mehr lebendig.*

Mit dieser Argumentation könnte man jede Mord-Akte zumachen, bevor man sie überhaupt angelegt hat.

Nach allem, was ich mittlerweile über den Achreuther wusste, zweifelte ich keine Sekunde daran, dass es sich so zugetragen hatte, wie von Marina Zollner behauptet. Der Joachim hatte besoffen den Unfall verursacht. Statt die Rettung zu rufen, hatte er versucht, die jüngere Zollner-Schwester mit dem Wagen des Tischlinger ins Krankenhaus zu bringen. Und hatte damit den Tod der Schwerverletzten verschuldet.

Marina Zollner … Sie hatte ihre Schwester verloren. War vom Unfallfahrer verhöhnt und beleidigt worden. Und die Polizei hatte ihre Aussagen als Spinnerei abgetan.

Und ich? Ich hatte deutliche Hinweise darauf gehabt, dass sie richtig lag, und dennoch klein beigegeben. Hatte mich von den älteren Kollegen einschüchtern lassen.

Ich hoffte inständig, dass ich heute in einer vergleichbaren Situation auf den Tisch hauen und alles versuchen würde, den Schuldigen zur Rechenschaft zu ziehen.

Bis zu meiner Verabredung waren es noch drei Stunden. Zeit genug für einen Abstecher ins Präsidium. In Achreuthers Mietordnern fand ich auf Anhieb die Lasche, die er für Marina Zollner angelegt hatte. Mietbeginn November 2005. Ein Ende des Mietverhältnisses war nicht vermerkt, weder durch Kündigung noch durch Aufhebung. Aber ab Februar 2008 war das Zimmer anderweitig belegt worden.

Ich ging die Liste der Zeugen vom ersten Mordabend durch. Marina Zollner befand sich nicht darunter, auch nicht Roli Buschle. Dafür stieß ich auf Sigi Resch. Frauenneuhartinger hatte den befragt. Ich suchte mir die zugehörige Notiz heraus.

Toll. Mein Partner hatte festgehalten, dass Resch den ganzen Abend über fotografiert hatte. Dazu gab es einen Hinweis an mich, sogar mit Leuchtstift markiert, dass ich die Fotos besorgen und auswerten solle. Das war mir im Ärger rund um FNHs Abgang total durchgerutscht, der Knallkopf hatte auch keinen Pieps mehr gesagt.

In pflichtschuldigster Zerknirschung wählte ich die Nummer des Resch, erreichte nur die Mailbox und bat um Rückruf.

Casting

Zauberberg hieß das Restaurant in Neuhausen. Wie es aussah, war Paul Kaps hier Stammgast. Der Clou an dem Lokal war, dass man keine Einzelgerichte bestellte, sondern sich von einem vorab nicht bekannten Menü überraschen ließ, mit der Wahlmöglichkeit, ob es aus vier, fünf oder sechs Gängen bestehen sollte.

Paul bestellte Wein, ich begnügte mich mit Tafelwasser. Jeder einzelne Gang schmeckte zum Niederknien. Trotzdem war ich mit meinen Gedanken kaum bei den köstlichen Gerichten und noch nicht einmal bei meinem charmanten Tischherrn. Der war feinfühlig genug, zu bemerken, dass ich weit abgedriftet war.

„Sei mir nicht bös", versuchte ich zu beruhigen. „Es ist dieser verdammte Fall. Ich kann ums Verrecken nicht abschalten."

Er ergriff meine Hand und drückte sie sanft. „Es ist okay. Willst du drüber reden?"

Nein, reden wollte ich nicht. Ich wollte loslassen. Wollte erst wieder am Montag früh an meinen Beruf und alles, was damit zu tun hatte, erinnert werden. Leichter gesagt als getan.

„Gib mir ein paar Minuten. Das wird wieder."

Ich stand auf und warf mir im Waschraum ein paar Hände voll kaltes Wasser ins Gesicht. Keine Gefühlsduselei mehr wegen der toten Schwester. Der Pferdeschwanz hatte den Krautkrämer auf dem Gewissen. Und wenn ich erst die Bilder von dem Resch hätte, könnte ich mit etwas Glück beweisen, dass der Pferdeschwanz bei der Feier im Moosbüffelheim dabei war und Gelegenheit hatte, den Achreuther abzumurksen.

Doch jetzt war Feierabend. Und ich hatte Wochenende. Und ein köstliches Abendessen mit einem wunderbaren Mann.

Bei der Schokoladentarte mit Honig-Sauerrahm-Eis und marinierten Beeren war ich ganz im Hier und Jetzt. Genoss Pauls Komplimente. Nahm ganz gegen meine Gewohnheit zum Abschluss nicht nur einen Espresso, sondern noch einen Likör.

Hand in Hand schlenderten wir durch die nächtliche Stadt, von Neuhausen nach Schwabing. Paul zeigte mir, an welchen Adressen die Maler des Blauen Reiters gewohnt hatten. Wassily Kandinsky, Gabriele Münter, Paul Klee, Franz Marc. Dafür wusste ich, wo Rainer Maria Rilke, Joachim Ringelnatz und Ludwig Thoma ihre Bleibe hatten. „Und Thomas Mann", erklärte ich stolz.

Paul lachte frech. „Du wirst in ganz Schwabing keine Straße finden, wo der Thomas Mann nicht für kürzere oder längere Zeit gehaust hat."

Zuletzt landeten wir am Wedekindplatz, In-Treff der Schwabinger Jugend. Trotz der vorgerückten Stunde waren noch viele Menschen unterwegs. Wir amüsierten uns über die Gestalten, die vorüberzogen.

„Kennst du das Spiel *Casting-Agentur*?", wollte ich wissen.

„Nie gehört."

„Hätte mich auch gewundert, weil ich es gerade erst erfunden hab. Also, jeder Passant ist ein stellungssuchender Schauspieler. Und wir zwei sind die Casting-Agenten und entscheiden, in welchem Film und in welcher Rolle wir ihn einsetzen."

Die Skepsis in seinem Blick war nicht zu übersehen. „Klingt ... nicht uninteressant."

„Es geht los, da kommt der Erste." Ich zeigte auf einen Anabolika-Bomber, so breit wie hoch, der vor Kraft fast nicht gehen konnte. Goldkette, Pelzmantel, ondulierte Löckchen.

Paul blies seine Backen auf, warf die Stirn in Falten und bot ein Bild höchster Konzentration. „Ich würde sagen, Ben Hur. Das Pferderennen drehen wir dann auf der Trabrennbahn in Daglfing."

„Nicht schlecht", lobte ich. „Fragt sich nur, ob du den Bewerber lieber als Wagenlenker oder als Schlachtross einsetzen solltest."

„Jetzt die", bestimmte Paul lachend und zeigte auf eine dralle Teenagerin, die trotz Kälte im Minirock, mit Netzstrümpfen und High Heels unterwegs war. Sie sah aus, als würde sie ihre Schminke in der Farbengroßhandlung kaufen.

„Klarer Fall", behauptete ich schnell entschlossen, „Sisi, das Blitz-Mädel aus Possenhofen."

„Zur Not", gestand mir mein Mitagent zu. „Aber ich stell mir was Anspruchsvolleres vor. Anna Karenina oder Madame Bovary."

Der gepfefferte Kommentar, der mir auf der Zunge lag, wurde durch das Läuten meines Handys unterbunden. Es war Sigi Resch, der Fotograf. Wie es schien, auch ein Nachtmensch.

„Oh, Herr Resch, danke für den Rückruf. Ja, Sie sind richtig bei Traxl, Kripo München. Ich ermittle im Mordfall Joachim Achreuther. In dem Zusammenhang interessiere ich mich für die Fotoaufnahmen, die Sie am Abend des Fests im Moosbüffelheim gemacht haben."

Er zögerte. „Die Fotos sind privat. Ohne Einverständnis der Abgelichteten darf ich die nicht herausgeben."

„Wir sprechen von einer Mordermittlung, Herr Resch. Es kostet mich keine Mühe, einen Beschluss vom zuständigen Richter einzuholen. Die Privatsphäre der Personen auf den Bildern wird in keiner Weise berührt. Darauf haben Sie mein Wort."

„Woher soll ich wissen, dass ich mich auf Ihr Wort verlassen kann?"

Ich atmete tief ein. Bevor ich antworten konnte, hatte mir Paul Kaps das Telefon aus der Hand gewunden. „Hör zu, Sigi, ich bin's, der Paul. Du ziehst auf der Stelle alle Fotos von dem Abend auf einen Stick. Wir sehen uns in zwanzig Minuten in meiner Wohnung. Wenn du was getrunken hast, nimm ein Taxi. Das geht auf mich."

Ehe der Resch etwas erwidern konnte, hatte mein Begleiter das Gespräch weggedrückt. „Unser schönes Spiel müssen wir leider abbrechen. Der Sigi ist unterwegs."

Ringelpullover

Den rührigen Fotografen hatte ich bereits auf einer ganzen Reihe der Gruppenbilder aus Achreuthers Zimmer gesehen. Während die meisten anderen aus der Clique sich seit den frühen Aufnahmen deutlich verändert hatten, erkannte ich Sigi Resch auf Anhieb. Das war immer noch der schlaksige Rotschopf mit dem schütteren Bartwuchs und den ausgeprägten Segelohren. Er hatte sogar noch die gleiche Frisur wie vor fünfzehn Jahren.

Wir trafen ihn vor der Haustür, wo er gerade aus einem Taxi stieg. Paul hielt Wort und übernahm die Rechnung. Dann stellte er uns gegenseitig vor. Hintereinander stiefelten wir die ausgetretenen Holzstiegen in den dritten Stock hinauf. Herrlicher Altbau. Ich bildete mir sogar ein, den Geruch von Bohnerwachs zu erschnuppern. Pauls Wohnung war mit wenigen, aber exquisiten Möbeln eingerichtet. An den Wänden gerahmte Kunstdrucke. Vermutlich nicht wertvoll, aber mit sehr viel Gespür für Stil, Farben und Formen ausgesucht. Überhaupt wirkte alles edel und geschmackvoll.

Der Hausherr platzierte uns am großen Eichentisch im Wohnzimmer und versorgte uns mit Getränken. Dann warf Paul sein Notebook an und fütterte es mit dem USB-Stick, den Resch mitgebracht hatte. Es waren insgesamt 588 Bilddateien. Da hatte das fleißige Kerlchen ordentlich geknipst.

„Nach was suchen wir?", wollte Resch wissen.

„Nach mehrerlei", erklärte ich. „Zum einen wäre ein Porträt dieses zweifelhaften Zeitgenossen nicht schlecht." Wieder einmal rief ich das Bild des Manns mit dem Pferdeschwanz auf meinem Smartphone auf. „War der auf dem Moosbüffelfest? Zum anderen achtet bitte darauf, ob ihr auf den Bildern etwas erkennt, das euch ungewöhnlich vorkommt. An das ihr bisher nicht gedacht habt. Eine Person, eine Situation, ein Gegenstand." Ich zögerte kurz. „Und dann wüsste ich gerne, ob Marina Zollner auf dem Fest gewesen ist."

Beide winkten sofort ab. „An die Marina hätte ich mich erinnert", behauptete Resch.

Auch Paul dämpfte meine Hoffnung. „Die wäre jedem sofort aufgefallen. Die wäre zum Gespräch des Abends geworden." Er stockte. „Zumindest bis zum Tod vom Joachim."

Die nächste Stunde vertieften wir uns in die Aufnahmen. Vom ersten Bild an war klar, dass Resch ein Meister seines Fachs war. Das waren keine gestellten Gruppenbilder und zusammengestopselten Porträts. Er hatte mitten in die Menge geknipst, hatte viele ungewöhnliche Blickwinkel genutzt, hatte vom Fußboden und von der Decke draufgehalten und hatte so die Stimmung der Veranstaltung trefflich eingefangen.

Es war ein seltsames Gefühl, Joachim Achreuther auf diesen Bildern zu sehen, gut gelaunt im Mittelpunkt, wichtig-popichtig wie eh und je, und gleichzeitig zu wissen, dass das die letzten Stunden, ja Minuten in seinem Leben gewesen waren.

Während ich jedes Bild nach einer Spur des Manns mit dem Pferdeschwanz scannte, blieben meine beiden Helfer immer wieder an Szenen hängen, die für mich nichts Ungewöhnliches hatten. „Spinnst du, war der Sepp besoffen!" oder „Guck mal, wer da seine Hand am Po von der Gisela hat!"

Mehrmals bildete ich mir ein, den Mann mit dem Spinnentattoo in der Menge entdeckt zu haben. Und jedes Mal musste ich mich beim näheren Hingucken korrigieren. Ich würde die ganzen Bilder am besten noch einmal allein und in aller Ruhe inspizieren, so viel stand fest.

Ein paar Details hatte Sigi besonders schön eingefangen. Joachim mit beiden Pratzen an den Brüsten der wohnungssuchenden Sandra Mühlbauer. Bruder Benedikt mit Hildegard Koeberg in fast identischer Pose. Durch ein Bild huschte Anna Seibold, die Reinigungsdame, mit einer großen Packung Klopapier in beeindruckender Bewegungsunschärfe. Und dann war da noch eine Großaufnahme von Paul Kaps mit je einer brennenden Zigarette in beiden Ohren und beiden Nasenlöchern. Er wurde einigermaßen rot und versuchte, sich mit der Erklärung rauszuwinden, die Nummer werde seit vielen Jahren auf jedem Fest von ihm gefordert.

Wir wollten unsere Suchaktion schon abbrechen, da blätterte Resch hektisch ein paar Bilder zurück. „Wenn das nicht …"

Eine Gruppenaufnahme. Im Vordergrund Joachim im Gespräch mit George Clooney und dem Pumuckl. Ein Stück dahinter zwei Frauen mit einem großgewachsenen Mann in rot-weißem Ringelpullover. Der Ringelpulli trug eine unförmige Strickmütze auf dem Kopf und einen giftgrünen Schal um seinen Hals. Trotz der diffusen Beleuchtung am Festabend balancierte er auf seiner Nase eine Sonnenbrille.

„*It's never too dark to be cool!*" Paul grinste, während er den alten Sponti-Spruch zitierte.

„Darum geht's nicht", brummte Resch. „Darf ich das Foto auf deinem Handy nochmal sehen?", bat er mich.

Natürlich durfte er. Er hielt die Einzelaufnahme des Pferdeschwanzmenschen neben den Bildschirm des Notebooks. „Ziemlich ähnlich. Meint ihr nicht?"

Meine Güte, der Kerl hatte recht. Die Mütze war so unförmig, weil da die langen Haare drunter versteckt waren. Und der Schal verdeckte das Tattoo. Das würde aber bedeuten …

„Nochmal von vorn", befahl ich. „Den Ringelpulli hatten wir schon öfter."

Bild für Bild klickte Sigi die Fotostrecke durch. Auf etlichen der Aufnahmen, die den Hausherrn zeigten, waren irgendwo im Hintergrund Strickmütze und Ringelpulli zu erkennen. Sah fast aus wie ein diskreter Leibwächter, der dem Joachim nicht von der Seite wich. Was wiederum bedeuten würde, dass der Achreuther von einer Bedrohung gewusst hatte. Die sich dann auch tatsächlich als wahr erwiesen hatte. Dumm nur, dass er den Bock zum Gärtner gemacht und sich gerade dem Menschen anvertraut hatte, der ihm schließlich sein hässliches Ende beschert hatte.

Paul und Sigi schauten mich an, als hätten sie an meinem rasanten Gedankengang teilgehabt. „Der war's", hauchte Sigi. „Der hat den Joachim umgelegt."

Paul pfiff durch die Zähne. „Das erhöht die Brisanz deiner Fotos gehörig", sagte er zu seinem Freund. „Ich nehme an, du musst den Stick der Frau Kommissarin überlassen."

Resch nickte. „Ich geh mal davon aus, dass ich die Bilder nicht nächste Woche auf Facebook, Twitter und Instagram bewundern kann." Er legte mir den Stick in die Hand.

„Keine Sorge", sagte ich. „Außer dem Bild von Paul mit den Zigaretten natürlich. Das geht noch heute an *Bild* und *Abendzeitung*."

Paul ging nicht auf meine Frotzelei ein. „Warum hat der sich so über die Maßen dämlich verkleidet?", grübelte er mit trüber Stimme.

„Ganz einfach", erklärte ich. „Der Kerl gibt sein Leben lang den düsteren Willi. Martialisches Spinnentattoo, immer schwarz angezogen, immer bedrohlich. Hinter was könnte der sich besser verstecken als hinter quietschbunten Farben und uncoolen Häkel-Klamotten. Um ein Haar wäre seine Rechnung aufgegangen."

Eine Weile saßen wir schweigend beisammen. Wie es schien, hatte Sigis Entdeckung die Stimmung versaut. Der Fotograf war der erste, der sich erhob. „Mir reicht's für heute. Ich pack's."

Paul drückte ihm einen Geldschein in die Hand. „Für die Heimfahrt. Danke, dass du so schnell gekommen bist."

„Danke", sagte auch ich. „Für die Bilder und die Zeit, die du geopfert hast."

„Schon okay." Die Tür schloss sich hinter ihm.

Paul blickte mir unsicher ins Gesicht. „Ein anderes Mal?"

Ich nickte.

„Aber nicht morgen?"

Ich nickte.

„Ab Montag bin ich für vier Tage in Niedersachsen. Ich meld mich, wenn ich zurück bin."

„Ich freu mich drauf."

Er kramte schon wieder nach einem Geldschein fürs Taxi.

„Untersteh dich", zischte ich. „Eher sollte ich dir das Geld erstatten, dass du dem Resch gegeben hast."

„Untersteh dich!"

Ein Kuss an der Tür. Dann war ich auf dem Weg über die ausgetretenen Holzstiegen nach unten. In der Luft lag der Duft von Bohnerwachs.

Jeder folgt seiner Zielperson

Ich hatte die ganze Nacht fast kein ein Auge zugebracht. Eine Unruhe trieb mich um, die ich ums Verrecken nicht abstellen konnte. Das schrie nach einer Trainingseinheit, und zwar einer, die viel abverlangte.

Noch im Dunkeln war ich unterwegs, dehnte meine übliche Laufstrecke an der Isar bis zum Nobelvorort Grünwald aus. Genoss die kühle Morgenluft. Merkte, wie sich meine festgefahrenen Grübeleien nach und nach in Luft auflösten.

Nach einer ausgiebigen Dusche und einem üppigen Frühstück fühlte ich mich dem Tag gewachsen. Die Handy-Mailbox hielt eine Nachricht von Bentje bereit. Die gestrige Beschattungsaktion sollte heute fortgesetzt werden. Uns war der Tischlinger zugeteilt. Dazu gab es eine Privatadresse in der Ehrenpreisstraße, gleich um die Ecke bei seiner Kanzlei. Die Kollegin würde mich um 12 Uhr abholen.

Seltsam, bis vor Kurzem waren dienstliche Anweisungen immer vom Dichau gekommen, meist direkt an mich oder an den Frauenneuhartinger. Seit ein paar Tagen wurde ich vom Pollmoos oder vom Elkofer oder von meiner Juniorpartnerin angesprochen. Hatte ich den Herrn Kommissariatsleiter endgültig vergrämt? Wenn ich fair war, musste ich zugeben, dass unsere aktuelle Funkstille auf Gegenseitigkeit beruhte. Ich hatte meine letzten Erkenntnisse auch an den Pollmoos oder die Schammach weitergegeben und nicht an meinen Chef. Andererseits hatte er nicht gerade den Eindruck erweckt, als würden ihn die von mir gefundenen Ergebnisse auch nur für ein Fünferl interessieren.

Es wurde höchste Eisenbahn, dass wir den Streit beilegten oder ihn endlich gehörig ausfochten. Waren erst einmal die

Fetzen geflogen, konnte man sich danach wieder klar in die Augen sehen. Nichts war so schlimm wie eine verdruckste Rumzickerei.

Während der Fahrt brachte mich Bentje auf den aktuellen Stand. Nach der Tollwood-Pleite war vor dem Appartement-haus in Schwabing am späteren Abend der Ferjupi aufgetaucht. Diesmal angeblich der Richtige. Pollmoos und Pierstling waren ihm zu einem Haus in der Au gefolgt und lagen vermutlich jetzt noch davor auf der Lauer. Das Warten auf den Stanczek hatten wieder Dichau und Elkofer übernommen.

Unser Ziel war einfacher zu finden. Der gackerlgelbe Porsche vor der Tür erleichterte uns die Suche nach Tischlingers exakter Adresse enorm. Ein paar Meter weiter entdeckte Bentje den Golf mit den abzulösenden Kollegen. Sie nickten uns zu und machten ihren Parkplatz für unseren Polo frei.

„Was verspricht sich der Dichau eigentlich jetzt noch von dem Tischlinger?", grübelte Bentje. „Klar ist das kein angenehmer Zeitgenosse. Aber dass der in einen der beiden Morde direkt verstrickt ist, glaubt doch kein Mensch."

„In die Morde selber vielleicht nicht", antwortete ich. „Aber er hatte Kontakt zum Pferdeschwanz, vermutlich zur ganzen Lüstach. Außerdem bin ich mir sicher, dass der das Testament gefälscht und in der Vinyl-Hülle platziert hat. Niemand anderer hätte dem Achreuther ein Testament untergeschoben, das den Tischlinger so wohlwollend bedenkt. Und die Koeberg wär für sowas zu unbedarft. Die ist felsenfest überzeugt, dass sie rechtmäßig Haus und Wagen erbt."

„Da möchte ich nicht im Weg stehen, wenn die aus allen Wolken fällt und am Boden aufklatscht!", kicherte meine Partnerin.

„Mein Mitleid hält sich in Grenzen." Ich gähnte herzhaft.

„Schlecht geschlafen?"

„So gut wie gar nicht."

„Dann mach doch jetzt ein Nickerchen. Ich weck dich, wenn sich was Aufregendes tut."

Das ließ ich mir nicht zweimal sagen. Ich stellte den Sitz so weit es ging nach hinten, schloss die Augen und war auf der Stelle eingepennt.

Ich schreckte auf, weil Bentje eine Vollbremsung hinlegte. „Dösbaddeliger Sonntagsfahrer!", fluchte sie. „Hast wohl den Führerschein beim Krabbenwettpuhlen gewonnen."

Verdattert blickte ich um mich, versuche mich zu orientieren. Wir fuhren auf dem Mittleren Ring, kurz hinter der Donnersberger Brücke. Der Verkehr war dicht. Ein dicker BMW hatte mit einem waghalsigen Spurwechsel den Unmut meiner Chauffeuse erregt. Fünf Autos vor uns entdeckte ich auf der rechten Spur den gelben Porsche.

Bentje zog die Nase kraus. „Entschuldige, ich wollte dich nicht wecken."

„Schon gut. Was hat sich getan?"

„Der Tischlinger ist durchgestartet. Zur gleichen Zeit hat der Pierstling gemeldet, dass der Ferjupi aufgebrochen ist."

„Lünkow? Stanczek? Pferdschwanz?"

„Nichts gehört."

Schwere-Reiter-Straße. Ackermannstraße.

„Wenn ich mal raten darf", lachte meine norddeutsche Partnerin, „würd ich sagen, es geht nach Schwabing zum Lünkow."

„Vielleicht auch nach Bogenhausen zur Cosima-Residenz."

Ich sollte recht behalten. Spätestens als wir in den Isarring einbogen, war das Ziel klar.

Elkofer meldete sich und teilte mit, dass Lünkows SUV aus der Tiefgarage gekommen sei. Es befanden sich mehrere Personen im Wagen. Er und Dichau nahmen die Verfolgung auf. Wir nannten unseren Standort und erfuhren, dass auch Ferjupi mit seinen Verfolgern Richtung Bogenhausen unterwegs war. „Würd mich nicht wundern, wenn das Ziel diese Groß-baustelle ist", orakelte das Hawaiihemd durch den Hörer.

Weil wir zuletzt mit dem Zielfahrzeug fast allein auf weiter Flur waren, hatte Bentje einen großzügigen Abstand gehalten. In Sichtweite des Cosima-Komplexes hielten wir an und war-teten, bis Tischlinger seinen Wagen abgestellt hatte. Mit dem Feldstecher beobachtete ich, wie er auf einen Bauteil im Roh-bau zusteuerte.

„Was jetzt?", fragte Bentje.

„Meldung an Dichau."

Ich zückte mein Handy und wählte die Nummer des Chefs. „Wir sind auf der Westseite der Baustelle", berichtete ich. „Der Tischlinger hat grad den vierten Bauabschnitt betreten. Das ist das Rohbaugebäude mit dem Durchgang zum geplanten Marktplatz."

„Wir stehen genau gegenüber auf der Ostseite", brummte Dichau. „Lünkow und Stanczek sind von dieser Seite in den-selben Bauteil hinein. Pollmoos und Pierstling kommen von Süden hinter dem Ferjupi her."

„Wie geht's weiter?", wollte ich wissen.

„Jeder folgt seiner Zielperson. So schön kriegen wir die nicht mehr auf einem Haufen beisammen. Ich gebe das Kom-mando zum Zugriff. Passt auf euch auf."

Baustellenbesichtigung II

Bentje holte ihre Dienstwaffe aus dem Handschuhfach und versuchte umständlich, sich das Schulterhalfter anzulegen.

„Tu dir nicht weh!", rutschte mir angesichts ihrer unbehol-fenen Verrenkungen heraus. Ich konnte nur hoffen, dass sie mit der Handhabung der Heckler & Koch besser zurechtkam als mit dem Holster.

Schließlich warf Bentje das Lederteil missmutig auf die

Rücksitzbank und steckte sich die Waffe hinten in den Hosenbund. Als sie meinen skeptischen Blick sah, fühlte sie sich zu einer Erklärung genötigt: „Da, wo ich herkomme, tragen wir die Wumme immer unter dem Südwester. Da bleibt sie auch bei starkem Wellengang trocken."

Kopfschüttelnd eilte ich voraus, unserem Steuerberater hinterher. Zum Eingang des Rohbaus führte ein wackliges Holzbrett. Wir balancierten, dann waren wir im Gebäude. Vorsichtig schlichen wir vorwärts. Dämpften unsere Schritte so gut es ging. Lauschten vor jeder Biegung nach Stimmen oder anderen Geräuschen. Wie es schien, waren hier im Erdgeschoß keine Wohnungen oder Büros vorgesehen, sondern Platz für Läden oder Restaurants. Durch einen langen Gang mit allerlei zukünftigen Waren- oder Vorratsräumen zu beiden Seiten gelangten wir an einen Saal. Ganz langsam schob ich den Kopf um die Ecke, um mir einen Überblick zu verschaffen. Ein gewaltiger, runder Raum mit Nischen ringsherum. In der Mitte eine Art Insel, vermutlich eine künftige Theke oder Kochstelle für Front-Cooking. Nach Norden gab es einen breiten Durchgang ins Freie.

Von dort näherten sich zwei Männer. Beide waren für uns keine Unbekannten. Lünkow und an seiner Seite ausgerechnet Rainer Weissmoor, das unglückselige Betrugsopfer.

„Dat ist ja 'n Ding", japste Bentje leise an meiner Seite. „Wo ist dann der Stanczek? Und vor allem: Wo ist der Tischlinger abgeblieben?"

Ich deutete auf zwei Türnischen auf der Ost- und Südseite des Raums und flüsterte „Schätze mal, der ist dort weiter. Wenn du mir den Rücken deckst, dass uns nicht der Ferjupi von hinten überrascht, schau ich mir näher an, was die beiden Kerle hier vorhaben."

Sie nickte und schlich ein paar Meter zurück, bis sie den Gang, durch den wir gekommen waren, zur Gänze überblicken konnte.

Meine Aufmerksamkeit galt wieder den beiden Männern. Weissmoor umrundete den Tresen und hielt mit seiner Bewunderung nicht hinter dem Berg. „Da haben Sie wirklich was draus gemacht. Heilige Scheiße! Mir haben schon die ursprünglichen Pläne gefallen. Aber das hier ist nochmal eine andere Nummer. Das wird fantastisch! Wie viele Plätze werden das im Hauptteil des Lokals? 150?"

„250", verbesserte der Anwalt. „Dazu 150 in den Nebenräumen und nochmal so viele draußen auf der Terrasse. Wenn Sie mir mal kurz zur Hand gehen könnten. Heute sind keine Arbeiter da. Das wollen wir nutzen, die Akustik testen, probehalber ein paar Lautsprecher anschließen."

„Haben Sie denn Strom?"

„Der Baustrom ist natürlich am Sonntag abgeschaltet. Aber irgendwo haben die Arbeiter noch einen alten Generator rumstehen, der muss es tun. Denen ist bloß der Diesel ausgegangen, deshalb hab ich Nachschub mitgebracht." Er deutete auf einen großen Blechkanister, den er am Eingang abgestellt hatte.

„Wie kann ich helfen?"

„Wenn Sie bitte den Treibstoff bringen. Am besten stellen Sie ihn hier bei der Theke ab. Ich such inzwischen den Generator. Leider hab ich kein zweites Paar Handschuhe. Meine brauch ich selber, empfindliche Finger, Sie verstehen." Er stöhnte und wackelte mit seinen behandschuhten Händen.

„Ich kann mir ja hinterher die Hände waschen. Kein Ding."

Ich konnte mir keinen Reim auf den Vorgang machen. Gerade noch war dieser Mensch wild entschlossen gewesen, den Betrügern an den Kragen zu gehen. Und jetzt werkelte er hier einträchtig mit ihnen zusammen.

Lünkow ließ seinen Blick im Raum umherschweifen. Er deutete auf einen Mauervorsprung. „Da liegt das goldene Feuerzeug vom Stanczek. Dass der sein Glump auch überall herumliegen lässt. Wären Sie so gut und stecken es ein. Hernach sucht er es wieder verzweifelt."

Weissmoor befolgte die Anweisung ohne Murren. „Jetzt wäre es nicht schlecht, wenn sich Ihr Kollege endlich blicken ließe", sagte er mit deutlichem Vorwurf in der Stimme. „Ich hatte Ihnen gesagt, dass ich noch einen Termin habe."

„Der Stanczek ist ein Kontrollfreak. Bestimmt schwirrt der hier längst herum und verliert sich in irgendwelchen Details. Muss immer alles zweimal gegenchecken. Da ist der sehr verbissen." Der Anwalt gab sich unbekümmert. „Wenn Sie den Diesel noch hier platzieren würden und nur kurz warten, seh ich zu, dass ich ihn aufspüre."

Hektisch guckte ich mich nach einem Versteck um für den Fall, dass der Anwalt in meine Richtung kommen sollte. Tat er aber nicht. Er entfernte sich durch die südliche Türöffnung.

Eifrig machte sich Weissmoor ans Werk und schleppte den Blechkanister zur Theke in der Raummitte. Kaum war das geschafft, näherten sich Schritte von Osten her. Es war der Pferdeschwanz. In einem Anorak mit der Aufschrift *Security* auf der Brust. In der linken Hand trug er eine Stablampe, in der rechten eine Pistole. „Was du hier suchen?", herrschte er den Immobilienmenschen in holprigem Deutsch an. „Baustelle Betreten verboten."

Der Schreck stand Weissmoor ins Gesicht geschrieben. „Ja, nein", stammelte er aufgeregt, „ich bin hier verabredet. Mit dem Herrn Stanczek. Dem gehört das alles."

„Verpiss dich!"

„Und mit Herrn Dr. Lünkow. Auf den soll ich warten. Er kommt gleich zurück." Er trat zwei Schritte auf den vorgeblichen Wachmann zu.

Mit einer schnellen Bewegung hob der Pferdeschwanz seine Waffe und gab ohne Vorwarnung einen Schuss auf Weissmoor ab. Der sank zu Boden.

Schon hatte ich meine eigene Waffe gezogen. Doch bevor ich entscheiden konnte, ob ich losstürmen oder meine Deckung wahren sollte, überstürzten sich die Ereignisse.

Im Norden erschien Stanczek in der Türöffnung. Im gleichen Moment trat Ferjupi durch den östlichen Eingang. „Hast du ihn?", rief der Schönling dem Pferdeschwanz zu.

„Hab ich ihn! Wie kannst du fragen?", lachte der Schütze. Die Waffe noch immer vorgestreckt näherte er sich mit langsamen Schritten der zusammengekrümmten Gestalt neben dem Tresen.

„Halt, Polizei!", ertönte Dichaus kräftiges Organ aus dem Rücken des Schönlings.

„Waffe weg!", befahl Elkofer.

Ohne zu zögern, gab der Pferdeschwanz zwei Schüsse in Richtung meines Chefs ab. Zum Glück verfehlte er ihn. Aber auch Dichaus Schuss ging ins Leere. Der Pferdeschwanz duckte sich hinter den Tresen.

Stanczek hatte plötzlich auch einen Revolver in der Hand und eröffnete das Feuer auf Dichau und Elkofer. Einen Tick zu spät. Beide hatten sich hinter einem Mauervorsprung in Sicherheit gebracht.

Ferjupi eilte auf seine beiden Kumpane zu, da ertönte auch hinter ihm der Ruf „Polizei! Waffen runter!"

Pollmoos kam zusammen mit Pierstling von der Südseite an den Ort des Geschehens gelaufen. Erneut krachte ein Schuss. Wieder der Pferdeschwanz. Pollmoos griff sich an die Schulter und kippte um. Pierstling rettete sich mit einem kühnen Sprung aus dem Schussfeld.

Ich trat einen Schritt nach vorne. „Hände hoch!"

Stanczek, nur wenige Meter von mir entfernt, fuhr herum und schoss sofort. Damit hatte ich gerechnet, sprang zur Seite und feuerte zweimal zurück. Beide hatten wir unser Ziel verfehlt. Ich musste zusehen, dass ich in Deckung kam. Hechtete hinter einen Stapel von Brettern. Dummerweise verlor ich beim Abrollen meine Pistole.

Stanczek konnte mich nicht sehen. Dafür lag ich jetzt auf dem Präsentierteller des Pferdeschwanzes.

Mit höhnischem Grinsen legte er auf mich an.

In diesem Moment bellte aus meinem Rücken ein weiterer Schuss. Mit einem gurgelnden Laut sackte der große Mann in sich zusammen, verdrehte die Augen und schlug der Länge nach hin. Bentje eilte an mir vorbei zu dem Getroffenen.

Von der anderen Seite des Saals hetzten Dichau und Elkofer mit gezückten Pistolen auf Stanczek zu. Der sah ein, dass er auf verlorenem Posten stand und hob beide Arme.

Das nutzte Ferjupi, auf den im Augenblick keine Waffe gerichtet war. Er brach aus und floh durch die Türöffnung nach Süden. Schon war ich wieder auf den Beinen und rannte hinter ihm her. Ich konnte nur hoffen, dass er nicht auch bewaffnet war. „Polizei! Stehenbleiben!", brüllte ich.

Der dachte gar nicht daran.

Es ging einen Gang entlang, durch zwei kleinere Räume, dann ins Freie. Nach dreißig Metern hatte ich ihn eingeholt, hechtete und riss den schweren Klotz zu Boden.

Zeitgleich kamen wir wieder auf die Füße.

„Wenn das nicht die kleine Schlampe aus dem Pilsparadies ist", grinste er und nahm Kampfstellung ein.

Oha, er sah offenbar keinen Grund, seine Flucht fortzusetzen. Im Nahkampf schien ich ihm keine ebenbürtige Gegnerin.

Auch ich hatte meine Fäuste gehoben und erwartete seinen Angriff. Und der kam mit Wucht. Wie eine Dampfwalze stürmte er auf mich zu und führte einen Fauststoß gegen meinen Kopf. Der hatte gewaltigen Wumms, war aber nicht schnell genug. Ich duckte mich unter dem Schlag hindurch und hieb ihm meine linke Faust in die Leber. Er japste kurz. Schlug erneut zu. Traf mich an der Schulter. Ein brutaler Schmerz. Doch ich war hart im Nehmen und schaffte die Wendung zur Seite. Keine Sekunde zu früh, schon kam seine nächste Gerade heran. Die ging ins Leere. Der eigene Schwung brachte ihn beinahe aus dem Gleichgewicht. Das wollte ich nutzen, wollte einen Treffer an seinem Kopf landen, doch er parierte meinen Schlag und antwortete mit einem seitlichen Schwinger. Traf mich unter dem Auge. Ich sah die Sterne tanzen, knickte mit dem linken Bein ein, ließ mich vollends fallen. Das war mein Glück, denn schon hatte er erneut zugeschlagen, mich aber verfehlt.

Ich sprang auf, war jetzt außerhalb seiner Reichweite.

Wieder stürmte er los. Wieder wich ich aus. Wieder riss ihn der eigene Schwung an mir vorbei. Das nutzte ich und feuerte eine Rechts-Links-Kombination gegen seinen Schädel. Überrascht starrte er mich an, vergaß, die Hände nach oben zu nehmen, fing sich einen rechten Haken gegen das Kinn ein, in den ich meine ganze aufgestaute Wut hineinlegte. Sein Kopf flog nach hinten. Ich setzte nach. Drosch ihm meine Fäuste in die kurzen Rippen. Als er jetzt nach vorn wankte, bekam er meine Linke ans Nasenbein, das mit vernehmlichen Knacken brach. Blut schoss ihm aus dem Gesicht, er taumelte. Wieder hämmerte ich ihm eine Kombination gegen den Kopf. Traf ihn seitlich an der Schläfe und noch einmal hinter dem Ohr.

Benommen torkelte er einen Schritt zu Seite. Stand mir gegenüber, hechelnd, breitbeinig. Seine Reflexe waren keinen Pfifferling mehr wert.

In dieser traumhaften Position trat ich ihm den Stiefel mit voller Wucht in die Kronjuwelen. Hechelnd sank er auf die Knie. Blitzartig rammte ich ihm meine Kniescheibe gegen die angeschlagene Nase. Das gab ihm den Rest. Er kippte hinten über und blieb liegen.

Schwer keuchend stand ich über mein Opfer gebeugt. Er lag zusammengekrümmt im Bauschlamm und stöhnte vor Schmerzen. Schon hatte ich ihm die Arme auf den Rücken gedreht und die Eisen um seine Handgelenke geschlossen.

Manöverkritik

Eine Stunde später hatten wir Bauabschnitt vier der Cosima-Residenz den Kollegen von der Spurensicherung überlassen, inklusive Einschusslöchern und allem Pipapo. Pollmoos und Weissmoor waren mit Rettungswägen abtransportiert. Für den Pferdeschwanz kam jede Hilfe zu spät. Bentjes Schuss hatte eine Schlagader durchtrennt.

Ferjupi und Stanczek waren von Kollegen von der Streife eingesackt worden. Vorher hatte ich die Gelegenheit genutzt, mir den fiesen Oberschurken aus der Nähe zu betrachten. Hasso Stanczek – oder Schulz, wie er sich nennen ließ – hatte wahrlich ein großes Rad gedreht. Am Ende war es zu groß für ihn gewesen. Ohne den Mord an Joachim Achreuther hätte es vielleicht noch Jahre weiterlaufen können.

Bei Licht besehen sah der Mann gar nicht so fies aus. Das war eine gepflegte, kultivierte Erscheinung, kluge Augen, weicher Mund. Dazu der dunkle Teint, die ebenmäßigen Züge, die schlanke, trainierte Figur. Was hätte der Mensch mit diesem Aussehen nicht alles werden können – Fotomodell, Nachrichtensprecher, Heiratsschwindler. Mit ein bisserl Stimme sogar Schlagerstar. Mit derartigen Karrieren war es jetzt für sehr lange Zeit erst einmal vorbei.

Von Lünkow fehlte jede Spur. Im Chaos aus Schusswechsel, Festsetzen der Gejagten und Versorgung der Verletzten hatte er es zu seinem Wagen geschafft und war abgedüst. Das Gleiche galt für den Tischlinger, auch der hatte sich in Luft aufgelöst. Kein Problem, wir wussten, vor welchen Behausungen die Burschen ihre teuren Wagen parkten.

Wir waren allesamt reichlich durch den Wind. Auf der Fahrt zum Präsidium schwieg Bentje stumpf vor sich hin. Ich konnte es ihr nachfühlen. Es ist keine Kleinigkeit, einen Menschen zu erschießen. Im Büro machte ich mich an der Kaffeemaschine zu schaffen. So gut wie Theresia Englmeng bekam ich es nicht hin. Aber wer konnte das schon von sich behaupten? Immerhin stürzten sich alle begierig auf die von mir präparierte dampfende Kanne. Pierstling spendierte dazu noch eine Flasche Cognac. Geheimvorrat, untere Schreibtischschublade rechts.

„Was war jetzt das?", fragte Dichau hilflos in die Runde.

Natürlich konnte ihm darauf keiner von uns eine vernünftige Antwort geben. Pierstling versuchte es trotzdem. „Der Weissmoor. Der hat sie mit seiner Klage in die Enge getrieben. Den wollten sie beseitigen, ohne Zeugen, im Cosima-Rohbau. Aber wieso ist der Schwachkopf allein mit denen da hin?"

Schweigen.

„Der hat ganz traulich mit dem Lünkow geplaudert", sagte ich schließlich, mehr zu mir selbst. „Wollte sich mit dem Stanczek treffen. Allerlei Wichtigkeiten besprechen."

„Und dann schießt dieser andere Kerl ohne Vorwarnung?" Dichau war seine Fassungslosigkeit anzumerken.

Elkofer räusperte sich. Wollte etwas sagen. Ließ es aber sein. Schüttelte den Kopf und schenkte sich lieber einen zweiten Cognac ein.

„Weiß jemand, wie es dem Pollmoos geht?", fragte Bentje tonlos.

Pierstling grinste schief. „Unkraut vergeht nicht. Hat eine Kugel in die Schulter bekommen. Der Arzt sagt, glatter Durchschuss. Der wird wieder." Er machte eine Pause. „Das erklärt aber nicht, was dieser Blödmann Weissmoor dort zu suchen hatte."

Jetzt probierte es Schammach mit einer Deutung. „Irgendwas haben sie ihm versprochen. Damit er auf die Baustelle kommt. Damit ihn dort der Pferdeschwanz abknallen kann. Mir ist bloß unklar, wieso die gemeint haben, sie kommen damit durch."

„Der Kanister", murmelte ich. „Es hat mit dem Dieselkanister zu tun. Den müssen die Kollegen vom Erkennungsdienst untersuchen."

Schon hatte Dichau sein Handy gezückt und gab die Anweisung an Katzenreuth auf der Baustelle durch. „Was ist mit dem Kanister?", wollte er dann von mir wissen.

„Der Lünkow hat den zuerst gehabt. Trug Handschuhe dabei. Hat den Weissmoor gebeten, den Kanister zur Theke in der Raummitte zu tragen. Und dann sollte er noch ein Feuerzeug aufklauben, das dort herumlag. Beides trägt jetzt die Abdrücke von dem Weissmoor. Der Pferdeschwanz war als Security verkleidet. Er hat das ganz überzeugend gespielt: Ertappt den rachsüchtigen Immobilienmenschen auf der Baustelle, wie der gerade versucht, den Rohbau in Brand zu setzen."

Das Telefon des Chefs klingelte. Er lauschte kurz, dankte und legte auf. „Der Katzenreuth. In dem Kanister ist Nitroverdünnung, ein Brandbeschleuniger. Klingt ganz danach, als sei Traxl auf der richtigen Spur."

„Wissen wir, wie es um den Weissmoor steht?", fragte Pierstling. „Wann können wir ihn befragen?"

„Er war nicht mehr bei Bewusstsein. Der Arzt vor Ort meinte, die Lunge sei getroffen. Wir können nur hoffen, dass er durchkommt."

„Und jetzt?", fragte Bentje mit banger Stimme.

„Es gibt eine Untersuchung unseres Dienstwaffeneinsatzes. Übliche Routine. Du musst dir keine Sorgen machen, Schammach. Wir alle haben's gesehen, du konntest gar nicht anders. Sonst hätte das Schwein zuerst geschossen. Bildsaubere Nothilfe für unsere Kollegin. Solange deine Pistole untersucht wird, bekommst du eine Ersatzwaffe. Wenn du willst, kümmer ich mich um psychologische Unterstützung für dich."

Unser Wirtschaftsfachmann grunzte. „Sag mal, Mädel, wo hast du eigentlich so sagenhaft schießen gelernt? Aus dieser großen Entfernung! Wie John Wayne in seinen besten Zeiten!"

Die Angesprochene wurde rot. „Hab viel geübt", flüsterte sie.

Ich schob ihr mein volles Cognacglas hin, für das ich selber keine Verwendung hatte.

Sie griff danach und leerte es auf einen Zug.

Elkofer schaute in die Runde. Plötzlich lachte er laut wiehernd los. „Wir hocken da wie ein Damenkränzchen, dem sie die Sahnetorte geklaut haben. Dabei war unser Einsatz ein Erfolg auf der ganzen Linie. Den Stanczek und den Ferjupi haben wir eingekastelt. Den Lünkow kriegen wir auch noch. Und diesen Tischlinger. Mit etwas Glück kommt der Weissmoor durch. Und dem Typ mit dem Pferdeschwanz wein ich keine Träne nach, das ist unser Täter. Der hat den Krautkrämer umgelegt. Oder gibt es da einen Zweifel?"

„Gibt es nicht", bestätigte Dichau. „Nach der Aussage dieses Nachbarn vom Krautkrämer ist die Sache klar. Außerdem hat der Mietwagen, den die Type gefahren hat, einen Strafzettel kassiert. Zur Tatzeit. Keine fünfzig Meter vom Tatort entfernt."

„Kein Zweifel", gab Pierstling seinen Senf dazu. „Der Ferjupi hat die Traxl mit der korrupten Streife abtransportiert und dann den Pferdeschwanz telefonisch zum Pilsparadies beordert. Deshalb hat der Ferjupi den Krautkrämer auch unbehelligt in der Kneipe sitzen lassen. Der musste warten, bis der Mann für die Schmutzarbeit vor Ort war."

„Sag ich doch", nahm Elkofer seine Rede wieder auf. „Der Pferdeschwanz wollte den Weissmoor abmurksen. Und wenn er schon einmal dabei war, noch möglichst viele von uns. Bestimmt war der auch bei dem Achreuther aktiv."

Das war mein Stichwort. „Apropos Achreuther. Das hab ich noch gar nicht erzählt. Letzte Nacht hab ich Fotos von der ersten Mordnacht bekommen. Was meint ihr, wer sich im Moosbüffelheim fröhlich unter den Festgästen getummelt hat?"

Vormittags hatte ich die schönsten Bilder vom Ringelpullover noch vergrößert und ausgedruckt. Die ließ ich jetzt am Tisch kursieren. Acht Augen starrten verblüfft auf die Aufnahmen.

„Ich werd verrückt!", kündete Elkofer an. „Da ist ja unser Lieblingstäter in voller Lebensgröße."

„Kein Wunder, dass den keiner erkannt hat", sagte Bentje. „Der schwarze Mann als Hippie verkleidet. Den Pferdeschwanz unter der Strickmütze."

„Ich selber hätte ihn auch nicht erkannt", gestand ich. „Der Fotograf war es, der ihn entdeckt hat. Ein gewisser Sigi Resch."

„Ja dann", grinste Pierstling. „Alle Fragen geklärt. Alle Unklarheiten beseitigt."

So ganz war mir noch nicht nach Friede, Freude, Eierkuchen. „Eine Unklarheit besteht für mich schon noch", sagte ich mit leiser Stimme. „Was sollte das Treffen im Augustiner ohne mich?"

Pierstling reinigte seine Fingernägel. Dichau tat, als sei er mit seinen Notizen befasst. Nur Elkofer warf mir einen erstaunten Blick zu. „Ich hab mich eh gewundert, warum du nicht gekommen bist."

„Ich bin nicht gekommen, weil mir keine Sau was gesagt hat."

Er machte eine wegwerfende Handbewegung. „Bestimmt hat jeder gedacht, dass dir der andere Bescheid gibt. Keine böse Absicht."

„Ist das so?" Ich wurde lauter. „Dichau, Pierstling, ist das so?"

Endlich schaute der Chef mir direkt in die Augen. „Ich hab mich geärgert, Pia."

Wir sahen uns an.

„Geärgert. Herrgott, Valentin, das ist doch kein Grund."

„Pia. Du flippst nicht nur mal nebenbei aus. Du schmeißt mit deinen Ausrastern meine Tagesplanung über den Haufen. Stellst meine Entscheidungen in Frage. Nörgelst und kritisierst permanent."

„Für das Ausflippen hab ich mich entschuldigt."

„Stimmt."

„Und wenn ich nörgle, dann weil es was zu nörgeln gibt."

Schweigen.

„Meistens zumindest."

„Manchmal", kam mir Dichau auf halber Strecke entgegen.

„Okay, manchmal."

„Stimmt."

„Dann entschuldige du dich gefälligst dafür, dass du mir nur noch die Drecksarbeit gegeben hast."

„Tut mir leid", sagte er kleinlaut. „Ich weiß, das hast du nicht verdient. Aber du musst zugeben!" Er zeigte einen Anflug von Grinsen. „Beim Höhepunkt haben wir dich dann doch mittun lassen. So gemein sind wir auch wieder nicht, dass wir dir das vorenthalten."

Ob ich wollte oder nicht, ich musste auch grinsen. „Wo hätte ich mir auch sonst so schöne Beulen im Gesicht holen können?"

Dichau nickte. „Na also." Er ließ seinen Blick einmal durch die Runde schweifen. „Die Fahndung nach Anwalt und Steuerberater ist raus. Ich lass ihre Wohnungen und Arbeitsstellen überwachen. Morgen früh hab ich einen Durchsuchungsbeschluss für sämtliche Räumlichkeiten, dann stellen wir dort alles auf den Kopf."

„Die Kanzleiräume auch?", zweifelte Pierstling. „Wenn wir uns da nicht an dem heiligen Anwalts- und Steuergeheimnis die Zähne ausbeißen."

Dichaus Miene wurde grimmig. „Ich werde veranlassen, dass die Oberstaatsanwältin mit vor Ort ist. Bei der Beweislage wären diese Rechtsheinis von Flatulenz umnebelt, wenn sie nicht kooperieren würden. Wir treffen uns um halb acht im Präsidium."

Nachdem die anderen gegangen waren, drückte ich Bentje herzhaft die Hand. „Danke!"

„Da nich für."

„Doch, ehrlich. Der Kerl hatte schon auf mich angelegt. Du hast was bei mir gut."

Sie verzog das Gesicht und schüttelte den Kopf. Das Thema war ihr sichtlich nicht angenehm. „Dafür hat dir der andere die Schnauze poliert. Hat eigentlich ein Mensch gefragt, wie es dir geht? Ausschauen tust du ganz jämmerlich."

„Erinner mich nicht dran." Ich griff mir ans Auge, das der Grobe erwischt hatte. Die ganze linke Gesichtshälfte drum herum war geschwollen, das würde in den nächsten Tagen ein schönes Veilchen geben. „Gefragt hat keiner. Da muss schon mehr passieren, dass von denen einer sein Mitgefühl entdeckt."

„Es heißt ja, man soll solche Stellen kühlen. Mit einem kalten Bierglas zum Beispiel. Du wolltest mir eh noch die Kneipen in meinem neuen Viertel zeigen."

„Ich würde sagen, für den Anfang nehmen wir uns nicht mehr als fünf vor."

„Klingt gut."

Es wurde dann ein sehr passabler Abend. Nicht fröhlich. Aber vertraut. Wieder erwähnten wir in vielen Stunden nicht ein einziges Mal unseren Fall, schon gar nicht den letzten Nachmittag davon. Quatschten stattdessen von den Bergen und vom Meer. Von ihrer Vorliebe für deutsche Schlager und von meiner für Folkmusik. Von verflossenen Träumen. Von den Plänen für Bentjes finalen Umzug. Und zum ersten Mal konnte ich mit meiner neuen Partnerin gemeinsam schweigen, wie ich es beim Frauenneuhartinger so sehr geschätzt hatte.

Feiner Zwirn und wenig Hirn

8.15 Uhr. Zu siebt betraten wir das Bürogebäude am Karl-Scharnagel-Ring. Dichau voraus, dann Pierstling, Elkofer, Bentje, ich, und dann war da noch die Oberstaatsanwältin samt einer Kollegin. Der Empfang der Kanzlei Hatchinson, Dubb & Miller lag im dritten Obergeschoß. Dichau stellte uns vor und wedelte mit einem richterlichen Beschluss. Das Büro von Dr. Lünkow. Zugang. Unverzüglich. Die auffällig gestylte Vorzimmerdame im Designerkostümchen griff zum Hörer und gab unser Begehren an einen Vorgesetzten durch.

Es dauerte etliche Minuten, bis sich am Ende eines langen Flurs eine Tür öffnete und einige Anzugträger auf uns zugeschritten kamen. Voran ging ein schlanker Weißhaariger, ihm folgten drei jüngere Männer, allen stand verbissene Entschlossenheit auf die Stirn geschrieben. Der Weißhaarige hatte uns noch nicht ganz erreicht, als er zu zetern begann. „Sie wissen genau, dass Sie hier keine Befugnisse haben."

Die Oberstaatsanwältin lächelte ihn milde an. „Hier ist etwas Lektüre für Sie." Sie reichte ihm eine Kopie des Gerichtsbeschlusses.

Ohne einen Blick auf das Schriftstück zu werfen, konterte der Anwalt: „Was wirft man dem Kollegen Lünkow vor?"

„Beteiligung an organisiertem Betrug, Erpressung, schwerer Körperverletzung, mehrfachem Mord und diversen anderen Straftaten."

Für einen kurzen Augenblick schien der Weißhaarige irritiert, doch schnell hatte er sich wieder in der Gewalt. „Das sind schwere Anschuldigungen. Womit glauben Sie, Ihre lächerliche Behauptung belegen zu können?"

Die Oberstaatsanwältin mochte halb so alt sein wie ihr Gegenüber, doch sie geriet keinen Moment in Verlegenheit. „Das werden Sie sogleich erfahren. Wo können wir uns ungestört unterhalten?"

„Wenn Sie mir in mein Büro folgen wollen. In der Zwischenzeit betritt keiner die Kanzleiräume."

Sie nickte und lächelte nachsichtig. „In der Zwischenzeit stellen meine Kollegen sicher, dass sich niemand in den Räumen des Dr. Lünkow zu schaffen macht. Ist er anwesend?"

Der Weißhaarige warf der Empfangsdame einen fragenden Blick zu. Sie schüttelte stumm den Kopf. Er wandte sich an einen seiner Kollegen. „Führen Sie die Herrschaften zum Büro von Lünkow. Doch keiner fasst etwas an, bis ich den Vorgang geprüft habe!" Er legte auf seinen polierten Lederschuhen eine elegante Drehung hin und schritt voran, die beiden Staatsanwältinnen folgten ihm.

Seine drei jüngeren Kollegen machten keine Anstalten, der Anweisung ihres Chefs Folge zu leisten. Sie setzten blasierte Mienen auf und lümmelten sich an den Empfangstresen. Die Sekunden dehnten sich.

Schließlich wurde es Dichau zu blöd: „Das sieht mir doch reichlich nach Behinderung einer gerichtlich angeordneten Untersuchung aus. Entweder Sie führen mich sofort zum Büro von Dr. Lünkow oder ich sehe mich gezwungen, Verstärkung anzufordern und sämtliche Räume dieser Kanzlei zu versiegeln."

Murrend zuckte ein untersetzter Mittvierziger, der älteste der drei, mit den Schultern. Er wandte sich um und ging provozierend langsam auf einen nach rechts führenden Gang zu.

Unser Chef wies Bentje und mich an, am Empfang zu warten, folgte mit Pierstling und Elkofer dem Anwalt. Einer der beiden jüngeren Juristen tappte missmutig hinterher, während sich der Zurückgebliebene mühte, uns mit feindseligen Blicken in Schach zu halten. Ich schenkte ihm ein breites Lächeln. Dann wies ich in die Richtung, in die der Weißhaarige verschwunden war. „War das der Wäger-Leutberg?"

„Herr Professor Wäger-Leutberg leitet das Büro in Frankfurt."

„Aha. Und dieser Herr ist …?"

Schweigen.

„Aber Ihren eigenen Namen werden Sie wenigstens wissen?"

„Mein Name tut nichts zur Sache."

Auch recht. Ich blickte mich um. Ein paar Meter entfernt gab es eine Sitzecke mit einigen Ledersesseln. Ich schlenderte hinüber, setzte mich und griff mir von einem Glastischchen eine Zeitschrift. *Der Spiegel.* Warum nicht. Bentje folgte meinem Beispiel. Die Zeit verrann.

Man konnte den Eindruck bekommen, dass sich in den Büros zunehmend hektische Nervosität breitmachte. Immer wieder tauchten einzelne Damen oder Herren am Empfangstresen auf, wechselten ein paar hektisch geflüsterte Worte mit der Gestylten, verzogen sich wieder. Mehrmals klingelte ihr Telefon. Auch da senkte sie ihre Stimme, damit wir in unserer noblen Sitzecke ja nicht hörten, was gesprochen wurde.

Es war längst nach neun, da erschien der Weißhaarige, im Schlepptau unsere beiden Staatsanwältinnen, und bog in den Flur, in dem Dichau mit Elkofer, Pierstling und ihren zwei Bewachern verschwunden war. Der zuvor so selbstsichere Habitus des Anwalts hatte merklich gelitten. Die Oberstaatsanwältin schickte ein triumphierendes Lächeln zu uns herüber.

Es verbreitete sich weiter wie ein Lauffeuer, dass sich in der Kanzlei Ungeheuerliches tat. Aus immer mehr Büros kamen Frauen und Männer und drängten sich im Empfangsraum, um zu erfahren, was genau hier vor sich ging. Gerade, als das Gewimmel am dichtesten war, öffnete sich die Glastüre vor den Fahrstühlen. Auftritt Kriminaloberrat Dr. Hirschbichl. Mit seinem edlen Designeranzug passte er weitaus besser in dieses Ambiente als meine Kollegin und ich.

Er warf einen Blick in die Runde, sah Bentje und mich am Besuchertisch sitzen und kämpfte sich mit hochrotem Kopf zu uns durch. „Also doch", schnaubte er. „Ich wollte es nicht wahrhaben. Praxl, Sie schon wieder. Hab ich Ihnen nicht ausdrücklich gesagt, dass Sie gefälligst aufhören sollen, diese Kanzlei und ihre Mitarbeiter zu belästigen. Das war das letzte Mal, dass Sie sich meinen Anordnungen widersetzt haben. Ich lasse Sie aus dem Polizeidienst entfernen. Ihre Pension können Sie vergessen."

Er drehte sich um, warf einen angestrengten Blick auf die versammelten Anzug- und Kostümträger und rief mit sich überschlagender Stimme: „Keine Sorge! Ich werde dafür sorgen, dass diese unbotmäßige Kollegin für ihr Tun zur Rechenschaft gezogen wird. Im Namen der Münchner Polizei entschuldige ich mich hiermit in aller Form. Man wird diese Kanzlei nicht weiter behelligen."

Bentje war beim Anblick unseres Vorgesetzten aufgesprungen, doch ich saß nach wie vor gemütlich. Von dem wollte ich mir meine gute Laune nicht verderben lassen. Das brachte den Kriminaloberrat erst recht in Rage. Er tat einige Schritte auf mich zu und machte Anstalten, mich an der Schulter zu packen. „Ich untersage Ihnen, in diesen Räumen weitere Ermittlungen durchzuführen. Sie entschuldigen sich auf der Stelle bei diesen Herrschaften und verschwinden auf Nimmerwiedersehen!"

Das war jetzt doch zu viel. Ich wischte seine dicke Hand von meiner Schulter und zischte: „Es reicht! Entweder Sie ziehen Ihren Schwanz ein und machen einen rasanten Abgang. Oder ich nehme Sie fest wegen Strafvereitelung im Amt."

Er stand da wie vom Donner gerührt. Seine Batzelaugen quollen ihm schier aus seinem Schädel. Er wollte etwas erwidern, brachte vor Empörung aber nur ein mühsames Stammeln hervor. „Das … das ist … das wird Folgen haben."

„Und zwar für Sie, Herr Dr. Hirschbichl", schimpfte ich. „Wenn Sie keinen Dunst haben von nichts und niemand, dann halten Sie gefälligst den Mund und lassen die Leute, die mehr verstehen als Sie, ihre Arbeit machen."

Wieder rang er nach Worten. „Sie … Sie unverschämte Person! Was meinen Sie, wen Sie …"

An dieser Stelle wurde er von der hinzugetretenen Oberstaatsanwältin unterbrochen: „Sparen Sie sich den Atem. Ihre Kollegin hat sich vorbildlich verhalten. Hatchinson, Dubb & Miller gewähren uns jede Unterstützung, die wir für unsere Ermittlungen benötigen."

Hirschbichl glotzte sie mit offenem Mund an. „Aber Professor Wäger-Leutberg …"

„Ist auf dem Weg nach München. Er wird persönlich eine Untersuchung gegen Dr. Lünkow in die Wege leiten. Der Anwalt ist mit sofortiger Wirkung von allen Tätigkeiten in dieser Kanzlei freigestellt. Die Kanzlei wird ihrerseits einen Prozess gegen ihn anstrengen."

Frau mit Turban

Als wir kurz vor elf im Präsidium eintrudelten, erwartete uns dort ein gut gelaunter Pollmoos. Er war noch etwas blass um die Nase. Schulter und Arm steckten in einem Verband. Ansonsten machte er aber einen sehr unternehmungslustigen Eindruck.

„Der Weissmoor ist aufgewacht", berichtete er fröhlich. „Er ist außer Gefahr. Ich hab die Gelegenheit gleich genutzt und ein Viertelstündchen mit ihm geredet."

„Was hatte der verdammt nochmal auf der Baustelle zu suchen?", wollte Dichau wissen.

Pollmoos grinste breit. „Der wollte besonders schlau sein. Hat mit seinem neuen Anwalt der Lüstach Feuer unter dem Hintern gemacht – was ja noch okay und mit uns abgesprochen war. So hat er sie aus der Reserve gelockt. Aber dann haben sie ihm weisgemacht, sie hätten sich die Sache überlegt und wollten ihn mit ins Boot nehmen. Im Fall eines Rechtsstreits käme es zu einer Einstellung der Baumaßnahme mit einem gigantischen Schaden für alle Beteiligten, Handwerker würden abspringen, die Bank würde die Kredite einfrieren, die Vermarktung käme zum Erliegen, alles ganz furchtbar. Nähme er aber seine Klage zurück, würden sie ihm Anteile an der Gesellschaft übertragen und das Projekt mit ihm gemeinsam durchziehen. Und seine geleistete Zuzahlung bekäme er obendrein erstattet."

„Also doch", japste Pierstling, „so haben sie ihn auf den Bau gelockt! Dort sollte er dann abgeknallt werden. Und uns hätte man die Geschichte des braven Security-Manns präsentiert, der einen Brandstifter auf frischer Tat ertappt und, quasi in Notwehr, unschädlich macht. Geschickt eingefädelt!"

Dichau fluchte. „Dieser elende Idiot. Hätte er uns einen Ton gesagt, wären wir ganz anders vorbereitet gewesen." Dann setzte er mit knappen Sätzen den lädierten Kollegen ins Bild, was sich seit der Schießerei getan hatte. Er schloss mit den Worten: „Willst du wirklich schon wieder arbeiten? Nimm dir lieber ein paar Tage zur Genesung."

„Dass ihr alle Lorbeeren alleine einstreicht", höhnte Pollmoos. „Wo kämen wir hin, wenn sich jeder wegen einem Kratzer gleich ein paar Tage ins Bett legt."

Pierstling brummte. „Erwarte dir nicht zu viel. Die beiden Morde sind geklärt. Das war in beiden Fällen dieser Mensch mit dem Pferdeschwanz. Mihail Zamfiescu. Die Fingerabdrücke mussten wir der Leiche abnehmen, aber das ergab sofort einen Treffer. Wurde in Rumänien gesucht wegen einer Reihe von Gewaltdelikten. Was jetzt noch kommt, ist Routine. Den Anwalt und den Steuerberater werden wir auch noch finden. Wenn du mich fragst, sind das eher Mitläufer."

Pollmoos grunzte unwillig „Das ist mir scheißegal, ob das Mitläufer sind. Deshalb werden die mir trotzdem für meinen Schaden aufkommen. Das war ein nagelneues Sakko. Maßanfertigung in der Savile Row in London! Und dieses Arschloch hat mir das elendig versaut. Zwei Löcher, eins vorne, eins hinten."

Bentje starrte den Kollegen entgeistert an. „Du trauerst um dein Sakko? Ist das dein Ernst? Du hättest tot sein können."

„Die Englmeng kann die Joppn doch locker zum Kunststopfen geben", ergänzte ich. „Die wird wie neu."

Der Angesprochene schnappte nach Luft wie ein Goldfisch auf dem Trockenen. „Die Joppn? Geht's noch?" Er warf die Hände in heller Empörung in die Luft. „Seid ihr wahnsinnig? Ich lauf doch nicht in geflickten Lumpen herum. Das Sakko hat 2.500 Pfund gekostet. Das erste Geld, das von dieser Lüstach-Klitsche einkassiert wird, fließt in mein neues Jackett!"

Während sich der Chef und Pollmoos zu einer ersten Befragung der beiden verhafteten Lüstach-Manager auf den Weg machten, zogen Bentje und Pierstling los, eine Reihe von Adressen zu überprüfen, die uns die Kollegen des Lünkow als Unterschlupfmöglichkeiten des flüchtigen Anwalts genannt hatten. Ich war es mittlerweile schon gewohnt, dass ich mir eine eigene Beschäftigung suchen musste. Immerhin hatte Dichau mich diesmal nicht zur Strafe zurückgelassen, sondern mit dem Satz: „Damit bist du bisher so gut zurechtgekommen."

Also führte ich mir ein vielleicht letztes Mal die Aufnahmen von dem Fest im Moosbüffelheim zu Gemüte, verfolgte exakt den Weg, den Mörder und Mordopfer im Lauf des Abends genommen hatten. Wann immer Joachim ins Bild kam, war auch der Pferdeschwanz nicht weit. Achreuther kannte diesen Zamfiescu, vertraute dem offensichtlich. Hielt ihn bewusst in seiner Nähe und benutzte ihn als Schutzschild gegen eine Bedrohung, die er empfand.

Aber vor wem hatte er Angst? Vor einem der geschädigten Lüstach-Opfer? Auf den Bildern konnte ich weder den Pfannenschmied noch den Weissmoor oder eine der anderen Gestalten entdecken, die wir bisher als Geschädigte ausfindig gemacht hatten. Wie gerne hätte ich jetzt Paul an meiner Seite gehabt. Aber der war schon wieder in der Weltgeschichte unterwegs. Außerdem waren weder ihm noch Sigi Resch Auffälligkeiten ins Auge gesprungen. Was wäre denn überhaupt eine solche Auffälligkeit? Jemand, der sich von der Kleidung, vom Alter, vom Gehabe von den anderen Anwesenden abhob? Fast alle auf dem Fest waren leger gekleidet. Zwei, drei der Männer trugen einen Schlips. Aber das allein machte sie noch nicht verdächtig. Keiner war älter als Anfang vierzig. Auf einem Gruppenbild meinte ich, die Tochter des Kunsthändlers zu entdecken. In der Vergrößerung ergab sich, dass ich mich getäuscht hatte. Das wäre auch zu schön gewesen. Hinter ihr in der Ecke stand ein Pärchen, das sich abseits von den anderen hielt. Auffallend weit abseits? Ein bulliger Mann und eine zierliche Frau. Er trug eine Latzhose, sie eine Art Overall. Hatte einen Seidenschal turbanartig um ihren Kopf geschlungen.

Ich stutzte. Zoomte den Bildausschnitt noch weiter heran. Zum Glück hatte Resch eine sehr hohe Auflösung gewählt, bei der selbst stark vergrößerte Bildteile noch scharf rüberkamen. Ich schnappte nach Luft. Das konnte doch nicht … Ich druckte den Ausschnitt mit der Fremden aus. Legte ihn neben den Ausdruck des unmanipulierten Fotos von dem Zillertalausflug.

Kein Zweifel. Die Frau mit dem Turban war eine der beiden weiblichen Figuren, denen Joachim Achreuther auf seiner Kopie des Fotos die Köpfe entfernt hatte. Marina Zollner, die Schwester der getöteten Beifahrerin. Wie sehr hatte sie sich seit damals verändert. Kein Wunder, dass die schmale Person im Hintergrund weder Paul Kaps noch Sigi Resch aufgefallen war.

Aufgeregt ging ich noch einmal alle anderen Fotos des Fests durch. Fand die Gesuchte zwei weitere Male, aber stets nur unscharf und weit im Hintergrund.

Da hatte ich zwar festgestellt, dass Marina Zollner auf dem Fest gewesen war. Hatte jedoch nicht den kleinsten Hinweis darauf, dass sie dort anderes getrieben hatte als die sonstigen

Besucher. Sich den Bauch vollschlagen und die Gesellschaft alter Bekannter genießen. Ich starrte auf meinen neuen Ausdruck. Die Aufnahme mit dem Turban erinnerte mich an etwas. Solche Kopfbedeckungen kannte ich von Frauen, die nach einer Chemotherapie ihre Haare verloren hatten und keine Perücke aufsetzen wollten.

War mir nicht erst kürzlich eine andere kahlköpfige Frau untergekommen? Natürlich, in der aberwitzigen Erzählung von diesem Graphikdesigner. Melchior Melchmayr. Die sitzengelassene Frau von dem Stadtrat. Der man eine Glatze geschoren hatte. Die dann den Hühnerfritzen geheiratet hatte. Der später Bankrott gegangen war. Der seine Segeljacht samt Bootshaus ausgerechnet dem Tischlinger ...

Bestürzt brach ich meine Gedankenkette ab und suchte fieberhaft nach der Visitenkarte des Manns im lila Anzug.

Bootshaus im Winter

Melchior Melchmayr war schon wieder zurück in New York. Was ihn nicht davon abhielt, so zu tun, als habe er mit meinem Anruf gerechnet. Die Adresse von dem Bootshaus? Wenn's weiter nichts wäre. Die würde er schon in Erfahrung bringen. Wozu habe man seine Kontakte. Meine Kontaktdaten habe er jetzt übrigens auch gespeichert. Man wisse ja nie. Bei der Gelegenheit fiele ihm ein, dass er beim letzten Mal vergessen hatte ...

Bevor der Mensch mit der nächsten seiner unmöglichen Geschichten begann, legte ich behutsam auf.

Die Wartezeit wollte ich erst nur mit einem Haferl Kaffee überbrücken. Doch dann fiel mir meine Freundin Liesl ein. Ihr verloren gegangener Lover glänzte vermutlich immer noch unentschuldigt mit Absenz.

Die Kennzeichen-Kombination M-RG mit den Anfangszahlen 247 war dreimal vergeben. Einmal davon an den VW-

Multivan eines Herrn Rainhard Grötsch. An seiner Wohn-
adresse in Neuried waren außer ihm noch eine Ingrid Grötsch
und dazu eine Amalie, ein Bernhard, eine Christine und ein
Dagobert gemeldet. Wie es aussah, brauchte der den VW-Bus
nicht, weil es das Geschäft verlangte, sondern weil er ein vier-
köpfiger Familienvater war. Ich riss mich wirklich nicht um
die Aufgabe, diese Nachricht der in Liebe entflammten Liesl
schonend beizubringen.

Doch das musste ich jetzt eh auf ein anderes Mal verschieben.
Es kam nämlich gerade eine E-Mail von Melchior Melchmayr
mit der Anschrift eines Bootshauses in Dießen am Ammersee
herein. Den ersten Impuls, dort allein und auf eigene Faust auf
Gangsterjagd zu gehen, kämpfte ich frauhaft nieder. So nötig
hatte ich es auch wieder nicht, dem Chef und den Kollegen zu
beweisen, dass man mit mir rechnen musste. Lieber rief ich
Bentje an und stieg eine Viertelstunde später zu ihr in den Polo.
Da sie immer noch ihren heutigen kurzgeratenen Beifahrer he-
rumkutschierte, drückte ich mich hinter den Fahrersitz.

Auf dem Weg ins Fünfseenland berichtete Pierstling missmutig von ihren bisherigen fruchtlosen Bemühungen, den
Tischlinger aufzutreiben. Er war auch weiterhin skeptisch:
„Kein vernünftiger Mensch versteckt sich im Dezember in
einem Bootshaus. Da ist es doch saukalt."

„Nicht, wenn eine Yacht drinsteht", widersprach unsere Ex-
pertin für nautische Gegebenheiten. „In einem ordentlichen
Kajütboot kann man es sich recht gemütlich machen."

„Man wird sehen", murrte Pierstling. „Wir hatten schon so
viele sinnlose Versuche, da kommt es auf einen weiteren auch
nicht mehr an."

Es dämmerte bereits, als wir unser Auto abstellten und die
letzten hundert Meter zu Fuß gingen. Eine von Linden ge-
säumte Fahrstraße führte in einem Bogen auf eine Reihe von
Bootsschuppen zu. In einer Ausbuchtung der Straße standen
mehrere Wagen, zwei waren mit Planen abgedeckt. Pierstling

lüpfte die Abdeckungen jeweils an einer Ecke. Ein dottergelber Porsche und ein weißer BMW-SUV. Sah ganz so aus, als könnten wir zwei Fliegen mit einer Klappe schlagen.

„Was jetzt?", fragte Bentje. „Verstärkung rufen?"

Pierstling ließ ein verächtliches Grunzen vernehmen. „Die zwei Hanseln werden wir wohl noch alleine schaffen."

Da musste ich deutlich widersprechen. „Ein Desaster wie gestern brauchen wir nicht noch einmal. Soviel ich weiß, gibt es in Dießen eine Polizeiinspektion. Die sollen ein paar Kollegen abstellen."

Schon hatte Bentje ihr Handy gezückt. Sie erstattete kurzen Bericht und bat, uns alle verfügbaren Kollegen zur Unterstützung zu schicken. „Aber auf Strumpfsocken und ohne Tatütata!", fügte sie vorsichtshalber hinzu.

Vier Minuten später kam der erste Streifenwagen leise herangerollt. Nochmal zehn Minuten später hatten wir sechs Männer und zwei Frauen zu unserer Verfügung. Einer der Kollegen wusste bei den Bootshäusern Bescheid. „Von den meisten Hütten kenn ich die Besitzer. Eigentlich kommt nur die zweite von rechts in Frage."

Natürlich behielt ich meinen Freund Pierstling im Auge. Schon hob er den Arm und wollte Befehle erteilen, da kam ich ihm zuvor: „Mein Name ist Pia Traxl. Als Ranghöchste habe ich das Kommando."

Er warf mir einen bitterbösen Blick zu, zuckersüß lächelte ich zurück.

Zwei der Leute postierte ich bei den Autos der Gesuchten. Mit den anderen näherten wir uns den Bootshäusern. „Besteht die Gefahr, dass die übers Wasser entkommen?", wollte ich von dem Bootshausspezialisten wissen.

„Die Yachten sind normalerweise winterfest gemacht. Das dauert, bis man damit ablegen kann."

„Vielleicht mit einem Ruder- oder Motorboot?", warf Bentje ein.

„Dann treffen wir Vorsorge." Er zeigte auf die ganz linke Hütte. „Der Hans Höllreich hat einen Kahn in seinem Schuppen. Den borgen wir uns aus." Schon eilte er davon. Auf einen Wink von mir liefen Bentje und ein weiterer der Männer leise hinterher.

Ein paar Minuten ließ ich ihnen Zeit. Postierte die verbliebenen Uniformierten so, dass sie die Zugänge sämtlicher Bootshäuser im Blick hatten. Ein Nicken in Richtung Pierstling. Wir zogen die Dienstwaffen und näherten uns vorsichtig dem zweiten Schuppen von rechts. Lauschten an der Tür. Kein Ton zu vernehmen. Pierstling wies auf einen dünnen Lichtschein, der unter der Holztür herausdrang. Das sah vielversprechend aus.

Ein Metallbügel diente als Klinke. Ich drückte ihn vorsichtig nach unten. Die Tür war nicht versperrt. Ein leises Knarzen ließ sich beim Aufmachen nicht verhindern. Mit angehaltenem Atem lauschte ich. Nichts. Ich ging auf die Knie und schob meinen Kopf knapp über dem Boden in den Raum. Ein Schuss knallte. Das Projektil fuhr einen guten Meter über mir in die Bretterwand. Mit Schwung warf ich die Tür vollends auf und sprang zur Seite.

Ein weiterer Schuss krachte. „Polizei!", rief Pierstling aus seitlicher Deckung. „Kommen Sie mit erhobenen Händen raus!"

Im Inneren des Schuppens wurde ein Bootsdiesel angeworfen. Ich stürmte in die Hütte und stieß keine zwei Meter hinter der Tür mit einer Gestalt zusammen, die mir mit in die Höhe gereckten Händen entgegenwankt kam. Lünkow. Ich reichte ihn an Pierstling weiter und blickte mich um. Ein spärlicher Lichtschein kam aus der Kajüte einer Segelyacht, die mit zurückgeschlagener Persenning an einem Steg vertäut lag.

Das Tor zum Wasser stand offen. Tischlinger saß in einer winzigen Nussschale mit Außenbordmotor und versuchte, auf den See hinaus zu entkommen.

Doch von dort ertönte jetzt der Ruf: „Halt, Polizei! Ergeben

Sie sich." Gleichzeitig versperrte ein Ruderkahn dem Motorboot die Ausfahrt.

Der Steuerberater hob seine Waffe und zielte.

Ein Schuss.

Mit einem Aufschrei ließ Tischlinger die Pistole fallen und
klemmte sich die verletzte Hand unter die Achsel. Schon
sprangen zwei Dießener Kollegen in sein Boot und überwältig-
ten ihn, während Kunstschützin Bentje Schammach im wild
schwankenden Ruderboot ihre abgefeuerte Leihpistole zurück
in den Hosenbund steckte

Es war kurz vor halb sieben, als wir im Präsidium eintrafen.
Die beiden Verhafteten waren auf dem Weg ins Untersu-
chungsgefängnis. Lünkow hatte noch in Dießen angekündigt,
ein umfängliches Geständnis abzulegen. Das war eine Aufgabe
für Dichau und Pollmoos.

Der sonst eher ungesellige Pierstling schlug vor, dass wir zur
Feier des Tages gemeinsam ein gepflegtes Bier einwerfen sollten.
Der Chef und Pollmoos könnten ja später dazustoßen.

„Ein anderes Mal gerne", sagte Bentje. „Aber jetzt ist mir
gar nicht nach Feiern. Zwei Schießereien in zwei Tagen haben
mir auf den Magen geschlagen."

Durst hatte ich wohl. Aber ich fühlte mich mit den Kollegen
noch nicht so richtig ausgesöhnt. Also pflichtete ich meiner
Partnerin bei. „Das Gruppenbesäufnis holen wir ein anderes
Mal nach." Und weil Pierstling grad so enttäuscht dreinschaute:
„Die erste Runde geht dann auf mich. Versprochen."

Kaum war der Kollege zur Türe draußen, fasste mich Bentje
am Arm. „Ich hoffe, du hältst mich nicht für überspannt.
Würde es dir was ausmachen, wenn du mir heut Abend nochmal Gesellschaft leistest?"

„Natürlich nicht. Kneipe bei dir in der Gegend?"

„Nach vielen Menschen ist mir heute nicht. Wir kaufen unterwegs was ein und versacken bei mir daheim."

Die Wohnung war sehr übersichtlich eingerichtet. Klar, der eigentliche Umzug stand ja noch aus. Zwei der Räume waren ganz leer. Im Schlafzimmer lag eine aufblasbare Matratze auf dem Boden. Daneben eine Kleiderstange mit vollgehängten Bügeln. „Eins nach dem anderen" erklärte Bentje, die meinen skeptischen Blick richtig zu deuten wusste. „Bestellt hab ich schon alles Mögliche, aber die Kerle lassen sich Zeit mit den Lieferungen. Inzwischen konzentrier ich mich auf die Küche. Der Kühlschrank funktioniert. Kaffeemaschine und Herd ebenso. Dazu ein Tisch, der nicht zu arg wackelt, und vier nagelneue Stühle."

„Alles gut! Ich sag ja gar nichts. Lieber kümmer ich mich um den Wurstsalat."

„Mach ruhig eine tüchtige Portion", wies die Frau des Hauses an.

Zügig schnipselte ich Regensburger, Bergkäse, Tomaten, Essiggurken, Zwiebeln, tat Essig und Öl, Salz, Pfeffer, eine Prise Zucker, bisserl Senf und eine Handvoll Gartenkräuter dazu und verrührte das Ganze mit einem Becher Sauerrahm. „Muss noch ein paar Minuten ziehen", erklärte ich, während ich das Weißbier entgegennahm, das Bentje mir eingeschenkt hatte.

Beim Händewaschen im Bad fiel mir auf, dass auf der Ablage über dem Waschbecken zwei Becher mit Zahnbürsten standen, dazu ein Rasierzeug, das nicht gerade nach Ladyshave aussah. Bevor ich noch dazu kam, mir ein paar schmutzige Gedanken zu machen, klingelte es an der Tür.

Schnell trocknete ich mir die Hände und steckte neugierig den Kopf in den Flur. Jetzt wusste ich, wem die zweite Zahnbürste gehörte. Es war der Kerl aus dem *Siebzehnfünf.* Der Große. Der Nette von den zwei Chaoten. Gustl hatte der geheißen.

Er begrüßte Bentje mit einem Kuss. Dann strahlte er mich über beide Backen an. Wenn ich gewusst hätte, dass dieser Riese mit von der Partie sein sollte, hätte ich die doppelte Menge Wurstsalat gemacht.

Folge deinem Gefühl

Diesmal sorgte Elkofer bei der Morgenbesprechung für unser leibliches Wohl. Ein riesiges Paket mit Tortenstücken vom *Café Rischart* machte zum Kaffee die Runde. Einigermaßen neugierig lauschte ich Dichaus Bericht von den Ergebnissen der gestrigen Vernehmungen. Hasso Stanczek und Altin Ferjupi hatten sich in trotziges Schweigen gehüllt. Das war keine Überraschung. Dafür hatte Lutz Lünkow geschwafelt wie ein Wasserfall. Hatte alles bestätigt, was wir in mühevoller Kleinarbeit in den letzten beiden Wochen ermittelt hatten.

Er räumte ein, bei den Betrügereien mitgemischt zu haben. Mit den Morden habe er jedoch nichts zu tun. Davon sei er selber eiskalt überrascht worden. Seine Rolle bei der Falle, die sie dem Weissmoor gestellt hatten, ließ diese Behauptung nicht gerade glaubwürdig erscheinen. Interessant waren Lünkows Ausführungen zum Gutachter Krautkrämer. Der habe an dem Abend im Restaurant *Chez Colette* angekündigt, aussteigen zu wollen. Er könne den Druck nicht mehr aushalten. Diese Verlautbarung und nicht erst mein augenfälliges Interesse an seiner Person hatte sein Schicksal besiegelt.

Vor allen Dingen schien unser Anwalt mit der schmutziggrauen Weste bemüht, den Tischlinger gehörig reinzureiten. Der sei nach dem Tod des Achreuther auf der Bildfläche erschienen und habe gedroht, die Machenschaften der Lüstach auffliegen zu lassen, würden sie ihm nicht den Anteil des Ermordeten überlassen. Woher er von den Betrügereien wusste, hatte er nicht gesagt. Vermutlich waren ihm in der Hinterlassenschaft seines Kumpels und Kanzleipartners Joachim detaillierte Aufzeichnungen über Cosima und andere Projekte in die Hände gefallen. Stanczek hätte sich zähneknirschend gezwungen gesehen, auf die Forderungen des aufdringlichen Erpressers einzugehen. Weil er dem Tischlinger aber nicht über den Weg traute, hatte er Zamfiescu beauftragt, ihn im Auge zu behalten.

Tischlinger selber spielte das Unschuldslamm. Behauptete allen Ernstes, er habe lediglich versucht, auf eigene Faust den Mord an seinem Freund und Partner aufzuklären. Im Zuge seiner Nachforschungen sei er auf die Betrügerbande gestoßen. Mit ihren unsauberen Geschäften habe er natürlich rein gar nichts zu tun. Nur durch einen äußerst dummen Zufall habe es ihn zu der Schießerei auf der Cosima-Baustelle verschlagen. Da sei er in Panik geraten und habe sich in sein Bootshaus verkrochen. Als wir dort auftauchten, habe er uns für Stanczek und Ferjupi gehalten und sich seiner Haut wehren wollen.

Elkofer berichtete, dass er noch in der Nacht mit zwei Kollegen die Büroräume und die Privatwohnung des Steuerberaters auf den Kopf gestellt hatte. Im Keller der Wohnung waren sie fündig geworden. Ein Umzugskarton, schlecht versteckt und prall gefüllt mit Unterlagen, die Joachim Achreuther über seine Tätigkeit bei der Lüstach gesammelt hatte. Mit diesem Wissen hatte Tischlinger seinen Einstieg bei der Betrügerbande erzwingen wollen. Aber auch in der Kanzlei waren die Kollegen auf interessante Aufzeichnungen gestoßen. Danach hatte Tischlinger seit Jahren Gelder veruntreut. Zudem fanden sich mehrere Entwürfe für das Testament, das der Koeberg aus der Hülle der Langspielplatte entgegengeflattert war. Damit ließ sich zweifelsfrei nachweisen, dass die Fälschung aus der Feder des Tischlinger stammte.

Bei den Ausführungen des Kollegen fiel mir erstmals auf, dass der Tischlinger ausgerechnet im Januar 2008 Partner in der Steuerkanzlei geworden war. Wenige Tage nach der Unfallfahrt mit Todesfolge. Sah ganz so aus, als hätte der Joachim seinen früheren Angestellten nicht freiwillig zum Teilhaber befördert.

Den Rest des Tages nahm ich mir frei. Ich musste an die Luft.

Musste versuchen, meine verzwurbelten Gedanken auf die Reihe zu bekommen. Bevor ich das Büro verließ, wählte ich eine vertraute Nummer.

Treffpunkt war im Hofgarten. Anton Gsprait, mein alter Mentor, erwartete mich wieder am Diana-Tempel. „Leg los, Mädel. Du machst ein Gesicht, als ob dir ein Granitblock im Magen liegt."

Ich fasste den gewaltigen Gesteinsbrocken unbeholfen in Worte. Berichtete von dem Unfall vor so vielen Jahren. Dass der Trunkenheitsfahrer ungestraft davongekommen war. Dass er die Schwester der Getöteten verhöhnt hatte. Dass er vor einigen Tagen seinerseits umgebracht worden war. Dass die Schwester des Unfallopfers am Mordabend anwesend war. Dass der Fall offiziell mit einem Mehrfachmörder als Täter abgeschlossen war.

Wie immer hörte er zu, ohne ein einziges Mal zu unterbrechen. Als ich geendet hatte, lächelte er sanft. „Jetzt quälst du dich, weil du nicht weißt, ob du deinem Verdacht gegen die Schwester nachgehen sollst, obwohl sie dir leidtut."

Ich nickte stumm und zeigte ihm auf dem Handy das Foto mit Marina Zollners umwundenem Kopf im Hintergrund.

„Chemo!" Auch er dachte sogleich an eine Krebsbehandlung.

Ich seufzte. „Genau. Die hat vielleicht nichts mehr zu verlieren. Das verstärkt meinen Verdacht gegen die Frau. Und zugleich meinen Wunsch, sie nicht zu behelligen."

Behutsam legte er mir seine große Hand auf die Schulter. „Spüre sie auf. Versuche, sie kennenzulernen. Was ist sie für ein Mensch? Wie kann sich die Tat abgespielt haben? Folge deinem Gefühl. Dann liegst du richtig."

„Und wenn sie es getan hat? Und wenn sie allen Grund für die Tat hatte? Dann kann ich mich doch nicht als Richter aufspielen."

„Gesetzt den Fall, sie war es wirklich. Wer wäre dann in der Lage, eine moralisch angemessene Entscheidung über Schuld und Sühne, Recht und Gerechtigkeit zu treffen? Richter halten sich an die geschriebenen Buchstaben des Gesetzes. Das ist ihr Job. Dass dabei nicht immer menschlich sinnvolle Ergebnisse herauskommen, habe ich am eigenen Leib erfahren. Du hast damals bei diesem Unfall die Entscheidung getroffen, die Sache auf sich beruhen zu lassen, der Aussage der Frau nicht weiter nachzugehen. Und hast dich schlecht gefühlt dabei. Jetzt kannst du erneut eine Sache auf sich beruhen lassen. Vermutlich fühlst du dich wieder schlecht, aber bei Weitem nicht so schlecht, wie wenn du der Frau einen Mord nachweist, obwohl du auf ihrer Seite stehst. Willst du dir das wirklich antun?"

Stumm drückte ich ihm die Hand.

Pasta und Tiramisu

Regionalexpress nach Memmingen, Ankunft 12.53 Uhr. Noch einmal hatte ich auf die Hilfe des rührigen Fotografen Sigi Resch zurückgegriffen. Er kannte die Eltern der Gesuchten noch von der Schulzeit her. Hatte keine fünf Minuten benötigt, telefonisch Adresse und Arbeitsstelle der Tochter zu erfragen. Sie kellnerte in einem kleinen Lokal in der Memminger Altstadt. *Suppenkaspar*, Suppenküche mit Salatbar.

Es war ein gemütliches Bistro mit günstigem Mittagstisch für die Angestellten der umliegenden Firmen. Das Lokal war gut besucht, mit Mühe fand ich einen freien Platz an einem Tischchen neben dem Eingang.

Marina Zollner erkannte ich auf den ersten Blick. Die Aufnahmen von dem Fest hatten nur einen vagen Eindruck vermittelt. Jetzt konnte ich mir ein genaueres Bild von ihr machen. Sie war klein, schmal, wirkte zerbrechlich. Blasses Gesicht, dunkle Ringe unter den Augen. Auch jetzt trug sie ein Tuch um den Kopf geschlungen. Mit dünner Stimme fragte sie nach meinen Wünschen. Ich bestellte eine Kürbiscremesuppe, dazu eine Schorle mit Johannisbeersaft. Die Suppe schmeckte vorzüglich. Die musste sich vor der *Suppenküche* am Viktualienmarkt nicht verstecken.

„Passt alles?"

Ich hatte gar nicht gemerkt, dass sie wieder an meinen Tisch getreten war. „Passt! Und wie. Man schmeckt, dass ihr nur frische Zutaten nehmt, oder?"

Sie nickte. Deutete auf einen wuchtigen Mann hinter der Theke. „Der Chef ist gelernter Küchenmeister."

Ich erkannte den Mann. Ihr Begleiter im Moosbüffelheim.

„Sie sind nicht aus der Gegend?", wollte ich wissen.

„Wie kommen Sie darauf?"

„Ihr Dialekt. Niederbayern oder Oberpfalz."

„Oberpfalz, Cham. Wieso fragen Sie?"

Ich zögerte einen Moment. „Weil ich glaube, wir sind uns schon einmal begegnet."

Sie zuckte mit den Schultern. „Nicht dass ich wüsste."

„Ist lange her. Ich war damals Polizistin in Rosenheim. Befragte Sie als Zeugin bei einem Verkehrsunfall."

Von einem Moment auf den anderen veränderte sich ihr Gesicht, ihre ganze Haltung. Ihre Schultern fielen nach unten, Tränen schossen ihr aus den Augen.

Sie wandte sich ab, eilte wortlos zurück hinter den Tresen und verschwand in einem Durchgang, der vermutlich zur Küche führte. Der Chef folgte ihr auf dem Fuß.

Keine fünf Minuten später trat er an meinen Tisch. „Servicewechsel. Darf ich abkassieren?"

Ich legte 15 Euro auf den Tisch. „Stimmt so."

Er schob das Geld ein und stellte ein *Reserviert*-Schild vor mich hin. „Wenn Sie bitte gehen würden. Der Tisch wird gebraucht."

Wer's glaubt. Der große Schwung an Mittagspauslern war abgezogen, fast alle anderen Tische waren mittlerweile frei.

Doch ich ließ mich auf keine Diskussion ein, schlüpfte in meine Lederjacke und verließ das Lokal.

Der *Suppenkaspar* machte um 18 Uhr zu. Bis dahin hatte ich Zeit genug, mir die Beine zu vertreten und mich ein wenig in der Stadt umzusehen. Kirchen, Türme, Reste der ehemaligen Stadtmauer, dazwischen der malerische Stadtbach. Bildsauber. Es war offensichtlich, dass hier viel für die Erhaltung der alten Bausubstanz getan wurde.

In einem kleinen Buchladen erstand ich einen Taschenkalender für das neue Jahr. Im Lederwarengeschäft daneben verliebte ich mich in eine Geldbörse mit punziertem Muster. Die kam gerade recht, mein alter Geldbeutel ging schon bedenklich aus dem Leim. Ein paar Schritte weiter – *Papilotta*. Ein Friseurladen mit diesem Namen musste meine Neugier erregen. Kurzentschlossen betrat ich den Salon. Sie hatten einen Termin frei.

Punkt sechs wartete ich mit frisch gestutzter und in Form gebrachter Frisur in Sichtweite des *Suppenkaspars*. Nachdem die letzten Gäste gegangen waren, dauerte es noch eine halbe Stunde, bis auch die Mitarbeiter das Café verließen. Als letzte trat Marina Zollner zusammen mit dem bulligen Besitzer vor die Tür. Robert Nöbach hieß der, ich hatte mich zwischenzeitlich schlau gemacht.

Während ich noch darauf wartete, dass sie sich von ihrem Chef trennte, hatte mich Nöbach entdeckt. Mit grimmiger Miene eilte er auf mich zu. „Was denn noch?", rief er mir schon von Weitem zu. „Lassen Sie uns gefälligst in Ruhe."

Ich trat ihm zwei Schritte entgegen und zückte meine Marke. „Traxl, Kripo München. Wir untersuchen den Mord an Herrn Joachim Achreuther."

„Was geht das uns an?"

„Sagen Sie's mir."

„Hören Sie." Er warf einen ängstlichen Blick über die

Schulter auf seine Begleiterin. Dann senkte er die Stimme. „Der Frau geht es sehr schlecht. Sie kann keine Aufregung vertragen."

Man musste kein Arzt sein, um zu erkennen, dass seine Worte nicht bloß dahingesagt waren. Marina stützte sich mit einer Hand an der Hauswand ab, bot ein Bild ärgster Erschöpfung. Er packte mich am Arm und wollte mich weiter von der Kranken wegziehen.

„Wartet."

Nur dieses eine Wort. Fast nicht zu verstehen. Es klang wie ein Hilferuf. Mit unsicheren Schritten kam sie auf uns zugewankt.

Nöbach ließ mich los und fasste sie um die Schultern, gab ihr Halt. „Du musst heim. Oder soll ich dich in die Klinik bringen?"

Sie schüttelte schwach den Kopf. Dann blickte sie mir mit ihren großen Augen eine ganze Weile ins Gesicht.

„Mach keinen Unsinn", schimpfte er. „Du gehörst ins Bett. Sofort. Es ist ein Wahnsinn, dass du heut überhaupt in die Arbeit gekommen bist."

„Ich will reden. Jetzt!" Fast trotzig brach es aus ihr heraus. „Es muss endlich Schluss sein."

Zärtlich strich er ihr über die Wange. Blickte mich dann argwöhnisch an. „Was werden Sie mit ihr tun?"

Seine Verzweiflung war zum Greifen. Doch ich fühlte mich um keinen Deut besser. Ich wollte etwas erwidern, meine Kehle war wie zugeschnürt. Hilflos zuckte ich mit den Schultern. Schluckte, räusperte mich. „Es wird alles gut."

Er glaubte mir kein Wort. Das hätte ich an seiner Stelle auch nicht getan.

Anders die Frau an seiner Seite. Sie hob mit viel Anstrengung ihre Rechte und hielt sie mir hin. „Ich vertraue Ihnen."

Ich ergriff die Hand. Zart, schmal, eiskalt. „Wo können wir ungestört reden?"

Sie warf ihm einen flehenden Blick zu.

Mit einem leisen Fluch drehte er sich um und sperrte uns sein soeben geschlossenes Lokal auf. Ich reichte ihr meinen Arm zur Stütze. Mit langsamen Schritten folgen wir ihm.

Da saßen wir dann an einem Tisch im halbdunklen Gastraum. Er hatte eine große Flasche Wasser und drei Gläser vor uns hingestellt. Eine ganze Weile sagte keiner ein Wort.

Schließlich gab ich mir einen Ruck und fing behutsam, fast flüsternd an: „Frau Zollner, ich weiß, was sich damals zugetragen hat. Joachim Achreuther hat im trunkenen Zustand einen Unfall verursacht. Statt für Ihre verletzte Schwester sofort Hilfe zu rufen, hat er versucht, seine Tat zu vertuschen, und hat so den Tod ihrer Schwester Carina schuldhaft herbeigeführt."

Wieder strömten ihr Tränen über die Wangen. Sie schluckte, nickte stumm.

„Sie beide waren vor zwei Wochen auf dem Fest im Moosbüffelheim. Was ist dort geschehen?"

Sie senkte den Blick auf die Tischplatte und bewegte stumm die Lippen – fand keinen Laut für das, was doch eigentlich aus ihr herausdrängte.

An ihrer Stelle ergriff Nöbach das Wort. „Marina hat Krebs. Der Darm. Anfangs schlugen die Behandlungen gut an, doch dann kam das Geschwür zurück. Hat gestreut und andere Organe angegriffen. Die Ärzte geben ihr nur noch Wochen, wie viele, weiß keiner so genau. Sie wollte halt ein letztes Mal die Freunde aus ihrer Jugend sehen, die Menschen, mit denen sie damals glücklich war. Glauben Sie mir, ich hab alles versucht, ich konnte sie nicht davon abbringen, auf dieses unselige Fest zu gehen. Zumindest hat sie irgendwann eingewilligt, dass ich sie begleite.

Als wir hinkamen, war die Party längst in vollem Gange. Nicht einer der alten Freunde hat Marina erkannt. Ihr war es gerade recht. Sie wollte mit denen gar nicht reden, wollte nur ein paar Stunden dabei sein. Ich bin nicht von ihrer Seite gewichen. Doch dann musste ich aufs Klo und sie wollte mir in der Zeit noch ein Bier aus der Küche holen. Aus der verdammten Wohnung von diesem elenden Schwein … Den ganzen Abend sind wir ihm aus dem Weg gegangen!", brach es aus ihm heraus. „Den ganzen Abend haben wir das geschafft! Nur in diesem einen Moment nicht." Er wollte weiterreden, doch sie legte ihm behutsam die Hand auf den Arm. Sofort verstummte er.

Mit zaghaften Worten setzte sie seine Erzählung fort. „Ich war … in der Küche, hatte die Flasche aufgemacht, das Bier in ein frisches Glas geschenkt. Wollte mir am Büffet noch eine Scheibe Melone abschneiden, zog mir ein Messer aus dem Block nebendran. Plötzlich stand der Joachim hinter mir. Der hat mich sogar in der hellen Küche nicht erkannt. Wie alle anderen. Ich bekam trotzdem eine Gänsehaut. Der Mensch war mir so zuwider." Sie schloss die Augen. „Er hatte schon mächtig getankt. Ist dann auch gleich zu mir her, hat seinen Arm um mich gelegt. So war der schon immer. Besitzergreifend, ohne Distanz. Ich wollte ihn wegschieben, bin von ihm weggegangen. Er kam hinterher. *Weg du Schwein!* Irgendwas in der Art hab ich gesagt. Da hat er gelacht." Ihre Augen gingen mit einem Schlag weit auf. „Oh, wie war mir das verhasst. Dieses überhebliche Lachen."

Sie stockte. Schniefte. Wischte sich Tränen vom Gesicht. „Er nahm mich dann am Arm, wollte mich zu sich ziehen. *Du hast meine Schwester umgebracht!* Ich wollte das gar nicht, es fuhr mir einfach heraus. Vielleicht hab ich auch gehofft, dass er dann von mir ablässt. Aber der wieherte erst richtig los. *Du bist das also!* Er packte fester zu. *Jetzt hab dich nicht so. Früher warst du auch nicht so prüde.* Ich hatte noch das Messer in der Hand. Es war wie ein Reflex."

Sie verstummte. Für eine Minute oder zwei war nichts zu hören als das Ticken einer Uhr an der Wand.

„Und dann?", fragte ich vorsichtig.

Sie schreckte auf wie aus einem Traum. „Dann? Ich weiß

nicht, in meinem Kopf hat es nur noch gedröhnt. Hab wohl irgendwie das Messer abgewischt, bin aus der Wohnung raus, hab den Schlüssel abgezogen. Plötzlich hatte ich meinen Mantel an. Wollte nur schnell weg. Im Treppenhaus hat mich der Robert eingeholt. Hat keine Fragen gestellt, ist einfach mit mir losgefahren. Unterwegs hab ich versucht, ihm zu erklären, was ich … Aber das wusste ich ja selber nicht genau. Alles Nebel, alles nur ein böser Traum."

Wieder schwiegen wir.

Nöbach fasste die Hand der Kranken, streichelte sie zärtlich. Seine Stimme war rau, als er die Erzählung wieder übernahm. „Zwei Tage später kam der Artikel in der Zeitung und uns war klar, dass es keine Einbildung gewesen war. Marina wollte sofort zur Polizei und sich stellen. Aber das hab ich nicht zugelassen." Er schaute mich fest an. „Der Achreuther hat bekommen, was er verdient hat. Das war und ist meine feste Überzeugung. Wenn Sie diesen Menschen gekannt hätten …"

„Man kann einen Menschen auch kennenlernen, wenn er schon tot ist. Ich verstehe sehr gut, was Sie meinen."

Ich stand auf. „Vielen Dank. An Sie beide. Passen Sie auf sich auf."

Fast hatte ich die Tür erreicht, da holte sie mich ein. Ergriff meine Schulter. „Sie können doch jetzt nicht gehen. Was soll aus mir werden?"

Auch er war aufgesprungen, stand neben ihr. Ich versuchte ein Lächeln. „Sie beide waren am 4. Dezember zusammen beim Abendessen. Hier in Memmingen. Vielleicht gab es Pasta und zum Nachtisch Tiramisu."

Er starrte mich ungläubig an. „Und der Tote?"

„Herr Joachim Achreuther war in eine Reihe von Betrugsgeschäften verwickelt und wurde bei einem Streit um die Beute von einem seiner Kumpane umgebracht. Der Täter wurde vor zwei Tagen bei einem Feuergefecht mit der Polizei erschossen. Wenn Sie wollen, lesen Sie morgen die Zeitung."

EuroCity-Express nach München, Ankunft 21.04 Uhr am Hauptbahnhof. Dreißig Minuten später stand im *Weißen Bräuhaus* ein gut gefülltes Glas mit herrlicher Schaumkrone vor mir auf dem Tisch.

Gsprait hatte recht behalten. Ich fühlte mich nicht gut. Aber allemal besser, als wenn ich den Fall noch einmal aufgerollt hätte.

Bar in La Laguna

Es passiert mir selten, dass ich erst nach acht im Büro erscheine, aber an diesem Tag ging es nicht anders. Trotzdem unverschämt, dass sich jemand eingebildet hatte, er könne so mir nichts dir nichts meinen Schreibtischstuhl mit Beschlag belegen. Die Gestalt drehte sich zu mir um – der frischgebackene Kommissariatsleiter aus Ansbach.

Er grinste frech. „So ist das also. Kaum bin ich weg, geht es hier drunter und drüber. Kommen die Kolleginnen verspätet zum Dienst."

Ich schob die linke Augenbraue nach oben. „Seit ich nicht mehr meine Zeit damit verplempern muss, dir deinen Dreck hinterher zu räumen, kann ich es gemütlicher angehen lassen."

„Wenn ich mir dein farbenfrohes Gesicht ansehe, kann von Gemütlichkeit keine Rede sein. Gute Besserung!" Er stand auf und wies mit der Hand auf den Stuhl. „Bitte sehr. Man soll älteren Damen immer einen Sitzplatz anbieten."

„Pass nur auf, dass dir die ältere Dame nicht einen Liegeplatz in der Notaufnahme anbietet. Was verschafft uns die Ehre deines Besuchs?"

„Mein Ausstand. Ab 18 Uhr ist ein Tisch im *Fraunhofer* reserviert. Egal, was du vorhast – sag es ab!"

Ich zückte meinen neuerworbenen Taschenkalender und tat, als müsse ich lange blättern. „Heute Abend. Das wird schwer werden. Vielleicht kann ich mein Essen mit dem Landgerichtspräsidenten noch einmal verschieben."

Das Lachen von Frauenneuhartinger hörte ich noch den ganzen Gang entlang.

Den Vormittag hatten sich alle zähneknirschend für die beliebte Tätigkeit des Berichteschreibens reserviert. Das war der Plan. Aber fünf nach neun behauptete Elkofer, er werde dringend in seinem eigenen Dezernat gebraucht. Wenig später wurde Bentje zu ihrer ersten Sitzung bei der Polizeipsychologin abgeholt. Kurz danach streckte Pierstling den Kopf zur Bürotür herein. So gern es ihm leid täte, er und Pollmoos hätten einen Einsatz wegen einer Rauferei mit Todesfolge im Bahnhofsviertel. Und als Theresia Englmeng mit frischem Kaffee hereinschneite, teilte sie mir beiläufig mit, dass Dichau zu einer Besprechung beim Polizeipräsidenten abgedüst war.

Dass mir der Kaffee für die gesamte Mannschaft wieder einmal allein zur Verfügung stand, war ein schwacher Trost.

Die Vernehmungsprotokolle hatten mich gerade in einen angenehm schläfrigen Zustand versetzt, als mir siedend heiß Liesl und ihr VW-Mann einfielen. Den Anruf bei meiner Freundin durfte ich nicht länger hinauszögern. Sie meldete sich nach dem ersten Klingeln.

„Du wolltest eine Nachforschung zu diesem Rainhard", begann ich zaghaft.

„Zu wem?" Ihre Frage klang eher mäßig interessiert.

„Rainhard. Engerlfest. Der sprechende Tannenbaum", half ich ihr auf die Sprünge.

„Ach der." Ich konnte förmlich hören, wie sie die Augen rollte und abwinkte. „Musst dir keine Mühe machen. Ich hab jetzt den Rüdiger. Das ist schon ein anderes Kaliber."

„Mehr als ein sensationeller Megaknaller?"

„Worauf du einen lassen kannst!"

„Na dann ..." Grußlos legte ich auf.

Man muss auch die kleinen Dinge im Leben zu schätzen wissen.

Zum frühen Mittagessen verschlug es mich ins *Bratwurstglöckl* neben der Frauenkirche. Gerade als ich mich über acht Nürnberger mit Kraut hermachen wollte, meldete sich mein lästiges Smartphone.

„Sind Sie mir sehr böse?" Ich kannte die Stimme. Im Nu hatte sie meine volle Aufmerksamkeit.

„Wo sind Sie?" In meiner Erregung geriet mir die Frage eine Nuance zu schrill.

„Auf Teneriffa." Die verzweifelt gesuchte Kanzleihelferin für einfühlsame Mandantenbetreuung, Andrea Bettori, klang schuldbewusst.

„Teneriffa?" Ich hörte wohl nicht recht. Da riss ich mir auf der Suche nach dem Mädel den Arsch auf. Und sie flackte sich derweil auf den Kanaren in die Sonne, ohne einen Pieps zu sagen. „Geht's noch, Frau Bettori?"

„Es tut mir leid." Sie sprach so leise, dass ich sie kaum verstand. „Ich hätte Ihnen Bescheid geben sollen."

„Das hätten Sie allerdings", schimpfte ich. „Was haben Sie sich bloß dabei gedacht?"

„Ich hatte Angst. Hundserbärmliche, abgrundtiefe, schreckliche Angst. Sie erinnern sich an den Mann mit dem Pferdeschwanz? Der hat mir aufgelauert. Vor meiner Wohnung und am nächsten Tag nochmal auf der Arbeit. Da hab ich Panik gekriegt und hab auf der Stelle einen Flug nach Teneriffa gebucht. Last Minute. Einen Vorteil muss das doch haben, wenn man bei der Lufthansa arbeitet."

Ich schnaufte tief durch und bezähmte meine Empörung. Im Grunde war die Hauptsache, dass es ihr gut ging. Wer weiß, wie ich an ihrer Stelle gehandelt hätte. Noch ein tiefer Schnauferer. „Dann erholen Sie sich gut", wünschte ich. „Und melden Sie sich, wenn Sie zurück sind."

„Da ist noch was." Sie zögerte.

„Ja?"

„Hans-Herbert ist auch da."

Wer zum Geier war Hans-Herbert? Dieser Umweltmensch? „Ist das der Kuffwitz? Wo ist der auch?"

„Na hier. Bei mir. Auf Teneriffa. Wir haben uns verlobt. Vor zwei Tagen. In einer Bar in La Laguna."

Was sollte ich mich aufregen.

Dann war der zweite Vermisste auch wieder da. Na super!

Im Innersten meines Herzens freute ich mich sogar für die beiden. Schöne Geschichte – die kesse Schönheit und der schüchterne Beamte. Obwohl, Beamter war der wohl die längste Zeit gewesen.

Ich wünschte den beiden alles Glück und verkniff mir den Hinweis, dass dem Bräutigam nach seiner Rückkehr ein Dienstaufsichtsverfahren und eine strafrechtliche Verfolgung winkten.

Fünfzig Jahre Fresserei

Der Abend im *Wirtshaus im Fraunhofer,* der legendären Kneipe mit Kleinkunstbühne, wurde ein rauschendes Fest. Die Rede von Valentin Dichau war eine launige Aneinanderreihung der peinlichsten Fehlgriffe des Gastgebers während seiner langen Dienstzeit in unserem Kommissariat. Dann wurden Geschenke überreicht.

Erst die boshaften. Das gerahmte Gruppenfoto unseres Kommissariats beim Polizeifasching vor drei Jahren. Ein Buch über das Abfassen von Mitarbeiterbeurteilungen unter Berücksichtigung der Rechtsprechung des Bundesarbeitsgerichts. Ein Kaffeehaferl mit dem Aufdruck *Der Chef hat immer Recht!* Und als Höhepunkt eine gehäkelte Klopapierrollenhaube für die Hutablage von FNHs geliebtem Oldtimer. Nachdem wir uns eine Weile an seinem verzweifelten Gesichtsausdruck geweidet hatten, rückte der Chef unser eigentliches Präsent heraus. Eine Flasche 23 Jahre alter Highland-Whisky.

Obwohl die Hauptperson des Abends eigentlich der scheidende Kollege war, ließ es sich nicht vermeiden, dass die Gespräche bevorzugt um den abgeschlossenen Fall kreisten.

Benedikt Achreuther war vom Nachlassgericht offiziell als Alleinerbe festgestellt worden. Hildegard Koeberg war mit einem Nervenzusammenbruch ins Bezirkskrankenhaus in Haar eingeliefert worden – es hieß, nachdem sie von der Fälschung des Testaments erfahren hatte, habe sie einen dreistündigen hysterischen Schreikrampf hingelegt.

Die Kanzlei Hatchinson, Dubb & Miller hatte zugesagt, zügig die Rückübertragung der ergaunerten Geschäftsanteile und Vermögenswerte an alle Lüstach-Opfer in die Wege zu leiten. Daraufhin hatte sich Thomas Pfannenschmied bei Bentje gemeldet und einen gigantischen Fresskorb für unser Kommissariat in Aussicht gestellt. Ihr Hinweis, dass nach Beamtenrecht die Obergrenze für Zuwendungen bei einem Betrag von zehn Euro pro Kalenderjahr läge, hatte ihn nicht abgeschreckt. „Wie viel seid ihr in eurem Laden? Sechs Hanseln? Dann bekommt ihr für die nächsten fünfzig Jahre jedes Jahr Fressereien im Wert von sechzig Euro. Ganz einfach!"

Ein besonderes Schmankerl hob sich Dichau bis zum Schluss auf. Der Polizeipräsident hatte heute bekannt gegeben, dass Kriminaloberrat Dr. Hirschbichl auf eigenen Wunsch ab Januar eine Position im Polizeipräsidium in Nürnberg übernehmen würde. FNH schmunzelte. „Wenn ich gewusst hätte, dass der alte Kotzbrocken verschwindet, hätte ich mir gar keine andere Stelle zu suchen brauchen."

Als gleich danach Kollege Pierstling ein selbstgefertigtes Gedicht auf unseren Ex-Kollegen vortrug, nahm Frauenneuhartinger das soeben Gesagte mit der Begründung neu und unerwartet gewonnener Erkenntnis zurück.

Wie so oft waren FNH und ich die Letzten im Lokal. „Wie läuft's mit der neuen Kollegin?", fragte er. „Am Anfang warst du von der nicht so angetan?"

„Passt schon", grinste ich. „Da hab ich mich schon mit viel übleren Typen zusammengerauft. Anwesende nicht ausgenommen."

„Und was macht die Liebe?" Er schmunzelte wieder. „Ich kann mich täuschen, aber irgendwie wirkst du so … anders."

„Quatschiger Quatsch. Wieso soll ich anders wirken?"

„Du strahlst irgendwie. So von innen her. Also komm schon, raus mit der Sprache: Gibt es da einen oder gibt es da keinen?"

Ich nickte fast unmerklich. „Paul."

„Und warum hast du den nicht mitgebracht heut Abend?"

„Erstens ist da noch gar nichts offiziell. Zweitens stand von Partnern nichts in der Einladung. Drittens muss ich den ja nicht gleich zu Beginn mit meinen peinlichen Kollegen verschrecken. Und überhaupt ist der in Niedersachsen. Aber nur bis morgen, zum Glück."

Es war kurz nach zwölf, als ich auf die Straße trat. Ein seliger Blick in den Himmel. Kalte, klare Nacht. Ohne nachzudenken, griff ich nach meinem summenden Handy. „Hallo Frau Polizei. Hier spricht der Zeuge Paul Kaps. Ich war schon einen Tag früher fertig im Norden. Ist es recht, wenn ich noch bei dir vorbeischaue?"

Ich nickte heftig. Und weil er das am Telefon natürlich nicht sehen konnte, sagte ich: „Perfekt!"